光文社文庫

難事件カフェ

『パティシエの秘密推理　お召し上がりは容疑者から』改題

似鳥　鶏

光　文　社

Contents

【目次】

目次・章扉デザイン――大岡喜直
(next door design)

本文中イラスト―――イナコ

第1話

喪服の女王陛下のために

1

初めて訪れた人には祠《ほこら》のように見えるかもしれない。Priere《プリエール》――仏語で「祈り」という意味の名を持つこの店は、確かにどこか魔的な雰囲気をそなえている。前庭に植えられた木々が黒々と枝葉を茂らせ、両側をビルに挟まれた敷地の奥まったところに、三角屋根の家がひっそりと建っている。屋根の鼠色と壁の赤煉瓦《れんが》はいつも、陽光の下で見る本来の色よりふたまわりほど暗い。店の表側には開放的な大窓があるが、枝の間から朝日が差し込むわずかな時間を除いては、影になっていて中は見えない。申し訳程度の高さと幅で表通りと前庭を分ける柵の前に「喫茶 PRIERE」と書かれた小さな看板が置かれていなければ、町の人々は誰ひとりとして「あの煉瓦の家」が何なのか知らないままだろう。

そういった外観を考慮すれば、それほど入りやすい店ではないのかもしれない。真昼の日差しの下だと特にそうで、アスファルトの照り返しで白っぽい表通りから覗くと、重なりあう木々の枝葉が濃密な暗さを充満させているここは異世界のように見える。風にそよぐ葉がさらさらと鳴る他に音のない前庭の静けさは表通りの喧騒《けんそう》と強烈なコントラストを作っており、店まで引かれた石畳の周囲は土がむき出しになっているため空気そのものが違う。深呼吸をすれば湿った木の香りを感じることができ、町が過熱する夏場などは、前庭に一歩踏み込んだ途端にすっと冷えるのが分かるほどである。まるで表通りと前庭の境界線にそって、異なる空気を分けるカーテンがあるかのようだ。石畳を進み若干塗りの剝《は》げかけたモスグリーンのドアを開けると玄関である。直立した白黒二匹の兎《うさぎ》が力を合わせてウエルカムボードを持っているのだが、大抵の来訪者はここに書かれたメニューや日替わりパスタの紹介を見ずに内側のドアを開け、店内に入る。

店内はさして広くなく、カウンターと奥の一人がけ席の他にはテーブルが三つあるだけである。床板やテーブルの木材はいずれも年季の入った焦げ茶色で、テーブルや床は押しても撓《たわ》まず、頼もしい衛兵のようなどっしりとした感触を返してくる。一体どこから買ってきたか分からないこれらも、この店に魔的な印象を与える原因の一つであるようだ。それ以外にも店内にはいつどこで作られたのか分からず何を模《も》しているのかも分からない奇妙な形のランプシェードが下がっているし、壁には作者不詳の油彩画がかかっている。絵の具は古いが、描かれているのは草原にぼけっと立ってこちらを見ているアルパカだ。アルパカという動物が日本で有名になる前の絵のはずなので奇妙である。こうして客観的に考えてみると、変な店だ。こういう品々は俺が物心ついた時から店にあったが、どこでどう手に入れられたものなのかは前マスターである父しか知らない。つまり父が死んだ今では永久に分からない。

もともと父が作った店だった。開店当時すでに都市部のカフェ・喫茶店[*1]は供給過剰の状況だったらしいが、繁華街が近く、周囲に高層ビルが建ち並ぶ駅前にありながら異世界へ「すぽん」と引っ込んでいるかのような店なので、それを求めて昼に夕に、仕事帰りや仕事中の小休止に、来店してくれる勤め人は多い。大学も近いので、高校生や大学生のお客さんが友達と連れだって、おそるおそる、という体《てい》でドアベルを鳴らしてくれることもある。男手一つで俺と弟を育ててくれた父が死に、俺がこの店を継いでから四年。外装、内装、新メニューの開発、仕入れ先の開拓や経費削減の工夫。それらのものは常に必要だったが、そうした努力を怠《おこた》らずにさえいればすぐに閉店ということにはならなさそうで、考えてみればたいていの日本人が「その場にとどまるためには全力で駆け続けなければならない」現代にあって、俺は父から随分恵まれたものを遺してもらったことになる。弟は俺が店を継ぐと言った時に「ごめん。ありがとう」と言っていたから、店のことを「継がねばならない義務」だと思っているふしがあるが、そんなことはないのだ。お客さんをもてなしたり、料理をしたりお茶を淹《い》れたりするのはもともと好きだった。

父・惣司《そうじ》寿明《としあき》は死の直前、病院のベッドに寝かされ体に様々な管《くだ》をつながれていた時でも、呼吸器を外すと「お客さんが」「仕入れは」と店を気にしていた。死ぬ前の日の夕方には「そろそろ夏野菜が出始めるから、夏野菜満載のサンドイッチが出せるな」と、よく動かない口で言っていた。結局それが最期の言葉だった。今の俺より若い二十六歳で勤めを辞め、どうやったのかはついぞ話してくれなかったがこの土地と建物を手に入れて店を始め、それから六十四で死ぬまで、父は常に「喫茶店プリエールのマスター」だった。店の二階が住居で、店のキッチンが家族のダイニングも兼ねていたから、仕事と家庭と自分自身の時間の三つが、父の中では明確に区別されていなかったようだ。俺にとっても店イコール家なので、店を閉めてどこかに行くという気はしない。前庭を潰して貸しビルを建てるとか、建物を表通りに接するように拡張なり移動なりすればもっとお客さんが来てくれるのかもしれないが、その気もない。経営的にはこの店のアドヴァンテージを捨てることになるし、何より今以上にお客さんが来たら、俺も弟も休めなくなってしまうだろう。

＊1　「カフェ」と「喫茶店」は厳密には別物であり、大雑把に言って夜中まで営業してお酒を出すのが「カフェ」、そうでないのが「喫茶店」である。しかし「カフェ」の方が響きがいいからという理由で喫茶店が「カフェ」を名乗るケースもあり、大変ややこしい。

弟の智《さとる》は大学在学中に国家公務員試験に通り、卒業後は警察官になった。父が亡くなったため、早いところ「誰もがまともだと認める安定した職」に就かなければならない、と思っていたようだ。もともと真面目で正義感も強かったから上の覚えはよかったらしいが、何があったのか半年前、突然勤めを辞め、実家《プリエール》に戻ってきた。弟が来る前は叔母が働いてくれていたのだが、腰があまりよくない彼女に長時間の立ち仕事をさせているのが気になっていたので、俺は歓迎して店を半分任せた。智はお菓子関係を作るのが好きなので、俺一人の時は出せなかったケーキその他がいろいろ出せるようになった。

来店するお客さんの数自体も増えた。おっとりした性格が物腰や表情に出ているのだろう。弟の立ち居振る舞いにはどこか貴族的な上品さがあり、女性のお客さんには評判がいい。背が高く、父親似の端整な顔立ちなので、優しく微笑《ほほえ》まれると年配の方などは「いいわあ」「たまらないわねえ」などと、好きな歌手のコンサートにでも行ったような反応をなさる。

ホールに出ている時、弟はよくお客さんに口説《くど》かれているようだ。なぜか俺が厨房《ちゆうぼう》に引っ込んでいたり休みだったりする時が多いので詳細は知らないのだが、年配のお客さんなどは気楽に口説くようで、すごい方になると隣の椅子を引いて、カウンターの中にいる弟に「ねえちょっと智くん、こっち来て座らない？」と誘ってきたりする。さすがにそれは連れの御友人に止められていたが。[*2]

対して、若い方は露骨に口説いたりはしない。注文の時にお菓子やお茶の説明を求め、話す弟の顔を熱っぽい目でじっと見上げている。お客さんとコミュニケーションがとれるのはこちらとしてもありがたいので、話しかけられたら可能な限り応じろ、と言ってあるのだが、警察官をしていたくせに人のあしらいが苦手な弟にはこうしたものは少々荷が重いらしく、いつも「どうしよう」という顔でこちらに助けを求めてくる。弟が目当てなのか弟の作るお茶・お菓子が目当てなのかは不明だが、うっすらと常連になりかけている方もわりといて、今はケーキを陳列《ちんれつ》するショーケースを高級品に変えようか、と悩む状況になっている。経営者としては嬉《うれ》しい限りである。

だが、順風満帆というわけではない。常連さんの中には、他のお客さんと違う意味で弟を口説きにくるのもいて、目下のところ、彼女をどう扱えばいいのかは俺にも分からない。

「……ですから、本部長もう口癖になってるんすよ。『惣司君がいてくれたらこういうの、

＊2　隣に座って話をしたりすると風俗営業法が適用されかねない（二条一項二号）。

ささっとやってもらえるのになあ』とか」

「……………」

「学歴とか試験成績じゃないんすよ。惣司警部、戸山《とやま》署にいたころ投資詐欺《さぎ》の検挙に大活躍したらしいじゃないすか。戸山署の刑事課長さんも褒めてたっすよ。才能あるんすよ」

「…………」

「警部、秘書室でも人気でしたよ。ここだけの話、秘書室アンケートの『結婚したい課員ランキング・捜査課編』で堂々の一位だったっすよ。……あ、コーヒー今度は深煎《ふかい》りでおかわりっす。それと苺《いちご》のミルフィーユ、まだあるっすよね？　それも」

「……ブレンドコーヒー深煎りと苺のミルフィーユですね。かしこまりました」

「戻ってくださいよう。本部長は『あいつを次の次の本部長に据えて、俺の後に続かせるつもりだったのに』って泣いてるんすよ」

「…………」

「事件は喫茶店で起こってるんじゃないっすよ。現場で起こってるんすよ」

「…………」

ここのところ、この変なやりとりが毎週のように繰り返されている。カウンター席の、それも働く智のまん前になる席に陣取り、抑《おさ》えた音量ながらひたすらしぶとく、かつ恨《うら》みがましく彼を口説いているスーツ姿の女性は県警本部秘書室の直井《なおい》楓《かえで》巡査。顔見知りの他の常連さんからは「直ちゃん」と呼ばれている、智の大学の後輩である。それに対し、カウンターの中の智は他のお客さんに対してはまず見せない無表情でむっつりと黙り込み、それでも注文内容の復唱だけは律義《りちぎ》にしながら働いている。

午後三時半。喫茶店としては最も暇になる時間帯であり、西日の入らない店内では壁の白とテーブルのダークブラウンが薄明るい照明の中で沈黙している。まるで思い出の中のように静止している店内の空気を動かすのはカウンターの中の智とテーブルを拭《ふ》いている俺の二人だけで、店内にはいつも奥の一人掛け席で読書をされる学者風の男性一人を除いてお客さんもいない。音楽は流しているが音量は控えめなので、直ちゃんの口説く言葉は俺の耳にも細大《さいだい》漏らさず入ってくる。

「今こうしてる間にも、惣司警部はどこで何やってるんだろう、って気をもんでる人がいっぱいいるんすよ。本部のお偉いさんとか、秘書室のファンとか、食堂のおばちゃんとか」直ちゃんは口を尖《とが》らせてそう言うとカウンターに突っ伏して頬をつけ、木目を指でくるくるなぞり始めた。「戻ってもらえないっすかねえ」

彼女は先月の初め、この店にひょっこりと現れた。そしてカウンターの中でコーヒーを淹れていた智を見るや「あーっ、惣司警部やっぱりここにいるじゃないすか！」と言って指さし、周囲のお客さんをざわめかせた。智は白い顔になって厨房に逃げ、「警部って何？」「智くん、警察官だったの？」と驚く常連の皆様は俺がお一人ずつごまかしてさしあげた。

直ちゃん本人から聞いたところによると、智がいきなり辞表を提出したため県警本部はびっくりのがっかりのどんよりであり（彼女の言い方）、直ちゃんをはじめとした秘書室の面々や、刑事部はもちろんのこと総務部や警察学校の人間にも、本部長から直々に「惣司警部を捜せ。身柄《ガラ》押さえた奴は本部長賞だ」と号令が飛んだらしい。以後、県警本部の人間は飛んだ*3惣司警部をとっ捕まえて警察に引き戻すため、（暇な時だけ）全力で捜索にあたっているとのことである。捜索開始直後には実家であるこの店にも捜査員が来たが、その時は弟が素早くストックルームに引っ込んだので、俺が適当にごまかした。が、相手はもともと「粘ることのプロ」みたいな人たちである。県警本部のみなさんは智の捜索を諦《あきら》めず、辞表の提出から半年経った現在でも彼を警察に連れ戻そうとして捜索している。

そういうわけで、「捜査班」の中でただ一人捜査対象者《マルタイ》の住居《ヤサ》を摑んだ直井巡査は、手柄いただきとばかりに毎週、休日である土日のみならず平日にも店にやってきては、こうして智を口説くのである。口説きながらコーヒーを飲み、抹茶ラテを飲み、レアチーズケーキも「季節のタルト」も「本日のケーキ」も食べるので、これがただの常連さんだったら非常にありがたいのだが。

ブレンドコーヒーを注文されたのをきっかけにコンロの方に逃げてしまった智を、カウンターに頰をつけたままの直ちゃんが恨めしそうに見る。いいかげん智も困っているようなので、俺は布巾《ふきん》を持ってカウンターの中に入った。「コーヒー俺がやる。それより夜用の野菜在庫チェックして」

「うん」智は目もとに「助かった」という色を浮かべ、さっと厨房に引っ込んだ。

直ちゃんがカウンターに頰をつけたまま口を尖らせているので、お湯につけてあったネルの水気を切りながらとりあえず話しかける。「直ちゃん、何度も諦めずによく来てくれるね」

「だって、本部長に頼まれてますもん」直ちゃんは顔を上げ、今度は頰杖をついた。「季《みのる》さんからも言ってやってくださいよ。捜一《そういち》には惣司警部に参加してもらいたい捜査本部《チョウバ》、たくさんあるんすよ。新美浜《しんみはま》の強殺《ごうさつ》でしょ、清里《きよさと》の老女殺しでしょ、駅前の強姦《ツツコミ》も告訴とりつけて、これからが本番なんすよ」

＊3　「逃亡した」の意。警察官の使う隠語。

「秘書室勤務なのによく知ってるね」物騒な隠語を平然と並べる子である。「でも、智はもう退職したんだから無理じゃない？　もう欠員の補充はされてるだろうし、復職しても本部の捜査一課にすぐ配属なんて」

「そんなん、どうにでもできるっすよ。本部長がその気になれば」直ちゃんは皿に残ったスポンジのかけらをフォークで刺そうとしながら、溜め息混じりに言う。「だいたい惣司警部、まだ退職してませんし。ちゃんと本部長判断で休職扱いにしてるっすよ」

「辞表出したって聞いたけど」

「今頃再生紙になって、市役所の書類にでも使われてるんじゃないすか？」

人事管理権の濫用《らんよう》ではないか。「無理矢理引き戻したって、智にその気がなかったら意味ないと思うけど」

「いえ、惣司警部の性格から考えれば、給料さえ受け取らせれば全力でやらざるを得なくなるはずなんで」

「……そうだろうけど」弟の性格を把握《はあく》しているようだ。

豆を挽《ひ》くがりがりという音が響き、芳醇《ほうじゅん》な香りが充満する。少し会話が途切れた。

直ちゃんはがば、と体を起こした。「……やっぱり、私一人で説得しても無理っすね」

「え？」何か不穏なことを言いだした。俺は粗挽《あらび》きの豆を入れたネルを持ったまま直ちゃ

ん の前に戻った。「どうするって？」

「惣司警部がこの店にいるって報告して、本部長たち直々《じきじき》に来てもらいます」直ちゃんはぎらりと目を光らせた。「本部長の部下と刑事部・捜査課のお偉いさんも総出で」

「ちょっ……ここに？」

「一回で駄目なら何度でも、捜査課のみなさんに来てもらいます」直ちゃんは上目遣いに俺を見て、にやりと笑った。「大丈夫っすよ。お茶とか甘いものが好きな人、けっこういるっすから」

「それは……ありがたいけど」

「この店、大繁盛するっすねえ。弟さんを口説く、目つきの鋭いおじさんたちで毎日超満員。ケーキ類は甘党の捜査一課刑事たちがあっという間に食べ尽くしてしまって、いつ来ても売り切れです。警察学校の生徒さんたちも呼びましょうか？　毎日の訓練でよく飢《う》えてますよ」

「ちょっ、待った」うちは学食でも署員食堂でもない。そんなに回せるものか。

慌てた俺を見て、直ちゃんは余裕で口角《こうかく》を上げた。「困るっすか？」

「それなりに」

「いやあ、こちらとしてもそんな手は使いたくないし、無理は言いたくないんすけど」直ちゃんはへっへっへ、と笑った。「そんなに困るっていうなら、考え直してあげなくもないっすねえ。……でも、そのかわりにちょっと相談が」

「……何？」脅迫ではないか。「コーヒーのおかわりをタダにしろとか……」

「それじゃ脅迫じゃないすか。警察官はそんなことしないっすよ」直ちゃんは笑顔で手を振り、それからぐっ、と身を乗り出して脅迫気味に言った。「ただちょっと、惣司警部の知恵を借りたい事件があるんすよね。昨年の十一月上旬に起こったんすけど、迷宮《おみや》入りしちゃいそうで」

「ええと……」俺は厨房を振り返る。智はまだ出てこない。

「いやいや、みのるさんでもいいっすよ。あとで警部に話してくれれば」

「そんな……」

「ま、事件についてはゆっくり説明するっすよ。コーヒーでもいただきながら」

直ちゃんは親指でコンロの方を指さした。薬缶《やかん》のお湯が沸いていた。

苺のミルフイユが出てくると直ちゃんは「へっへっへ」とフォークをとった。上にぽんと乗った小粒の苺と褐色《かっしょく》にきらめくキャラメリゼの光沢を見ていると俺も食べたくなるが、バニラビーンズとラム酒の分量がそれぞれ微妙で自分では作れないので、食べたければ閉店後、弟に作ってもらうしかない。

直ちゃんはコーヒーとミルフイユが出てくると黙り、無言でサクサクと食べ始めた。そうしてはむはむしている姿はリスのようだ。

「ミルフィーユって好きなんすけど、フォークで分けようとするとぐちゃっていくのが玉に瑕《きず》なんすよねえ。ミルフィーユ用のダイヤモンドカッターとか、置いてないんすか？」

「そこまでは要らないでしょ」横に倒して食べていいんだよ、と言ったものかどうか悩む。

「被害者は大学通りのアパートに住む中沢正輝《なかざわまさき》二十五歳」直ちゃんはミルフイユと格闘しながら、だしぬけに言い始めた。「地元の国立大の……何て言いましたっけ？　ロースクール？　を卒業して、めでたく司法試験に合格。去年の十一月から司法修習に行くはずだったんすけど、その直前に崖《がけ》から落ちて亡くなりました」

「崖から？」

「国道を海沿いにずっと行くと小沼岬《こぬまみさき》っていうちっちゃい岬があるんすけど、そこから落ちたんすよ。運よく、というか悪くというか、下に岩の出てる斜面から落ちたんで、死体《ホトケさん》、流されずに済んだとのことで」直ちゃんはパイ生地からはみ出したクリームをフォークで指し示した。「そのかわり頭がこんな感じになってたみたいっすけど」

「やめてよ。……それとそれ、横に倒した方が切り分けやすくない？」

「あっ、なるほど！」直ちゃんは素直に言われた通りにした。「あっ、分けられる！　す

ごい！　コロ卵《たま》っすよ！」＊4

「……それはどうも」

「やっぱり、パイ生地とクリームは同じ分量ずついきたいっすもんねえ。うーん、おいしい」直ちゃんは御満悦の様子でミルフイユを食べながら、笑顔のまま事件の話を続けた。「ホトケさんの状態はよくなかったんすけど、頭以外に目立った外傷はないし、死因は落下の衝撃による脳挫傷《のうざしょう》ってはっきりしてます。死後動かされた形跡もないし、死体の周囲に誰かが近づいた形跡もなし。っていうか、崖下に隠れた岩の上で、地元の漁師さんですらなかなか通んないような感じでしたから、普通の人にはまず近づけないような場所だったんすよね」

「……うん」

食べながらよくそういう話ができるものだ。警察官という人種はみんなこうなのだろうかと思うが、そういえば警察官だったはずの智は、食事中にそういう話は一切しない。

「発見が遅れたわりに、うまい具合に死亡推定時刻ははっきりしてます。被害者《ガイシャ》のしてた腕時計が壊れて止まってましたからね。電波時計ですし、落下した時にぶつけて壊れたっていうのは鑑識的に間違いないそうなんで、そこは信用していいんすけど、指してた時刻は七時九分でした。ガイシャの中沢氏は十一月四日の午後二時には友人からかかってきた電話に出てるんすけど、同日の午後十一時頃に届いたはずのメールに反応してないそうなんで、つまり死亡推定時刻は十一月四日の午後七時九分って分かりました。ここまではすんなりいったんすけどね」直ちゃんは苺をフォークで刺した。「ケーキの苺って、単品でいくか本体と一緒にいくか悩むっすよね。どっちが正しいんすか？」

「お好きな方で。一応、ケーキとのかねあいで酸味の強めなやつ使ってるけど、ケーキを食べながらなら別々にいってもいいと思う」

「そんなもんすか。……で、ここからが問題なんすよ」直ちゃんは苺だけ食べた。「中沢氏が落ちたところって斜面になってて、柵を越えたとしても下までごろごろ転がっていかないと落っこちないんすよね。自殺ならもっと他にいい場所があるし、誤って柵を越えたとしても下まで落ちる前にふんばれそうな場所なんで、突き落とされたってことは間違いなさそうなんすよ。ただ、そうなると突き落とした犯人はどうやって現場まで来たのかが問題になるんですよね。現場の小沼岬は地元の人でも名前を知らなかったりするようなマニアックな場所で、駅から遠いし終バスは午後四時頃だから車で来たはずなんすけど、レ

＊4　「コロンブスの卵」の意。

ンタカーもタクシーも利用した形跡がないし、中沢氏の車はアパートの駐車場に残ってたんすよ。だから四日の夜、彼を車で岬まで乗せてきて突き落とした『同行者』が犯人のはずだ、っていう話になったんすけど」

「うん」ミルフイユはもうパイ生地のかけらだけになってしまっている。

「それっぽい人間がぜんぜん浮かんでこないんすよ。中沢氏、友達の評判は『穏やかで努力家のいい人』だし、トラブル抱えてた様子もないっていうし、ロンドンに留学してて遠距離恋愛中の彼女はいるんすけど、彼女、四日の夕方には飛行機でロンドンに発っちゃってて、事件発生時はもう機上の人。夜、あんなマニアックな岬に流しの強盗はいないでしょうし、中沢氏を車に乗せてきたんなら親しい人が犯人のはずなのに、他に怪しいのが出てこないんすよ。一応、大学院時代に仲良くしてた女性の名前は出たんすけど、なんか、ばっちりアリバイがあるみたいなんすよねえ」

「そりゃ、困ったね」秘書室勤務の彼女がなぜこんなに捜査一課の事件のことを知っているのかも立派な謎なのだが、それは後回しでよさそうである。

「しかも、それだけじゃないんすよ。他にもわけわかんない点があって、ほとんど怪奇現象でして」直ちゃんはどこか得意げに言う。「そういうわけで、困ってるんすよ。だから、惣司警部にお知恵を拝借《はいしゃく》できないかと思いまして」

「いや、でも」俺は言った。「そんな状況じゃ、知恵の貸しようがないよ。警察がよく調べても何も出てこなかったんでしょ？」

「見落としがあるかもしんないんすよ」直ちゃんはフォークを置いて俺を見上げる。「惣司警部なら見つけてくれるかもしんないわけで、そこをお願いしたいな、と」

「でも」

「これは私個人じゃなくて県警本部としてのお願いなんで、無理なら本部長に報告して、捜査員みんなで直々に」

「いや待った。それはやめて。分かったから」俺は肩を落とした。「……でも、弟がその気にならなければ」

「そこをなんとかしてもらいたいわけで。みのるさん、兄弟じゃないすか。水臭いっすよ」

「言葉の使い方が違うよ」

「じゃ、そういうわけで」直ちゃんは立ち上がってバッグを肩にかけた。コーヒーカップもいつの間にか空《から》になっている。「中沢氏の彼女さん、今は帰国してるんで、とりあえず明日、連れてきますね。カウンター予約しとくんで、話聞いてくださいね。惣司警部が駄目なら、みのるさんが聞いて伝えるんでもいいっすよ。あとお会計頼みます」

「そんなこと言われてもなあ」レジに回りながら首をひねる。「店もあるし」

「ちゃんと空いてる時間帯にするっすよ。今日と同じ午後三時に伺うってことでいいっすね？」

アポイントを取られてしまった。「了解」

「あ、あと領収書、『県警秘書室様』で」

「経費にするの？」

直ちゃんが意気揚々《いきようよう》と引き上げていくと、俺はなんだかどっと疲れた気がして肩を落とした。

「兄さん」智が出てきた。「カレーの仕込み、やっちゃうから。それと、夜に注文が多いとスパゲッティとペンネが切れそうだから、今のうちに……」

俺ががっくりしているのを見て、智は怪訝《けげん》そうに眉をひそめた。「……どうしたの？」

「いや、何でもない」

直ちゃんに脅されて捜査を手伝うことになったと、どう伝えればいいのだろうか。弟の性格からして、そんなことを話せば「自分のせいで兄が脅された」と責任を感じて落ち込むのは目に見えている。基本的に暗いのである。

「明日、三時にお客さん来るから。俺が応対する」

とりあえずそれだけ言っておくことにした。直ちゃん経由で事件の話を聞く、と正直に伝えたりしたら、どうしてそんなことを引き受けたのか、と訝《いぶか》られるだろう。

「分かった、けど……」智は頷《うなず》いたが、窺うようにしてこちらを見た。「兄さん、直井さんに何か言われたの？」

「ん？　なんで？」

「だって、なんだか……」智は言葉を探す様子で目を伏せる。「面倒なことを背負い込んだ、っていう顔、してるけど」

「いや、そうでもない」まさにそうだ。

弟は時折、読心術者か、というくらい鋭い。それに心配性だ。余計なことには巻き込まい、と決め、俺は仕事に戻った。

2

きっちりしているというか問答無用というか、直ちゃんは翌日の三時きっかりに、死亡した中沢正輝氏の彼女だったという女性を連れてきた。二時半に店に「混んでたり、予想外のアクシデントあったりしないっすよね？　三十分後に伺うっす」と電話もあった。この子は仕事中もこの喋り方でやっているのだろうか、という点が少し気になったが、それはそのうち訊くことにした。

昨日同様に、他のお客さんは奥のテーブルで歓談中の主婦二名しかいない状況で、智一人で楽に回る。昨日より明るい色のスーツを着た直ちゃんはドアベルを鳴らして入ってくると同時に店内を窺い、よし、という顔で頷いた。周囲の人を気にせず話ができる空き具合ではある。

「いらっしゃいませ」

内心「うわ、また来た」と思っているはずなのに、他のお客さんに対するのと寸分違《すんぶんたが》わぬ笑顔で迎える健気《けなげ》な智に囁《ささや》いて押しのけ、俺がカウンターに入る。「いや智、この人たちあとは俺がやるから」

直ちゃんが連れてきた女性は背が高く落ち着いた雰囲気ではあったが、同時にひどく冷たい印象があり、徹底して無表情だった。直ちゃんが彼女を示し「香田沙穂《こうださほ》さんです」と紹介しても、彼女は無言で会釈するだけで、会釈する間も俺を上目遣いに観察していた。

「初めまして、ええと」

こちらはどう自己紹介してよいものか分からない。俺がお辞儀をしながら口ごもっていると、直ちゃんが俺を指して言った。「元県警本部捜査一課の惣司季警部補っす。今は辞めちゃって喫茶店のマスターなんすけど、捜査一課のエースだったんすよ」

「えっ、ちょっと直ちゃん」

「照れることないじゃないすか。課長もそう言ってたんだし」

どこの課長だ。しかし直ちゃんは強引にごまかしてカウンター席に着き、隣の香田さんに椅子を引く。「そんなに緊張することないんで、気楽に話してくださいね。はい、これメニュー」

席に着かれるとこちらは反射的に仕事モードになる。とにかくオーダーをとり、抑えた声で「結構ですから」と言う香田さんに無理矢理ケーキセットを勧《すす》めた直ちゃんに応じ、ダージリンを淹れるため一旦はコンロの前に移動する。

香田さんは席に着いた直後に軽く店内を見回しただけで、あとは無言でカウンターの木目を見ていた。ダージリンが入り、苺のチョコレートケーキが出ても、フォークも取らずに視線を落としたままだった。

「この度はお悔やみ申します」仕方なく俺から切りだす。「亡くなられた中沢正輝さんの恋人だったと伺いましたが……」

「元恋人だった、です」香田さんは訂正するように言った。「『恋人だった人』なら、別の人がどこかにいるのではないでしょうか」

直ちゃんを見ると、彼女は「ちゃんと聞いてくださいね」という顔でこちらを見上げている。

「別の人が、というのは……」

「どこの誰なのかは知りません。でも、捜せば出てくると思います」香田さんは視線を少し俯《うつむ》け、ぴたりと静止したまま言った。「死ぬ直前の中沢のことでしたら、その人の方がよく知っていると思います。私は留学していて、最後の何ヶ月かは会っていませんから」

直ちゃんが訊いた。「中沢さんが亡くなられた時は帰国されていたのですよね。でも、その時も会わなかった、というお話でしたね」

「親戚の急な葬儀で三日間、帰国していただけですから」香田さんは事務的な口調で言った。

しかし、と思う。片一方がロンドンにいて遠距離恋愛中だとしたら、たとえ法事で三日帰っただけだとしても、一度くらい会うのが普通ではないだろうか。

香田さんは俺の思ったことを察したのか、視線を上げてこちらをちらりと見た。「もちろん、帰るから会いたい、というメールはしました。でも会ってくれなかったんですよ。見送りにすら来てくれませんでした」

どうにも反応のしようがなく、直ちゃんを見る。直ちゃんも沈鬱《ちんうつ》な表情はしていたが、すでに捜査情報としてこのことを知っているらしく、手だけはちゃんと動かし、今月からの桜商戦に乗っかって出した「桜のロールケーキ」にフォークを刺していた。

俺はつっこむのをこらえ、香田さんに訊く。「中沢氏に他の恋人ができた、ということでしたが、何か心当たりはありますか？　いつ頃からだとか……」

つい刑事めいて質問してしまった俺を見て、直ちゃんがこっそり親指を立てた。

「誰だかは。でも」香田さんは相変わらずフォークを取ろうともしない。「去年の九月、あたりからだと思います。私たちは基本的にメールと電話でやりとりしていましたけど、中沢が急に電話に出なくなったりメールの返信が滞《とどこお》りがちになったりし始めました。電話がつながっても、なんとなく、私の言うことに応じているだけ、みたいな感じになりました」

理性的に説明しようと努めながらもどうしても感情が表に出てしまうのだろう。香田さんは視線をやや下に向けたまま動かさなかったが、少しだけ早口になり、声も強くなった。

「九月から、ですか」

「司法試験の合格発表がその頃ですから」香田さんは自嘲的に口角を上げた。「合格が分かったら、私のことなんて要らなくなったんでしょうね。当たり前だと思いますよ。弁護士になればいくらでももてるから、わざわざ遠距離でこんな女にこだわらなくても、合コンにでも行けば好きなのが選べるでしょうし」

「いえ、その……」早口になる彼女にどう言ってよいか分からない。

「試験の結果はネットで見られましたけど、電話はくれませんでした。おめでとう、って言いたくて待ってたのに、八時間もしてから、こっちからかけてようやくつながったくらいだし」

聞いている俺はどんな顔をしてよいか分からない。困って直ちゃんを見ると、彼女も口をへの字に結んで困り顔をしていた。顔を上げて店内を見回すと、トレーを持ったままの智まで心配そうにこちらを見ている。

その智に「いいからこっちは放っとけ」と目で言い、何を訊くべきかを考える。このまま振られた話を続けさせていても香田さんがどんどん自虐的になっていくだけになりそうだが、捜査上の情報収集という観点から、この人に訊いておくべきことは何かないか。

「あの、十一月の、亡くなられる前なんですけど」知らずカウンターに乗り出していた姿勢を戻して尋ねる。「その日の予定について、何か聞いていませんでしたか？　たとえばその、見送りに来て、というのは言ったんですよね？」

香田さんは少し間を置いた。自分が少し感情的になっていたことに気付いたようで、咳払いをするような仕草をする。

「帰国する前、電話で頼みました。私が乗ったのはブリティッシュ・エアウェイズの十八時五十八分発ロンドン行きで、定刻通りに出発しました」そこは警察に何度も答えているらしく、香田さんはすらすらと言った。「十六時過ぎにメールで、空港で待ってる、って伝えました。でも返信がなかった。出発ぎりぎりまで電源を切らずに待っていましたけど」

「中沢さんのアパートから空港までは、どのくらいで来れるんですか？」

「三十分で来れます。うちの近くですから」

「……そうですか」

だとするとやはり中沢氏は、行けるのに行かなかった、ということになるだろうか。余計なことを訊いてしまった。

顎《あご》に指を当てて考える。……いや、中沢氏が犯人の車で小沼岬に行ったとするなら、「同行者」である犯人とは、死亡する数時間前から一緒にいたはずだ。たとえば「同行者」が「新しくできた彼女」で、小沼岬へはデートで行ったのだとしたら、十六時の時点ですでに一緒にいた可能性は大きい。それなら香田さんから来たメールに返信しないのも当然だろう。

だとすれば、捜すべきは「事件時、中沢氏とつきあっていた女性」だろう。だが、警察

も その線に関してはすでにさんざん捜していて、それでも見つからなかったのだ。今さら、俺たちが調べて何か分かるものだろうか？

しばらく考えてふと前を見ると、いつの間にか視線を上げていた香田さんに見られているのに気付いた。「いえ失礼。つい考え込んでいまして」

嬉しげににやにやする直ちゃんの唇が「兄弟っすねえ」と動いた。

「惣司警部補、いえ元警部補。……どうっすか？」直ちゃんが目を光らせて訊き、大きく切り取ったロールケーキをぱくりとやる。

「ん、とりあえずは『同行者』イコール犯人だとして」つい、それらしい答え方をしてしまう。「『同行者』はやっぱり、中沢氏の『新しくできた彼女』かもしれない。つきあい始めたのが九月あたりだとして、その頃に女性と知りあう機会……合コンか何かがあったかどうか、まわりの人に訊かないと」

「了解っす」直ちゃんは座ったまま敬礼した。それから、スーツのポケットから電子メモ帳を出していじり始めた。「じゃ、ロースクール時代に仲の良かった佐久間芳樹《さくまよしき》さんをまずあたりましょうか。警部補、今日は早上がりであとはバイトの山崎《やまざき》さんに引き継ぐんすよね？」

「そうだけど」言っている間に山崎君が来たらしく、事務室の方から物音がした。智が俺の後ろを通ってそちらに向かう。

「じゃ、佐久間氏には今日中に会えるようにしておきます」直ちゃんは指で電子メモに何か入力した。「で、警部補、今度の日曜休みっすよね？　午前中に、同じくロースクール時代の一年先輩である的場莉子《まとばりこ》さん宅を訪ねて話を聞いていただいて、午後にはその足で現場に行くことになってるっす。やっぱり一度現場見ないといけないっすからね。なので、日曜日午前九時にお迎えに上がるっすね」

「勝手にひとのスケジュール管理しないでもらえるかな」

「道が混《こ》みまくってなければ午後三時頃に現場には着けるかと」

「ちょっと待った」

「……何すか？」

直ちゃんにじっと見られて静かになる。俺はその日、新しいティーカップを探しに店をはしごするつもりでいたのだ。

だが、隣に香田さんがいる以上、それは言いだせなかった。彼女に対しては捜査のため、ということで、わざわざ店にまで来てもらっているのだ。

「……いや、何でもない」

黙るしかなかった。もしかして直ちゃんは、ちゃんとそのことを計算してこう言っているのだろうか。よく考えてみれば、普通、捜査対象者の前で本人に関係のないこれからの捜査内容をべらべら話したりはしない気がする。「でも、日曜は智が動けないよ。店はあいつ一人なんだから」

「警部補お一人でもいいっすよ。智さんにはあとで報告していただければ充分で」とりあえず俺が行く、というところまではさっさと承諾をとりつけてしまった直ちゃんは、にやりと笑った。「だって智さんはもともと、デスクに座って報告を聞くのが仕事なんすよ？ 戸山署の時だって、話を聞いて捜査本部の人に助言しただけで解決したんすから」

「そうなのか……」つまり俺に働け、ということらしい。俺は智の部下というわけか。

直ちゃんは、怪訝な顔で俺たちのやりとりを見ている香田さんに「失礼しました。こちらの話で」と言い、それから俺に視線を戻した。「惣司警部補、他に何か、香田さんに質問することはないっすか？ 現役時代の勘で何か」

「何だよそれ」とは言いながらも、つい考えてしまう。「……あ、ええと香田さん。亡くなった中沢氏なんですが」

「はい」

「以前、小沼岬について何か、話していたことはありませんか？」

「小沼……？」香田さんは眉を上げた。「ああ、現場になった岬ですね？」

「以前、彼の口からその名前が出たことはありませんか？　あるいは、周囲の誰かの口から」

犯行現場がマニアックな場所だというのなら、その地名を知っていた人間はそれだけで怪しい、ということになる。

だが、香田さんは首を振った。「知りません。心当たりのない地名です」

「……そうですか」

だとすると、中沢氏と「同行者」が小沼岬に行ったのは偶然だろうか。「それと以前、デートの時はどうされてましたか？　つまり、どこかに行くのは車か電車か、とか」

「はあ」

ようやくティーカップに手を伸ばしかけていた香田さんは、そのまま動きを止めた。

そして、しばらく静止していた。

「……そういえば、いつも彼の車でした。中沢は親のお古をもらった、とのことで車を持っていて、いつもそれで。私が親の車を借りたこともありましたけど、中沢は運転が好きで、他人の車は怖くて運転できないから、と言うので、特に何も言わない場合、いつも彼の車でした」

当時のことを思い出したか、香田さんの表情がかすかに曇った。隣の直ちゃんが黙って彼女のケーキの皿を押し、手で勧める。香田さんはフォークを取った。

俺はそれを見ながら考えていた。直ちゃんの話では、中沢氏の車は彼のアパートに残っていたという。だとすると「同行者」は中沢氏を殺害した後、彼の車を運転してアパートに戻った？　それとも、自分の車で行こうとする中沢氏に対し、あらかじめ自分の車で行こう、と提案していたのだろうか。

だとすると、それは「いつもと違う行動」ということになる。どちらを選択したにしろ、その痕跡がどこかに残るのではないか。中沢氏のアパート周辺の聞き込みはどうなっているのだろう。それに、彼の周囲にいる女性の中で、免許と車を持っているのは誰だろう。

「警部補、何か思いついたっすね？」すでにロールケーキを平らげている直ちゃんが、ティーカップを持ち上げたまま訊いてくる。「何でも言ってくださいね。用意するっすから。捜査資料に人員に、車両に拳銃に通信傍受《ぼうじゅ》令状」

「要らないよ」言えば本当に調達してきそうで怖い。

何だか知らないが、いつの間にやら片足というか、腰あたりまで事件につっこまされてしまっている。梅雨入り前に屋根の修理をしなければならないし、庭の手入れも要るし、コーヒー豆の値上がりで卸値がやたら高くなっているから他の仕入れ先を開拓したくもある。俺だって暇ではないのだが。

だが、苺のチョコレートケーキを半分がた食べた香田さんは、ふう、と息をついてフォークを置き、呟くように言った。

「中沢は……」

俺はグラスを磨く手を、直ちゃんはティーカップを持つ手を止めて、彼女を見た。

香田さんは視線を少し俯けたまま、ぽとりぽとりと滴《したた》らせるように言った。

「……中沢はもう、私には関係のない人間です。いえ、九月の時点でもう、とっくになかったんでしょうけど」フォークを放す。「でも、何も分からないでいい、というわけではないと思います。あの人を突き落とした女が、何の罰も受けずに暮らしているのは、おかしいと思う」

香田さんは俺を見上げ、それから椅子を引いて立ち上がると、ゆっくりと頭を下げた。

「お願いします、惣司さん。……本当のことを知りたいんです」

香田さんは捉《とら》えどころのない目をしていて、彼女がどんな気持ちでいるのかは分からなかった。だが、俺は布巾を持ったまま動けなくなった。

「……承知いたしました」

頷くしかなかった。香田さんの表情を見て理解したのだ。口では無関係の人間だと言いながらも、彼女はこの数ヶ月の間ずっと、中沢氏の死にとらわれている。事件が解決するまでは、彼女はずっと喪《も》が明けないままなのだ。

「ありがとうございます」香田さんは微笑み、再びフォークを取ってスポンジの間の苺を指した。「このプレザーブ、おいしいですね。なんていう品種の苺ですか？」

「静岡の『章姫《あきひめ》』です。懇意《こんい》にしている農家が送ってくれるので」

答えながら覚悟を決めた。お客さんのため、である。

3

直ちゃんは香田さんを駅まで送っていく、と言って退店した後、また店に戻ってきて、「中沢氏の友人の佐久間氏にアポが取れたので、午後五時にお迎えにあがりますね」と一方的に言った。俺は「兄さん一体何をやっているの」という目で見てくる智の視線を背中で防ぎながら頷き、直ちゃんを帰した。弟に今の状況をどう説明すればよいかはまだ分からない。していることを話せば「どうしてそんなことを引き受けたの」と訊かれるし、理由を言えば「僕のせいだ」と気にするに決まっている。

バイトの山崎君に店の引き継ぎをし、二階の自室で少しだけくつろいだ後、久々に出したスーツに黴《かび》が生えていないかを見ていたら、もう五時になって直ちゃんが来た。店ではなく、ちゃんと裏にある玄関の方（なんだか変な言いまわしだが、うちはそういう構造である）に来てくれたのは、とりあえずありがたい。スーツなど着ているのを見られたら智に「何事か」と思われてしまう。

「うん。それなりに刑事に見えるっすね」直ちゃんは俺を見て腕を組み、満足げに頷いた。「でもちょっと、いかにもって感じすぎるかも。ネクタイもっと明るい色の方がいいっすよ」

「あとは冠婚葬祭用のしかない。っていうか、やっぱり『刑事だ』って嘘つくことになるんだね」

「そう言わないと話が聞けないいじゃないすか。いいんすよ。ばれなきゃイカサマじゃないんですよ」

滅茶苦茶なことを言う。そういう考え方のやつらを捕まえるのが警察じゃないのか。

俺は自分の車を運転していくつもりだったのだが、直ちゃんはどう見ても自分の車でなく捜査車両、というごっついセダンに乗ってきており、「いえ私、他人に運転させてるの落ち着かないんすよ」と言ってさっさと運転席に入った。子供の頃パトカーに乗せられたことはあるが、車載無線のある車の助手席に乗るのは初めてである。

「一つ、疑問なんだけど」俺は最初そう言ってから、訂正した。「いや二つか三つ疑問。

……まず、直ちゃんこんなことしてていいの？」

「え？」運転席の直ちゃんは黄信号で丁寧にブレーキを踏み、こちらを見た。「なんでっすか？　警察はノー残業デーとかないっすよ」

「そうじゃなくて」どこからつっこめばいいのやら分からない。「直ちゃんは捜査課じゃないよね。それにそもそも、こんな素人連れて聞き込みなんて勝手にやっていいものなの？」

「みのるさん、警部補なのに素人なんすか？」

「それ君が作った設定だし」

「そうっすけど」直ちゃんはまた前を向き、アクセルを踏む。「でも弟さんの方は、素人どころか名刑事の素質あったっすよ。みのるさんだってそのお兄さんなんだから大丈夫っすよ」

「そんな馬鹿な。イチローの兄は野球選手じゃないよ」

「室伏《むろふし》の妹は円盤投げの日本記録保持者っすよ」

そういえば室伏広治《こうじ》の好物は「妹の作ったケーキ」だった。どんなケーキを作るんだろうか。

直ちゃんはにやりとした。「みのるさんが一人で不安なら、いつでも弟さんに相談して、助けてもらえばいいんすよ」

　要するにそれが目的なのだろう。彼女が自分でいくら口説いても智は動かないが、俺が相談すれば捜査に乗り出してくるかもしれない。そうすれば、警察に復帰させるきっかけになるだろう――と、彼女はたぶん、そう計算している。外見に似合わず腹黒い子だ。

「……で、この車どう見ても捜査車両なんだけど。捜査課じゃないのにどうやって借りたの？」

「どう見ても捜査車両だから使いたがる人がいなくて、空いてたんスよ。それに私、秘書室ですもん。本部長が使うって名目で借りられるっすよ」乱暴なことを言うわりに丁寧にスピードを落とし、直ちゃんはハンドルを回す。「本部長に使われる私が車を使うんすから、本部長が車を使うのと一緒っす」

「無茶苦茶だ」それじゃ「お前のものは俺のもの」とたいして変わらないじゃないか。俺はシートに背をあずけて首を反らした。「それともう一つ。……捜査費用はどこから出てるの？　捜査課じゃないのに」

「まあ、あるんすよ。そういうお金を溜めとくところが」

　裏金じゃないか。

　呆《あき》れる俺に対し、直ちゃんは平気でアクセルを踏む。「もうすぐっすよ。佐久間さんは中沢氏と違って試験に落ちて、今はアパートで自宅浪人みたいっすね」

「中沢君のことで捜査されてるんですよね。御苦労様です」

直ちゃんが事前にアポを取っていたのと、ちゃんとスーツを着ていったのがよかったらしい。アパートを訪ねると、中沢氏の友人であった佐久間芳樹氏は何の疑いもなく部屋に上げてくれた。警察手帳の提示でも求められたら困っていたところである。

「本試験に向けて大変な時期に、すみません」ローテーブルの前に正座し、直ちゃんは丁寧に頭を下げる。

「いえ、協力しますよ。……あいつ、殺されたかもしれないんですよね」

佐久間氏はペットボトルのお茶を出してくれた。通された部屋はいかにも学生アパートという狭さと物の少なさで、本棚には参考書と判例集と受験新報が並んでいるが、几帳面な人であるらしく、科目別にきちんと整理整頓されていた。

直ちゃんはその本棚に目をやり、言う。「受験一筋、という部屋っすね。やっぱり試験、大変っすか」

「それはもう」佐久間氏は頭を掻いて苦笑した。部屋着のジャージ姿であり、背後の机にも問題集が積んである。今日はここまで、ずっと部屋にこもって勉強をしていたのだろう。

「勉強ばっかりなんで、この部屋に女性が来るなんて思いもしなかったです」

直ちゃんはその言葉に抜け目なく食いついた。「ロースクール生は、彼氏・彼女いたりする人少ないんすか？　勉強で手一杯で彼女作る暇ないとか」

「んー、そうでもないですよ」佐久間氏は眼鏡を直す。「元からつきあってる彼女がいる、とかも普通にありますし、在学中につきあい始めるのもいますね。女は少ないから、確実に彼氏できますよ」

「ほほう。いいっすねえ、弁護士の卵ゲットで」

「七割がた無精卵なんですけどね」

「ていうか、本人も弁護士になっちゃうっすよね」直ちゃんは話に乗った様子でにやりと笑う。「で、中沢さんはどうだったんすか？　もてました？」

「さあ。……まあ、俺よりはもてたでしょうけど。俺は老《ふ》け顔なんで」佐久間氏は人のよさそうな顔で苦笑する。「でも、ロンドンに留学中の彼女がいるって聞いたことありますけど」

「それ聞いたの、いつのことっすか？　どっかで『別れた』みたいな話、してなかったっすか」

「さあ、そういうのは」佐久間氏はまた頭を掻いた。「俺、そういうの疎《うと》いんで」

直ちゃんがふうむと唸《うな》って腕を組む。

今度は俺が訊いた。「ロースクール内ではどうでしたか？　つきあってる、とはっきりしてなくても、噂になった人とか、仲のいい女性とか」

「ああ」佐久間氏はコップのウーロン茶を一口飲んで、さらりと答えた。「的場さんって人とは、確かに仲がよかったですね。つきあっていたとかは聞いてないけど」

「去年あたりから？」

「いえ、けっこう一年の時からですよ。学年は違うんですけど、ロースクール内ってずっと同じメンバーなんで、ロースクール内部活みたいなのができるんです。そこでいつも一緒だったみたいで」

「県警にもあるっすねえ。『ビール部』とか『宝塚《ヅカ》部』とか。二人は何部で？」

「『クラシック部』です。コンサート行ったりとか。四、五人いたと思いますけど」

すらすら答えたということは、警察に対して同じことを答えたことがあるのだろう。現にその的場さんには、直ちゃんがすでに目をつけている。

「あ、でも、的場さんは人、死なせたりとかしないと思いますよ」自分の言っていることの意味に遅れて気付いた様子で、佐久間氏は慌てて言った。「みんな法曹《ほうそう》になるっていう目標がありますから。犯罪なんてして台無しにするわけがないと思いますけど」

「いえ、分かるっす」直ちゃんがぱたぱた手を振る。「そういう意味ではないんで、大丈夫っす。ただ、事件以前の中沢さんの様子について、もう一度じっくり伺いたいんすよ」

秘書室勤務のはずなのに、直ちゃんは刑事のように振る舞っている。「中沢さん、去年の九月あたりに何かありませんでしたか？　あるいはその前からでも、何か悩んでいるとか隠しているとか、そういった様子は」

「それは……どうでしょう。三月で卒業してからは、あまり会ってないんで」

佐久間氏は腕を組み、唸りながら組んだ腕をほどいてお茶を飲み、また腕を組んだ。

俺は黙って待つことにした。直ちゃんにも口を挟まないよう言おうとしたが、さすがにそこは心得ているらしい。彼女もカーペットの上に直に正座したまま、足を動かそうともせずに待っている。

一分以上はそのままだっただろう。考え込んだまま腕を組んだりほどいたりしていた佐久間氏の動きが、ある瞬間を境にぴたりと止まり、かわりに視線がちらちらと動くようになった。やはり人がいいのか、分かりやすすぎる態度だ。何か思い当たったのだろう。そしてそのことを、言おうかどうか悩んでいる。

「……あくまで俺の主観なんですけど」佐久間氏はそう言って直ちゃんを見た。

直ちゃんも頷く。「それが一番、大事っす」

「主観なんで、あてになるかどうか分からないんですけど」佐久間氏は強調した。「振り返ってみると、中沢君、ちょっと気になるところはありました。二年目の初めくらいからかな？　振る舞いが変わった、っていうか」

佐久間氏がこちらを見たので、俺も視線を返し、先を促す意味で頷いてみせる。

「レポートを手書きしたがるようなアナログ人間だったし、それまではけっこうマイペースなやつ、っていう印象でもあったんです。携帯が嫌いだとかで、よく家に忘れてきてて、メール見てないのかよ、とかあったし、鞄の奥深くにしまってて、電話したのに出ない、とか」はっきりと言うのはためらわれるのか、佐久間氏は抑えた声で言う。「でも、急に変わりました。携帯はいつも身につけてるようになったし、けっこう出しては開き、出しては開き、って感じになったし。新しいの買ったとかならつい出してみたくなるのも分かるんですけど、旧式の、スマホですらないやつだったし」

佐久間氏は部屋の隅を見る。彼の携帯はスマートフォンであり、充電器につながれて鎮《ちん》座《ざ》している。

「それに、時間を気にしてるようなこともけっこうありました。腕時計をじっと見てるから『何か予定があるのか』って訊いたら、ちょっと慌てた感じで『いや』って答えたり。……主観なんですけど、あれ、メール待ってたんじゃないかなって。……まあ、訊いてももごもご言うだけで、実際のところは分かんなかったんですけど」

佐久間氏は「まあ、主観ですけど」ともう一度付け加えた。

しかし、それまで警察には話していなかったことなのだろう。直ちゃんはこころもち身を乗り出すようになった。「つまり、こっそりつきあっている人がいたかもしれない、と？」

「仮に、ですけど」佐久間氏はこちらをまっすぐに見る気にはならないようで、ローテーブルの隅のあたりに視線を据えている。「ロースクール内で誰かがつきあい始めたとしても、あんまり大っぴらにはしないかもしれないいんです。同期の人数は少ないし、四六時中一緒になるんで、喧嘩《けんか》でもしたらまわりに気を遣わせちゃいますから」

また「主観ですけど」と言いかけた佐久間氏を、今度は直ちゃんが遮《さえぎ》った。「いいえ、ありがとうございます。大変、参考になりました」

佐久間氏は気まずそうに視線を落としたまま、沈黙した。

「……まあ、細かいことですし、あんまり言う気もなかったんですけど」弁解するようにそう言い、グラスのお茶を飲み干す。「ただ、未だに警察の方がみえるってことは、中沢君、殺されたとみて間違いないんですよね？」

「確実なことは言えないんですけどね」直ちゃんは慎重に答えた。

「一応、二年間一緒だったので言いますけど」佐久間氏は胡坐《あぐら》をかいた膝に手をつき、顔を上げた。「俺もそんなにつきあいが深くはないし、人に恨まれる理由が全くないやつなんていないとは思います。でも中沢君に関して言うなら、あいつは殺されるような人間じゃないです。そういう感じで恨まれるっていうのは何か……なんていうか、キャラが違うんです。変な言い方ですけど」

「いえ、分かります」今度は俺が言った。俺の友人にも、そういうタイプの男がいる。

「なので……うまく言えないんですけど」佐久間氏はその姿勢のまま、ぐっと頭を下げた。「よろしくお願いします」

いきなり頭を下げられたので、俺は言葉に詰まった。

香田沙穂の時もそうだった。俺は刑事じゃない、などとはとても言いだせない。だが、刑事のふりをして「お任せください」とも言えなかった。

俺はこれまでも一応、真剣に考えてきたつもりだった。だがそれでも、自分が根本的に甘かったと気付いた。こちらからしたら「何か足をつっこんでしまった事件」にすぎないが、被害者の周囲には多くの人がいるのだ。ロースクールの同級生でこれなら、死んだ中沢正輝氏の家族の気持ちなどはもっと深刻だろう。俺はそれに関わっているのだ。

どう応じるべきなのか迷った。必ず解決します、とか強く言うべきなのだろうか。

俺が答えられないでいると、直ちゃんが先に言った。「全力を尽くしています」

だが、彼女はそれから付け加えた。「ちなみに佐久間さん、去年の十一月四日、何時頃、どこで何をしていたか思い出せますか？」

佐久間氏は面食らったような顔で答えた。「はあ。……まあ、それは」


「……みのるさん、どうしたんすか？　黙っちゃって」

ハンドルを握る直ちゃんが、怪訝そうな顔で俺を見る。確かに帰り道、俺はここまで一言も口をきいていなかった。というより、佐久間氏宅からずっと黙っていた気がする。

「お疲れでしたら、この先に雑誌に載ってた足ツボマッサージのお店があるっすよ。体験談によると……」

「いや、大丈夫」俺は背中をシートにあずける。溜め息が出た。「直ちゃんは警察官なんだなって思っただけだよ」

「いや、さすがにそこは本当っすよ？　人事課のデータ覗いてみるっすか？」

「そうじゃなくて」隣の直ちゃんを見る。「事件に対する姿勢とか、覚悟みたいなのが。……本物ってのはこうなんだ、って」

「いやいやいや、私、秘書室勤務っすから。まあ所轄《しょかつ》の時にちょっと刑事課いましたけど」直ちゃんは照れた様子で手をぱたぱた振る。だいぶ戸惑っているらしく、車が左右に動いた。「どうしたんすかいきなり」

「……いや、さっきのこと」

「ああ」直ちゃんは前を見たまま答えた。「まあ、念のためっすよ。佐久間氏は事件の日、広島の実家に帰ってたってことはすでに確認してるんすけどね。現場までは新幹線使っても四時間かかるのに、午後六時に広島駅前の漫画喫茶で目撃されてるし」

「念のため、か。すごいね」俺にはあのやりとりの後に、そういう質問を続ける根性はない。

エンジンの振動を背中で感じながら、シートに深く座る。

「……一つ、訊きたいんだけど」

俺が言うと、直ちゃんは嬉しげに反応した。「おっ、何すか？」

「中沢さんの携帯の通話記録って、警察で調べられないの？　何かヒントになるんじゃ」

「ああ、それっすか」直ちゃんはがっかりした口調になった。「それも、この事件を難しくしてる原因の一つなんすよ。携帯で最後に話したりメールしたりしたのが犯人かもしれない、って思って記録をあたったんすけど、何にも出てこなかったんすよ。例の、香田さんが十六時過ぎに送ったっていうメールを受信する以前だと、最後のやりとりは大学時代の友人との通話で事件当日の午後二時。その友人は完璧《かんぺき》にアリバイがあって、無関係だとはっきりしてるんで」

「……なるほど」俺は溜め息をついた。

「なんか、さっきから溜め息多いっスね。どうしたんすか？」

「ん。いや」また溜め息が出てしまう。「……一つ、確認するけど」

「はい？」

「殺人事件だとしたらなんていうか、極めてシリアスな問題になる。それなのに俺とか智が——つまり素人が関わっていいものなの？」

口を開きかけた直ちゃんは俺を横目で見て、また口を閉じた。即答をやめたようだ。

それから、ゆっくりと言った。

「シリアスな問題だから、関わってほしいんです」

前方の信号が黄色に変わった。直ちゃんはゆっくりとブレーキを踏み、車を停めた。それからこちらを向く。

「このまま迷宮入りさせたくないんです。でも、警察は手詰まりになっています。『いつものやり方で全力を挙げました』では、本当の意味で全力を尽くしたことにはならないんです。別の視点が欲しいし、可能性のありそうなことはすべて試したいんです」

ハンドルから手を離し、膝の上にぱたんと落とす。「……だから、惣司警部のお知恵が欲しいんです」

運転席に視線を移す。直ちゃんはこちらをじっと見ていた。

「帰ったら、智にこれまでのことを話す」俺は言った。「あいつの知恵が必要だっていうなら、それを引き出すために動くよ。俺ができるのはそのくらいしかないから」

直ちゃんは、ふっと微笑んだ。「ありがとうございます。お兄さん」

「いや」照れる。「……まあ、真面目に話せば断れないし、あいつ」

だが直ちゃんはそれから、急ににやりと笑ってガッツポーズした。「よっし。計算通り」

「えっ、何それ」

「いやあ別に、何でもないっすよ?」直ちゃんはすっとぼけた顔で前を向き、アクセルを踏んだ。「別にそんな、『うまく乗せてやったぜ!』みたいなこと、ぜんぜん考えてないっす」

「おい」

4

「……うまく乗せられたんだよ、兄さんは」智は溜め息をついた。「直井さんは人を乗せて働かせるのがうまいんだ。だから秘書室に引き抜かれた」

「……そういう経歴だったのか」

「直井さんと随分いろいろ話してると思ったけど、そういうことだったのか」

弱りきった顔になって椅子の背もたれをぎし、と鳴らす弟に対し、俺は「すまん」と手を合わせる。前のめりになったので肘《ひじ》がテーブルにぶつかり、スープ皿がかちゃ、と音をたてた。

夕食後、俺はこれまでの経緯を智に話し、事件についての情報を伝えた。智は話を聞いている間ずっと困り顔だったが、直ちゃんが期待した通り頭を働かせてはくれていたようで、集中している時の顔になっていた。

「で、兄さんはまだやるの？　直井さんのことだから、今度の日曜、兄さんが休みなこと知ってて、どこかに駆り出したりしそうだけど」

弟が、今は閉店して、半分だけ照明の点《つ》けられた店内を見回す。我が家のキッチンは店内のものだけなので、俺たちの食事は昔からプリエールの客席でとっていた。

「正解」俺は肩をすくめるしかない。「日曜、八時発で的場莉子さんを訪ねる。午後は現場に行くから、夜まで帰らない。店《こっち》は任せていいよな？」

「……僕一人でも、なんとかするけど」

お客さんが少ない日曜は一週おきに交代で休み、フロアはバイトの山崎君に任せている。

「でも兄さん、それを手伝ってどうするつもりなの？」

「ん」まともに問われると、頭を掻くしかない。「……まあ、やれるだけやろうかな、と。部外者の目が何か役に立つかもしれないし、直ちゃんだって、具体的な期待ができるからお前を頼ってるんだろ」

「僕はシャーロック・ホームズじゃない」智はうなだれる。「フェル博士でも神津恭介《かみづきようすけ》でもない。警察が解けない事件を『先生お願いします』って持ってこられたって、どうにもならないよ」

「むこうは参考意見が欲しいだけだよ。手詰まりになってて、違った視点が欲しいんだろう」

「警察はプロなんだ。予算も人手も、技術も設備も桁《けた》が違う。警察が解けない事件は、日本の誰にも解けないんだよ」

「その警察がお前をあてにしてる」

「……兄さんは、僕に警察に戻れって言うの」智は恨めしげな顔になって俺を見る。

「いや、逆なんだよ。ちょっと事情が説明しにくいけど」俺は直ちゃんの脅迫をなんとかソフトに伝えられないか、と思ったが、どう考えても無理なので説明を諦めた。「お前が警察に連れ戻されないようにするために、この事件を手伝うことにしたんだ」

「直井さんに脅されたんだね」智は俯いたまま、暗い声で言う。「あの人のことだからたぶん、こんな感じだと思う。『本部長に、僕がここにいることを伝える。戻らなければ、毎日甘党の捜査員を店になだれ込ませてしつこく説得し、店を刑事だらけにする』」

まさにその通りである。「……名探偵じゃないかお前」

「ひどい」智は長々と息を吐いた。「……きっと、警察学校の生徒たちも使ってうちの食材を空にするつもりなんだ」

「それも言われた」名推理だ。

「……ごめん」智は涙声になっている。「僕のせいで、プリエールまでこんな目に……」

「いや、待て待て待て」俺は急いで遮った。黙っていると「出ていく」とか言いだしかねない。「お前がいないとスイーツメニューが十分の一になっちまう。ランチタイムのフロアが回らないしお前目当ての常連さんもいなくなる。そっちの方が経営的にやばいんだ。今さら連れ戻されちゃ困るんだよ」

智は子供の頃から、一旦こういうふうに落ち込むと難しかった。放っておくと二十四時間無言のまま、暗い顔で膝を抱えて壁にはりついていたりする。何時間かかけてなだめすかし、変な顔と冗談で無理矢理笑わせ、一緒にケーキ作ろうぜ！　と誘ってようやく表情が緩《ゆる》むのである。

俺は周囲に何か使えるものがないか探した。子供の頃と違って変な顔で笑わせることはできないし、「ほら、兄ちゃんのアイスやるから」で機嫌をとることもできない。どうしたものか。

だが、智は焦《あせ》る俺の内心を見透かしたように言った。

「……大丈夫だよ。やるから」

おっ、と思って前を見ると、智は弱々しく微笑んだ。

「だけど、やってみるだけだよ。僕なんかじゃたぶん役にはたてないし、それに……」

「それに？」

「解決することが、いつもいい結果になるとは限らない。死んだ人は、事件が解決したって帰ってこない」

だけど、放っておいていいってことにはならないだろう——そう言いかけてやめた。智は、そんなレベルの一般論はとっくに承知だろう。実際に事件に関わったことで、そのあたりのことは俺よりずっと強く思い知らされているはずなのだ。

智の方も、俺の返答を待ってはいなかった。ようやく少し視線を上げ、もしよかったらだけど、とでもつけ足したそうな、遠慮がちな調子で言う。

「確かめてほしいことがいくつかあるんだ。まずは……」

「まずは？」俺は身を乗り出す。

「死んだ中沢さんの出身地。……たぶん、田舎だと思う。それと実家にいる家族の近況」

智は口許《くちもと》に手をやり、思考を巡らせる表情になって目を細めた。もともと切れ長の目で、ともすれば怜悧《れいり》な印象を与える顔だちをしているので、こういう表情になると日本刀のような鋭さがある。

「……それと、捜してほしいものがある」


「へっへっへ。惣司警部、考える気になってくださったようっすね」ハンドルを握る直ちゃんはにっこりと笑って俺に言った。「みのるさん、お手柄っすよ。御褒美に、駅近くにあるプリエールってお店のロールケーキおごってあげるっす」

「さんざん試食したからいいよ」智は新しいケーキを出す前、最低でも二、三回は俺に試食させる。「ただ弟も言ってたけど、変な期待はしないでほしい。警察が半年頑張って解決できてない事件を、部外者がなんとかできるとは思えないし」

「ま、そうなんすけどね」でも期待してます、という顔で直ちゃんはハンドルを回す。

智が動き始めた一昨昨日《さきおととい》の夜、あらかじめ番号を聞いていた直ちゃんの携帯に電話し、智から言われたことを調べてくれるように頼んだ。直ちゃんはそれを聞くと「おおっ」と躍り上がり（そんな感じの声だった）、一晩では無理にしても、すぐに報告できるはずだと答えてくれた。

そして三日後の今日、直ちゃんは予告した通り、きっかり午前九時に迎えにきた。前回同様、スーツ姿でセドリックを乗り回しているから、どうみても公式の捜査活動である。相棒が素人でいいのだろうか。

「……直ちゃんも、捜査課じゃないのによくやるね。休まなくていいの？」

「それ言ったら、みのるさんだって休日はいつも何してるんすか？　店舗の修繕とか新メニューの開発とか、してそうっすよ」

「ちゃんと趣味に使ってるよ。話題の店に食べにいったり、鎌倉に食器買いにいったり」

「仕事じゃないすか」直ちゃんは呆れ顔になった。「休日に働いてると脳味噌にフナムシ*5湧《わ》くっすよ。たまには捜査もしましょうよ」

「そっちの方がはるかに仕事だよ」

そもそも休日に捜査課の案件に首をつっこんでいる自分はどうなるのだ。だが直ちゃんは平然としている。疲れていないらしい。

司法試験の受験生というと「苦学生」というイメージがあるが、中沢氏と親しかったという的場莉子氏もそのイメージ通り、大学に近い住宅地の、ややこしい路地にひっそり紛れたアパートに住んでいた。カーナビを使おうが使うまいがおよそ道に迷うということを知らないらしい直ちゃんは簡単に彼女の部屋を見つけたが、大変なのはむしろ、そこから話を聞くことの方だった。

「お訊きになりたいことは何ですか」

アポイントは取ってあったので、ドアを開けた的場さんはこちらの用件をすでに把握していてくれた。だが、その表情は陶器の面でも着けているかのように冷たかった。

「朝からすみません」

「何度も申し訳ありませんっす」

二人揃って頭をさげる。

「いえ、御用件は」的場さんは無表情でこちらを見ている。「手短に済ませた方がよろしいかと思いますが」

どうやら、すでに警察からいろいろ訊かれ、容疑者扱いに怒っている様子である。

＊5　海辺で石をどけるとささっと逃げていく、大きなダンゴムシのような生き物。速い。

「亡くなられた中沢正輝さんのことで、いくつか」

俺が口を開くと、言い終わらないうちに的場さんが返答した。「すでに申し上げた通りです。関係ありません」

「その、関係がない、というのは」自分でもなぜわざわざ、と思うが、俺は反射的に粘ってしまう。

「つきあってるとか、そういうことではないという意味です。友人ではありました。私の学年の女子の中では、私が一番親しかったかもしれません。でも、それだけです」的場さんは手早く答えた。「それと、私は十一月四日の午後六時過ぎまで駅前の喫茶店で課題をやっていましたし、その後は自宅にいました。これ、そちらでも確認してますよね？」

「はい」直ちゃんが頷く。「念のため、もう一度伺っただけっす」

「念のため、で何回訊くんですか」的場さんは俺と直ちゃんを交互に見た。「それに私、車も免許も持っていないこともお話ししました。これ以上、何を説明しろとおっしゃるんですか？」

「その点も確認しております」直ちゃんはしぶとい。「それ以外に、どうでしょうか。主観でけっこうですので、中沢さんの様子に何か、気になるところなどは。……昨年の九月あたり、あるいはロースクールに進学して一年目と二年目で何か違いがあった、ということはありませんでしたか？」

「一年目と二年目で？」そういう訊かれ方をしたのは初めてだったらしく、的場さんは記憶を探る様子でしばらく考えていたが、やはり首を振った。「知りません。卒業後はあまり会っていませんし」

「そうですか」

直ちゃんが頷くと、的場さんはもう早、ドアノブに手をかけた。「もうよろしいですよね？」

「あ、ええと」俺は反射的に何か言おうとしたが、言葉が出てこない。

「何もないなら失礼します」的場さんはさっさとドアを閉めようとする。「正直、大変迷惑しているんです。私、一般企業に内定が出ていたのに、警察の方が来て容疑者扱いされたせいで取り消しになったんです。国賠《こくばい》請求してもいいですか？」

「申し訳ありません」

謝ったものの、その言葉が終わる前にドアが閉じられてしまった。ばたん、という音の残響と、かすかな風圧が俺の額をかすめて、静かになった。

俺は肩を落とした。警察からの訪問など、される側からすればありがたかろうはずがない。容疑者という立場なら尚更だ。それは承知している。

だが、実際にこうして拒絶されてみると、やはり辛《つら》い。

「……やれやれ。分かってはいたけど、歓迎されないのはきついね。これで成果がなかったらどうしよう」

直ちゃんの方は平然としていた。「何言ってるんすか。うちらの仕事、こういうのが日常じゃないすか」

「いや、俺は」警察官じゃないから、と言おうとしてやめた。自ら警察官を名乗って他人から話を聞いているのだ。本当は違うんだからお手柔らかに、などと勝手なことは言えない。

「惣司警部補、らしくないっすよ。現役時代はどんなに嫌われてもコロンボなみに容疑者につきまとってたのに、引退してなまったんすか」

「そういう設定なの？」どうでもいいが弟より階級が低いのはなぜだ。

「まあ、ああやって単独で容疑者につきまとうとか、現実にはできないっすからね。一度やってみたいもんっすよ」直ちゃんはさっさとセドリックのドアロックを外す。「じゃ、現場行きましょうか。途中でお昼食べましょう。御馳走するっすよ」

「裏金で？」

仕事の時の癖なのかさっと車のドアを開けてくれる直ちゃんに礼を言い、助手席に乗り込む。

　車がアパートの駐車場を出たところで、直ちゃんはおもむろに口を開いた。

「……まあ、こういうわけで、警察も困りきってるんすよ。まず容疑者にはアリバイがある」

「うん」直ちゃんを見て訊き返す。「……まず？」

　彼女は俺をちらりと見て、いつもより静かな声で言った。「実は、一番の問題はそこじゃないんすよ。現場を見ていただければ分かるかと」


　午後には現場である小沼岬に行った。的場さんのアパートからだと国道をえんえん走り、昼食を挟んで合計二時間半かかったが、インターチェンジが近くにないため、高速道路を使ってもかかる時間はたいして変わらないのだ、とハンドルを握りつつ話す直ちゃんは、長時間の連続運転でもたいして疲れていないようだった。

　よく晴れて海の青が綺麗な日だったので、車窓から海が開けると、思わずおっ、と思って見てしまった。プリエールのある町も海には近いが、こうして水平線が見えるところまで行くのは久しぶりである。

　事前に言われていたことだが、小沼岬は確かに「マニアックな」場所だった。海が隠れ、町から離れて看板なども少なくなった国道をしばらく走っていると、直ちゃんが突如「ここっすね」と言い、左側に車を寄せて停めたのだ。窓から周囲を窺っても、車が停まっているのは「路側帯《ろそくたい》がそこだけ広くなっているところ」に過ぎず、何もない。だが車を降りてみると、左側の斜面に人ひとり分くらいの細い道があった。入口の横には木製の立て札があって、かすれて消えかかったペンキで「小沼岬　３００ｍ」と書かれている。その先に張られている「立入禁止」のロープがなければ見落としてしまうだろう。

「なるほど、マニアックっすね」直ちゃんは車を回り込んでこちらに来て、周囲を見回した。「あらかじめ目印聞いてなかったら、カーナビ使ってても素通りしちゃうっすね」

直ちゃんが親指で指したのは、道の反対側にあるコンビニである。三、四台分の駐車場はあるが、買い物をするわけでもないからそちらには停めなかったのだろう。

「二十四時間営業か。……事件時も営業していたはずだよね」

「そうなんすよ。そこがまず問題でして」直ちゃんは俺と並んでコンビニを見ながら言った。「当然、ここにも聞き込みはしたんすよ。レジの中から道が見えるから、店員さんが『同行者』の車を見てるはずっすよね」

道を挟んだここからでも、店内で働く人の動きはよく見える。

「なのに店員さん、事件時に不審な車、見てないんすよ。十一月四日の午後六時から翌朝六時まで働いてたバイトさんによると、来た車は全部ただのお客さんで、買い物したらすぐ帰っちゃったって話で」

「つまり……」俺は道の左右を見渡し、それから岬に入る道を振り返った。「犯人と中沢さんは、岬にはこっそり来たってこと？　車を離れた場所に停めるとか、自転車に乗ってくるとかで」

「そういうことになるっすね」

岬に入っていく道を見上げる。舗装《ほそう》されていないどころか街灯も全くなく、両側からは草が伸びてきている。下手《へた》をすれば獣道だ。

「現場、この先だよね？」俺は直ちゃんに続いて道に入った。この季節ですでに草が生い茂っていて、むっとする植物のにおいがした。傾斜があり、革靴で来たのが少々不安なほどだ。

「ここ、夜なら真っ暗だよね。ライトか何かを用意していないと歩けたものじゃないし、そもそもただ通りかかっただけじゃ、岬の存在そのものにも気付かなかったはずだ。犯人は最初からここで中沢さんを殺すつもりで、下見もしていたと思うんだけど」

「そうなんすよねえ」後ろから直ちゃんも上ってくる。未舗装の坂道でも平気な様子である。

「下見していたなら、店員さんが不審な人とか見てないのかな？　事件の前に、一人で岬に入った人とか」

「それも訊いたらしいんすけど、いないって話っす」

「自家用車以外で来たってことはないの？」目の高さにある枝を手で押しのけつつ、後ろの直ちゃんを振り返る。「タクシーで来てさっと降りれば、不審者には見えないと思うけど」

「このあたりのタクシー会社と個人タクシーには確認をとったっすよ。利用した形跡はゼロだそうで」直ちゃんは顔に跳ね返ってこないよう、俺が押しのけた枝に手を添えた。

「徒歩で来るのは無理？」

「最寄り駅からでも六、七キロあるっすから。歩けないことはないっすけど、えんえん連れてくるのはかなり無理があるっすね」

「バスは？」

「すぐそこにバス停はあるっすけど、午後は一時二分の次は四時二分で終わりっす」

「バイク……で乗せてきたら、コンビニの人が覚えてるか。いっそのこと、家から二人でサイクリングしてきたとか……」

「中沢氏の家からだと車でも一時間かかるっすよ。行けないことはないすけど、死亡時の服装を見ると、サイクリングって感じじゃなかったっすね」

　前方から潮の香りのする風が吹き始めていた。直ちゃんが少し声を大きくして続きを言った。「つまり『同行者』はよっぽど慎重に計画して下見をしたか、それとも、もともとこのあたりの人で、この岬をよく知ってたか」

「なるほど」

　地元の人間が中沢氏の周囲にいたなら、警察がとっくにマークしているだろう。つまり前者なのだ。この岬のことをどうやって知ったのかは分からないが。

　坂が緩やかになり、左右の立木も背の低い松だけになって、視界が急に開けた。道はうねったり上下したりしながら五十メートルほど延び、その先に古びた東屋《あずまや》とベンチが見える。あそこが突端のようだ。波の音も聞こえてくる。

「ところがっすねえ。問題があるんすよ」後ろの直ちゃんが言った。「もう二十メートルほど進んでいただければ分かるっす」

「問題……？」

　そういえば、午前中にもそういうことを言っていた。何のことだろうと思いながらもとにかく歩くと、後ろからジャケットの裾を引っぱられた。「ストップっす」

「ん」

振り返ると、直ちゃんは親指で右下を指している。「現場、ここなんすよ」

「えっ」

直ちゃんが指さしている方を見る。道の端には腰くらいの高さの木製の柵があり、それを越えると斜面になっている。二、三十メートルほど先まで行くと地面がぷっつり切れていて、そこからは崖になっていた。ここからでは見えないが、斜面の先まで行って下を覗けば、中沢氏が叩きつけられた岩があるのだろう。見たいような見たくないような気持だったが、どちらにしろ柵を越えて斜面を下りていくのは危険すぎる。

「ここから……？」

「そうなんすよ」直ちゃんは困り顔で言う。「おかしくないすか？　なんでわざわざここからなんでしょう。ここから落としたって、よっぽどニブい人じゃないかぎり転がり落ちる途中でどこかに摑まれるはずで、下まで落ちないっすよ」

「確かに。女性の力だったらなおさらだね」

「普通は柵を越えそうになった時点で『おっとっと』って踏ん張るっすからねえ。引き手を引かずに背負い投げとかすれば、頭打ってふらふらしてる間に落ちてくかもしんないっすね」

「そういうこと言いながら襟を取らないでもらえるかな」

直ちゃんを引き離し、ぐるりと四方を見渡す。反対側にも同じ高さの柵はあるが、あちら側は崖で、海面まで一直線だ。それどころか、柵の外が斜面になっているのはこちら側のこのあたりまでで、突端の展望台周辺はもとより、もう十歩先に行くだけで両側が崖になっているのである。

「……殺すつもりで突き落とすなら、ここから落とすはずがないね。途中で止まっちゃうし、下の様子も分からないし。他の場所から落とせばまっすぐに海まで落ちる。死体だって水没してくれた方がいいだろうに」

「そうなんすよ」直ちゃんも俺の隣に手をついた。「計画的な犯行なら、こんなことはありえないんすよ。だから犯行は突発的なものだったってことに」

「いや、でも」直ちゃんを見る。彼女は斜面の先を見ている。「さっきの話じゃ、犯行は計画的なものじゃないとありえない、って結論だったよね？　どういうこと？」

直ちゃんは肩をすくめた。「……だから、謎なんすよ」

中沢氏を殺すつもりで連れてきたなら、ここから突き落とすはずがない。だが、ここに来て突然殺害を決意し、とっさに突き落としてしまった、というなら、「同行者」はどうやってここまで来たのだろう。ここまで来た痕跡が残っていないのはおかしい。

つまり、計画的な犯行でも、突発的な犯行でもない？　そんな馬鹿な。

「……それじゃあ、『同行者』は中沢さんを殺すつもりで計画をたて、こっそりここまで連れてくることに成功した。だけど、ちょうどこのあたりで中沢さんに気付かれたとか何かで抵抗されて、とっさにここから突き落としてしまった、っていうのは？　つまり、小沼岬まで来るところまでは計画的で、殺害そのものは突発的だった」

「御名答っすねえ……」

「台詞《せりふ》のわりに気乗り薄な言い方だね」

「そうなんすよ」直ちゃんは足元を指さした。「警察でも、一旦はそういう結論になったんすけどね。足元を調べたら」

「足元？」直ちゃんが指している地面には、名前の分からない種々の雑草がわしゃわしゃと生えている。

「地面に跡がないんすよ。中沢氏が転がり落ちた跡だけで、犯人が柵を越えて斜面に踏み出した跡が全くないんです」

「犯人が……？」斜面を見下ろす。「……そうか。ここからじゃ下の方まで見えないし、犯行時は真っ暗だったはずだ」

草が伸びていることもあり、柵の上からでは斜面の下の方はよく見えない。落ちた中沢氏が「ちゃんと下まで落ちた」のか、それともどこかで止まっていたり、何かに摑まってふんばっているのかは、途中まで斜面を降りていかなければ判断できない。もし中沢氏が落ちていなかったら、犯人はそのまま破滅、ということになるはずだ。ゆっくり下りていくのなら命綱なしでも可能だったはずなのに、中沢氏の殺害を計画してここまで連れてきたはずの犯人は、それすらせずに逃げたのだろうか？

「だとしたら……」

そうは言ってみたものの、言葉が続かない。

直ちゃんが言葉を継いだ。「だとしたら、この事件はいったい何だと思いますか？　計画的な犯行でも突発的な犯行でもなく、何かのアクシデントで途中から突発的な犯行になったのですらないんです。しかも、容疑者には全員アリバイまである」

海からの風に髪をなびかせながら、直ちゃんは斜面の下を見ている。

俺は柵を摑む手に力を込めた。……だとしたら、考えられる可能性は。

5

午後十一時。閉店して翌日の準備も済ませ、俺たち兄弟の夕食も済むと、プリエールの店内は静かになる。食後、二人とも二階にある自室に引き揚げることもあるが、たいていはどちらか、あるいは両方が一階の店内に残り、とりとめのないことを話しながら残った菓子やお茶で一服したり、住居部分の掃除当番を賭けてゲームをしたりする。叔母に手伝いを頼んでいた頃にはなかった習慣で、俺自身はこの時間がわりと好きだ。

とはいえ、今夜はあまりリラックスした気分になれなかった。直ちゃんに連れられて容疑者の的場莉子さんを訪ね、現場を訪ね、そして、事件が完璧に不可解なことをしっかり思い知らされて帰ってきた俺は、思い知らされたことそのままを智に伝えなければならなかった。この間の言動からして、智には何か考えがあったはずなのだが、今はこいつも、浮かない顔で話を聞いている。

「……まあ、こういうわけでさ。どうなってるのかさっぱり分からない」

今日までの捜査結果を話し、俺はカップに入ったクレームブリュレにスプーンを差し入れる。夜の現場も見てから帰るから遅くなる、と電話をしたら、智が作っておいてくれた。「疲れてるだろうから」ということらしい。

向かいの席に座る智も、黙ってカラメルを割り、ブリュレをすくっている。普通はこの時間に食べると太るのだが、朝食を提供する関係上、午前六時には仕事を始めなければならないから、前の晩にある程度食べておかないと起床時のエネルギーが確保できないのである。

「お前の言った通りだったよ」俺はコーヒーに口をつけた。「論理矛盾じゃないかってほど難解だった。警察がいくら捜査しても分からないわけだ」

「警察の捜査は手詰まりになってるんだね？」智はカップを傾け、ホットミルクを一口飲んだ。俺はどんなにカフェインを摂取しても全く入眠に影響がないが、弟の方はカフェインに弱く、夜にコーヒーを飲むとたちどころに目が冴《さ》えてしまうらしい。「……だけど、状況はそれほど難解とは思えない」

「何？」智の言葉に、つい大きな声が出た。「だって……いいか？　さっき説明した通り……」

「説明はちゃんと聞いてたよ」智は俺の勢いに萎縮《いしゅく》したのか、体を後ろに傾ける。「兄さんの説明の通りなら、結論は一つしかないよ。……そう思わない？」

「いや……俺には一つどころか、ゼロに思えるけど」

あの後、現場周辺を見たり聞き込みをしたりして夜まで過ごし、それから車で帰ってくるまでの間、直ちゃんと二人、ずっと考え続けていたのだ。だが、現実的な解答は何も浮かばなかった。

「結論はあるんだ。それを裏付ける証拠も、警察が調べればたぶん出てくる」

智がそこまで言ったところで、カウンターの奥の電話が鳴った。何事だろう、と思ったが、俺より先に智がさっと立ち、サンダルを鳴らして電話の方に歩いていった。

電話はしばらく続いた。智は真剣な表情のまま、抑えた声でやりとりしている。

俺はテーブルの上のブリュレに意識を戻し、スプーンですくった。店に出すものより甘さをやや抑えて、俺と智の好みに合わせている。

——結論は一つしかない、だって？　その一つとは何だ。智は、話を聞いただけで分かったというのだろうか。

「直井さんからだった。あの後、県警本部に戻ったら、頼んだことの調査結果が届いてたって」

「ああ」頷く。「じゃあ、中沢氏はやっぱり……」

「うん。予想通り」智はぱたぱたとテーブルに戻ってきて座り、ホットミルクを飲みほした。「それと、ついでに頼んでおいた。証拠収集は明日、朝一番でかかってくれるっていうし、閉店後に香田さんに報告したいって言ったら、明日午後九時半に連れてきてくれるってさ」

「そうか。……直ちゃん、よく働くな」

「その点は折り紙つきだよ。あの人は」

「いや、それより」さらりと言われたせいで訊き返す暇がなかったのだが、俺は弟を見た。

「お前それ、つまり解決したってことか？」

智は視線を空になったブリュレのカップのあたりに落としたまま、頷いた。

「……うん。説明する」

俺はスプーンを手に持ったまま、智がゆっくりと事件の真相を話すのを聞いた。弟は例の鋭い表情になったまま、特に抑揚《よくよう》を付け加えることもなく淡々と話した。そのせいか、弟の説明はすとんと腑に落ちた。

「……そういうことか」

話を聞きながら、知らず力が入っていたらしい。聞き終えた俺は、なんとなく凝《こ》っている肩をぐるりと動かしてから力を抜いた。

が、こちらが褒め言葉を出そうとすると、智は俯いたまま、それを遮るように言った。

「どうすればいいと思う？　この真相を、香田さんにどこまで話せばいい？」

「それは……ありのままを話すしかないんじゃないのか？」

智は弱々しい声になった。「……全部、話すの？」

俺は考えた。弟は確かに言っていた。解決することが、いつもいい結果になるとは限らない。死んだ人は、事件が解決したって帰ってこない。

……この事件では、確かにそうだ。だが。

「話すべきだろ。香田さんが一番知りたかったのはそこだろ？　だからこそ、わざわざうちに来て話をしたんだろうし」

「でも」智は俯いたまま、かすれる声でなおも言う。「香田さんにとっては残酷な話にしかならない気がしない？　話したって……」

「なに、気にするな。俺がさらっと話すさ」

そう言うと、智は顔を上げた。「兄ちゃん」

「気にすんな。よくやったって、お前」

智は自分が犯人になったかのような顔でまた下を向いた。もう子供じゃないから、と言って人前では「兄さん」と呼ぶようにしていたはずが、いつの間にか「兄ちゃん」に戻っている。どうも相当落ち込んでいるようだ。

が、しばらく黙っていたと思ったら、いきなり手を伸ばして俺のコーヒーカップを取り、ぐい、と全部飲みほしてしまった。

「おい、眠れなくなるぞ」

「その方がいい。少し夜更かしする」智はがた、と立ち上がると、そばの椅子にかけてあったエプロンをとってパジャマの上から身につけた。

「おい。何始めるんだよ」

「何がいいかな？」

「何がって、何がだよ」

「……そうだ。ジャムを使おう。あの人はジャムが好きなんだ」智は答えず、カウンター越しに俺を呼んだ。「兄さん、新しいケーキ試してみたいんだ。試食してくれる？」

「おい。……いいけど」

「無塩バター、ＢＰ《ベーキングパウダー》、卵。ジャムはやっぱり苺かな……」智はぶつぶつ言いながら冷蔵庫を開けてごそごそとやりだした。「上は粉砂糖だけにしよう。派手にならないように……」

こうなるともう、横から話しかけても聞かないのだ。落ち込んだ時にお菓子を作って元気になる、という、変な弟である。

湯煎《ゆせん》で50℃に温めたバター。カラザを取り除いた全卵。グラニュー糖。ＢＰを足してふるいにかけた薄力粉。これが綺麗に一対一対一対一、である。この分かりやすさが英語圏の精神という気がする。しかも分量が「各100グラム」。覚えやすいことこの上ない。ただしバターには牛乳も足す。人によってはさらにアレンジで蜂蜜やバニラオイル、果ては酢を足す人までいるのだが、今回は使わない。シンプルを是《ぜ》とするケーキなのだ。

　全卵と薄力粉を混ぜて泡立てる。高速で泡立ててしまうと大きな泡ができ、焼くと穴ぼこだらけのスポンジになる。智は意図的にそうすることもあるようだが、今回は滑《なめ》らかでしっかりした生地がほしいとのことで、中速↓低速できっちり泡立てていた。泡立て方の目安は「垂らして絵が描ける程度の固さ」である。そこに何回かに分けて薄力粉を足し、温めたバターを入れる。へらを使って切るような動きで混ぜていくと、クリームイエローでねっとりどっちゃりした生地が出来上がる。パンなどでもそうなのだが、オーブンに入れる前の生地というのはこの時点ですでにとても美味しそうだ。実際に舐めると「ああ……」となるのだが。

　焼き菓子の味付けは言ってしまえば「実質、砂糖だけ」であることが多い。それがどうしてこんなに美味しく奥深くなるのか不思議であり、この白くて透き通った、指にくっつく魔法の粉に限りない畏敬《いけい》の念を抱く。もちろん敬うべきは砂糖というより、工夫に工夫を重ねてこの粉に魔法をかけた先人たちである。

　生地ができたら、それを二つに分けて別々の型に入れる。通常、家庭で作る時は一つの型でまとめて作って最後に切ってもいいのだし、実際にイギリスの家庭でもそうしている気がするのだが、智の口癖を借りるなら「うちはお店だから」である。焼き上がり後の断面も食感も、一つのスポンジを切るのと、二つのスポンジを重ねるのとではだいぶ違う。

そして180℃に加熱したオーブンに20分。途中から160℃に下げて5分。この間に苺のジャムを出してくる。もちろんジャムはあらかじめ果実を潰し砂糖を流し込み、じっくり仕上げた自家製を用意してある。オーブンが回る。徐々に甘く香ばしい香りが分かるようになる。「できてきた。できてきたぞお」と心が躍る香りであるが、もちろん普段は忙しくて、この時間をじっくり味わっている余裕などない。そういう意味では、休日ののんびりしたお菓子作りというのはとても贅沢な時間である。

こんがり焼き色がつき、そのままボフッと顔を埋めてみたい感触の生地がオーブンから登場する。一枚の上面にジャムを塗り、もう一枚を載せる。その上から粉砂糖を振って薄く雪化粧をさせる。生地の縁《ふち》がぷく、ぷく、と二回膨《ふく》らんで「3」の形になっているのが可愛らしく、やはり二枚を別々に焼いて正解だ、と思う。このケーキの神髄《しんずい》はこの「ぷく、ぷく」というシルエットにあるのではないかという気すらしてくる。生地はややしっかり、味はシンプル、ジャムが主役の「ヴィクトリアン・サンドウィッチケーキ」が出来上がる。

翌日、俺は朝からずっと落ち着かなかった。午後三時頃、直ちゃんから電話があり、昨夜、智に頼まれた証拠は無事収集でき、捜査一課は現在、それ以外の証拠を固めるべく詰めの作業に入っている、とのことだった。直ちゃんの方は閉店後に、香田さんを店に連れてきてくれるという。

「さすが惣司警部っすよ。全部、あの人の言ってた通りですもん」直ちゃんはそう言ったが、その後、少し声のトーンを落として加えた。「……ま、こういう真相なんで、手柄になるかどうかは微妙なとこなんすけどね」

俺は直ちゃんに礼を言い、受話器を置いた。顔を上げると、カウンターの外から智がこちらを見ていた。表情を見る限り、俺よりずっと落ち着かない気持ちでいるのだろう。

確かに、香田さんには辛い真相だろう。だが話さないわけにもいかなかった。彼女には基本的に俺から話すことにしよう、と決めた。

月曜日にしては夕食を求めるお客さんがほとんどおらず、プリエールは午後八時半には空になっていた。俺はもう閉店にしてしまいたいのをこらえ、いつも通り九時まで店を開け、それから直ちゃんを待った。入口にシャッターを下ろさず「準備中」の札だけを下げて待っていると、午後九時半ぴったりにドアベルが鳴った。

「夜分にお呼び立てして申し訳ありません」

硬い表情でテーブルについている香田さんに頭を下げ、俺はその向かいに座った。トレーを持った智が音もなくやってきて、直ちゃんも含めた三人にハーブティーを出した。

「……いい香りですね」香田さんの表情がわずかにほころんだ。「何のハーブですか」

答える智の方が表情が硬い。「カモミールとオレンジピールを主体にブレンドいたしました。香りを嗅いでいただくだけでも結構ですので」

智はそのまま立っていた。席には着かないが、テーブルを離れる気もないらしい。

俺は待たずにティーカップに手を伸ばし、ハーブティーを一口飲んだ。こういうところで「空気を読む」のは得意らしい直ちゃんも、俺を見て同じようにした。

香田さんがハーブティーを飲み、一息つくまでゆっくりと時間をかけて待ち、それから俺は口を開いた。

「……中沢正輝さんの事件ですが、犯人が分かりました」

その話をするということは伝えてある。香田さんの表情はほとんど動かなかった。

「十一月四日、小沼岬にいた中沢さんの隣には、彼と交際していた『同行者』がいました。その人物が誰なのかが判明したんです」

エプロンをして仕事着のままの自分がなぜこんな刑事みたいな話し方をしているのか、と思わなくもない。だが今さら「警察官じゃないんで」とは言えない。偽《にせ》刑事を貫くしかない。

「ですが、調べていくとどうも、この『同行者』は中沢さんの死については責任がないのではないか、という結論になりました。『同行者』は中沢さんを押したか、振り払った程度の動作はしたが、殺そうとか落とそうとか思って突き落としたのではない。……つまり、彼は自分で勝手に落ちていったのではないかと」

「そんな」香田さんの表情が不満そうに変わった。「突き落としたんでしょう。押したくらいで勝手に落ちるなんて」

「いいえ。勝手に、というのは言いすぎかもしれませんが、彼は自分で落ちていったんです。『同行者』は、刑法に触れるようなことは何もしていない。したがって逮捕することもできないし、道義的にも何一つ責任を負うものではない。彼の死に関して、気に病む必要すら全くないんです」

「そんなわけ、ないじゃないですか。どうしてそんなことが言えるんですか」香田さんが抗議する口調になった。「一緒にいたんでしょう。それで、どのくらいかは知らないけど押して落とした。それで責任がないはずがないじゃないですか！」

「『突き落とす』と言えるだけの行為をしていないんです」

「でも落ちていくのに何もせず、黙って見ていたんでしょう。警察は、それでも責任がなかったって言うんですか？」

「中沢さんが落ちてから、『同行者』は一歩も柵を越えていないことが分かっているんです」

「それが問題なんじゃないですか。柵を越えてないっていうことは、助けるつもりも……」

香田さんはそこで不意に言葉を切った。それから、息が詰まったように動きを止めた。直ちゃんがこちらを見たので、俺は黙って彼女に頷きかけた。視線だけ動かして智を見たが、こちらは沈鬱な表情で香田さんを見ているだけだった。このくらいのことは、予測していたのだろう。

「香田さん。御自分でお気付きのようですね」俺はテーブルに肘をついて、正面に座る香田沙穂を見た。「今のではっきりしました。『同行者』はあなたですね？」

香田沙穂の顔がぎくりと動き、両目が大きく見開かれてまっすぐ俺に向いた。俺はじっとその目を見つめ返し、どう動くかを観察していた。彼女はすぐに視線を落としたが、瞳は何かを探すようにちらちらと揺れていた。

「……どうして、そんな話になるんですか？」

「あなたの今のおっしゃり方です」

さすがに、すんなりと認めてはくれないようだ。俺は一度、呼吸を整えてから言った。

「『落ちていくのに何もせず、黙って見ていたんでしょう』。『柵を越えてないっていうことは、助けるつもりも』——あなたは今、そうおっしゃった。普通、岬の崖から落ちて死んだ、というなら、崖下にまっすぐ落ちていくところを想像するはずですよ。なのにこれは、中沢氏が斜面を転がり落ちていったことを前提とした言い方です。現場は確かに斜面で、中沢氏は転がり落ちていったはずです。ですが、それを知っているのは警察と犯人だけですよ」

「警察の方が、前にどこかで言っていたような気が……」

「それはありえませんよ。警察は現場が『小沼岬』であることは話しますが、恋人であったあなたに対して、落ちたのが斜面で、柵を越えて転がり落ちていった、なんていう生々しいことまでわざわざ話すはずがありません。まして、あなたは同時に容疑者でもあった。容疑者に対して、『犯人しか知り得ない情報』を、わざわざ言ったりしません」

　香田沙穂は沈黙したが、視線はまだちらちらと動いている。

　今、自分は殺人犯と相対しているかもしれないのだ、と思うと、俺は急に緊張した。テーブルに置いた両手を握る。大丈夫だ。ここには直ちゃんも智もいる。

「この事件には、もともと奇妙な点がありました。それが警察の捜査を難航させた原因の一つでもあるのですが」

舌で唇を湿らせる。ここで嚙んだりはしたくなかった。「……それは、中沢さんが亡くなる前、彼の携帯電話に、『同行者』と思われる人物からのメールや通話の履歴がなかったことです。彼が崖から突き落とされたとするなら、突き落とした『同行者』と中沢氏は、どこでどう落ち合ったのでしょうか？　『同行者』が中沢氏の浮気の相手だとするなら、その浮気相手が中沢氏と落ち合ったはずの十一月四日、あるいはそれ以前に、友人からの電話とあなたからのメールを受信する以外、一度も彼の携帯が使われていない、というのは奇妙です。彼女であるあなたが三日前から急遽《きゅうきょ》帰国していたのに浮気相手と会う、というのも変ですが、それ以上に、その状況で、会う前に一度も携帯でやりとりをしなかったことは不自然極まりないことです」

隣席の直ちゃんは香田沙穂をじっと見ている。表情を観察しているようだ。

「……となると、考えられる可能性は二つ。一つは、『同行者』など存在せず、中沢氏は一人で小沼岬に行き転落した、ということです」

智は黙って横に控えている。香田沙穂を非難するような表情はしていない。

「……ですが、それはありえません。中沢氏は普段から運転していたのに、彼の車はアパートに残っていました。自殺であるなら現場まで移動する間は一人でいたいでしょうし、事故であるなら何のために小沼岬に来て、帰りの足をどうするつもりだったのかが分かりません。いずれの場合でも、自分の車で現場に来なかったのは不自然すぎます」

実のところ、昨夜智と話すまでは、俺は「同行者」などいないのではないか、と漠然と考えていた。それが間違っていたことは、あの後、智から説明された。

「だとするなら、残った可能性はこれです。『同行者』は存在したが、それは、あなたの存在を気にする必要のない立場の人間だった。……『同行者』があなた自身であるなら、いきなり中沢氏の家を訪ねてもいいし、帰省前にした電話ですでに、何日のいつ会おう、と決めていたかもしれません」それから、続けて一気に言う。「それに、すでに証拠も挙がっていますよ。あるところから目撃証言が出ています」

香田沙穂は視線をテーブルに落としたまま動かない。だが、先ほどより動揺は収まっているように見えた。あるいは、呼び出された時点である程度は覚悟をしていたのだろうか。

三つのカップに残ったハーブティーから、湯気がかすかに現れて、巻いて消えた。

香田沙穂はさらに俯き、前髪で目元が隠れて見えなくなった。

が、その唇がわずかに緩んだ。

「……そういうことですか。それで、最初にあんなことを言ってくれたんですね。犯人には責任がない、なんて……」

中沢氏の『同行者』だったにもかかわらず、彼女は捜査に対してむしろ協力的だったように見えた。「本当のことを知りたい」と言っていたのは、たぶん本心だろう。

「あなたはおそらく、中沢さんを殺すつもりはなかった。ただ突き飛ばしたか、押した程度だったのではないですか？　それなのに、中沢さんは下まで落ちてしまった。……あなたが知りたかったのは、『自分は本当に彼を殺してしまったのか』だったのでは？」

香田沙穂は再びテーブルの上に視線を彷徨《さまよ》わせた。そして、自分のカップにまだハーブティーが残っているのを見ると、手を伸ばしてカップを摑み、ぐっと顔を反らせて一気に飲みほした。

ゆっくりとカップを置く。

「……突き飛ばした、かもしれません。手を振り払っただけじゃなかった」

香田沙穂はカップをソーサーに置いた動作のまま動きを止め、言った。

「私は帰省する前、電話をしました。ロンドンに戻る日なら時間があるから会えないか、と言うと、彼は会いたい、と言ってくれました。大事な話があるから、あの場所で待ってる、と」

横にいた直ちゃんが、初めて口を挟んで確認した。「小沼岬のことですね？」

「昔、ドライブの途中に見つけた穴場だったんです。夕暮れ時がすごいんですよ。……それだけじゃなくて、私が留学を切りだしたのもあそこででした」

香田沙穂は声こそしっかりしていたが、カップの取っ手に絡めた指には力が入っていた。

「合格発表の頃からよそよそしくなって、そこにこれだから。……分かりましたよ。別れ話だってことくらい。……どこかに行く時はいつも彼の車に乗せていってくれたのに、先に岬に行っているから自分の車で来てくれ、と言われて、はっきりしました。ああ、なるべく一緒にいたくないんだな、って」

カップがかすかに動き、かち、という音が静かな店内に響く。

「車で小沼岬に着いたら、彼が待っていました。暗い顔で、大事な話があるから、って……。私はあとについて展望台に向かいましたが、途中で帰りたくなって……。あの場所で逃げ帰ろうとして、揉めたんです。摑んでくる手を振りほどいて……確かに突き飛ばしました」

直ちゃんの表情が一瞬だけ変わった。彼女にとっては今の一言が重要なのだろう。

「でも、突き落とす気なんかなかった。なのに……あの人は柵の向こうに倒れて、なぜかそのまま……」

斜め上から智の声がした。「承知しております。もう充分です」

香田沙穂はちらりと智を見上げ、すぐにまた俯いた。端整な智には、今の自分の顔を見られたくない、と感じたのかもしれなかった。

「私は車ですぐ逃げました。何もなかった、っていう顔をして、飛行機でロンドンに帰った。……空港ではずっと、いつ呼び止められるのか、って怖かった……」カップの取っ手にかけた指が震えた。「……人殺しになりたくなかったの。男に捨てられて、相手を殺した女――なんて、そんなものになりたくなかった」

香田沙穂が、すっと力を抜くのが見えた。彼女の声の調子が変わり、わずかに滑らかになった。

「自分があれほど冷酷な人間だったなんて、思っていませんでした。彼が死んだところを見たわけじゃないんだから、本当なら、すぐに助けを呼んでくるべきだったんです。……でも、そうしませんでした。崖の下を見ながら、私は思っていました。『助けなんか呼んでも無駄だし、放っておけばいい。別にいいじゃないか、どうせもう捨てられたんだし』って……」

「本当に冷酷な人なら、亡くなった中沢さんにはもう、何の興味もないはずです」俺はなるべく彼女を正面から見るようにして、言った。「警察から呼び出されても、面倒だからうちの店《うちのみせ》に来てくれ、と言えばいい。なのにあなたはプリエールにわざわざ来て、『本当のことを知りたい』と言った。……それは、ずっと彼のことが気になっていたからでしょう」

俺が喋ったことで言いだしやすくなったのか、脇に立っている智が口を開いた。

「あなたは捨てられてなんかいません。それに彼を殺してもいない。……中沢正輝さんは、あなたと別れたくない、と思っていました」

抑えた音量だったが、強い調子だった。香田沙穂は、脇に控えていた智からいきなりそう言われたことに驚いたようで、今度はまともに彼を見上げた。

「中沢さんがあなたにしたかったのは、別れ話ではありません。むしろ、逆です」智はトレーを脇に挟んだ恰好のまま、彼女を見下ろして言った。「あなたとの連絡が疎遠になったのも、小沼岬まで車であなたを乗せていかなかったのも、同じ理由です。それと、突き飛ばしただけの彼が崖下まで落ちてしまったのも」

「あの、それは……」香田沙穂は、どう訊いていいか分からない、という様子で言葉を詰まらせた。「どういう意味ですか？　同じ理由……？」

「警察が、彼の病歴を調べました。……もやもや病、というのを御存じでしょうか」智は自分の顎のあたりに人差し指を当てた。「脳の病気です。内頸動脈《ないけいどうみゃく》の終末部……脳底部分の血管が狭窄《きょうさく》・閉塞をきたし、それを補うため、細い血管が多数走行するようになる。その細い血管網が断層画像では煙のように見えることから、そういう名前がついています」

俺はこの病気に関しては、軽くネットで調べた程度の知識しか持ち合わせていない。弟に説明を任せることにして、少し背の力を抜いた。

「ところがこの細い血管では、脳に血液がきちんと回らないため脳虚血を起こしたり、血圧に耐えきれずに脳出血を起こしてしまうんです。中沢正輝さんは昨年の九月、脳出血の発作を起こして入院しています。手術も受けましたが、後遺症が残った。左手の運動機能が落ちると同時に視覚障害が起こり、視野の左半分が失われてしまったんです。……したがって、車の運転はできない」

「そんな……」香田沙穂は俺の方を向き、直ちゃんを見て、またせわしなく智を見上げた。

「だってそんな話、私には少しも……」

「事件時に、打ち明けるつもりであなたを呼び出したんでしょう」智は静かに言う。「もやもや病の、とりわけ少年期に発症するタイプは予後が比較的良好なのですが、彼の場合は運悪く後遺症が残ってしまった。それだけでなく予後が極めて不良なケースで、今後、再び脳出血を起こす可能性があった。仕事ができるかどうかも分からないし、突然再発して死ぬかもしれなければ、より重篤《じゅうとく》な障害が残るかもしれない状態だった。あなたに打ち明けるのは躊躇《ためら》われたでしょうし、妹さんが結婚を控えていることもあって、家族にも詳しい病状は話していなかったようです。もやもや病はわずかながら家族性があります。彼の出身地は病気に対する偏見が強い地域なので、妹さんが理由のないことで不利益を受けないよう、隠しておくことにしたのでしょう」

「そんな」もう智を見ていられない様子で、香田沙穂は俯いた。「じゃあ、浮気してたっていうのは……」

「そのような事実はありませんでした」彼女を見下ろしている智も、そこで初めて少し、視線をそらした。「香田さん。あなたは不思議に思ってはいませんでしたか？　犯行を隠すための準備など何一つしていない自分に、なぜアリバイがあるのか」

曖昧な言い方だったと思ったのか、智は具体的に言い直した。「……つまり、なぜ警察が、中沢さんの死亡時刻を十一月四日の午後四時九分でなく、午後七時九分だと思っているのか」

本来第一容疑者になっていい立場の彼女は、真っ先に容疑を免れた。彼女は十一月四日の午後六時五十八分発の飛行機ですでに成田を発っていたからだ。

そして、それは中沢正輝氏の死亡時刻が七時九分である、という前提に依《よ》っている。その根拠は、彼の腕時計がずれようのない電波時計であり、しかも落下時、岩に叩きつけられて壊れたまま誰の手も触れていない、ということがはっきりしていたからだ。

だが、それはイコール、彼が七時九分に落下した、ということにはならない。

「香田さん。……中沢正輝さんは、あなたを愛していました。とても」智は痛みをこらえているような顔をしている。自分が当事者であるかのようだ。「あなたにアリバイが成立したという事実そのものが、その証拠なんです」

まだ、智が何を言っているのか分からないのだろう。香田沙穂は動かない。

「中沢さんは、自分の腕時計をわざと遅らせていたんです。……友人の佐久間芳樹さんがこう証言しています。ロースクールの二年目あたりで、中沢さんには変化が起こりました。『携帯はいつも身につけてるようになったし、けっこう出しては開き、出しては開き、って感じになった』。……また、その頃から、腕時計をじっと見ていたりすることもあったということです」

智がちらりと俺を見る。俺は頷いてみせた。あの聞き込みも無駄ではなかったのだ。

「佐久間さんはそれを、別の彼女ができたのかもしれない、と誤って解釈していました。仕方のないことかもしれません。佐久間さんの携帯はスマートフォンだったそうですから」

おそらく佐久間氏は、以前からずっとスマートフォンを使ってきたのだろう。だからつい見落としてしまった。昔ながらのフリップ式の携帯が、メールを受信した時にどうなるか。

「フリップ式のほとんどの機種は、メール着信があればランプが点灯し、開かなくともそれが分かるようになっています。メールが来ていたかどうかが気になって携帯を出したりしまっていたりしたなら、毎回フリップを開く必要はないんです。中沢さんが、誰から来たのか言いにくいようなメールを待っていたなら尚更です。それなのに彼は、わざわざフリップを開けていた。つまり彼は、メールを待っていたのではないんです。携帯を出して、フリップを開けて、すぐ閉じる——この動作は、何をしている時の動作でしょうか」

俯いていた香田沙穂がぴくりと動き、わずかに顔を上げた。「時計を……？」

「そうです。中沢さんは、時計を見るために携帯を出したりしまったりしていた。……腕時計をしているにもかかわらず、です。それは、なぜでしょうか」

一瞬、沈黙があった。智は、彼女の反応を待たずに続けた。

「つまり、彼の腕時計は正確な時刻を表していなかった。そしてそのことを彼自身も知っていた。電波時計ですから、自分で受信をOFFにし、時刻が合わないようにしていたことになります。……彼の腕時計は、別の時刻を表していた」

「まさか……」

香田沙穂がゆっくり顔を上げ、脇に立つ智を見上げる。智はその視線をしっかりと受け止め、頷いた。

「日本とイギリスの時差は九時間。彼の時計はイギリスの時間に合わせてあったんです。

ロンドンにいるあなたが今、何をしているのかが分かるように」

だから、中沢正輝氏の腕時計は九時間、遅れていた。実際の死亡時刻は十一月四日の午後四時九分。この時間にはまだ、香田沙穂は日本にいる。そして小沼岬の近くのバス停には、午後四時二分に最終バスが来る。中沢氏は駅から小沼岬までバスで来たのだ。香田沙穂の方は車で来たのだから、警察がコンビニ店員に対し、午後四時ころのことについても聞き込みをしていたら、証言が出ていたかもしれない。

そしてそれなら、香田沙穂も「同行者」になりうる。小沼岬から彼女の自室まで約一時間。さらにそこから空港まで三十分。午後四時十分に小沼岬を出ても、彼女が乗った十八時五十八分の飛行機には充分に間にあう。

直ちゃんに頼んだら、捜査本部の刑事が朝一番で確認をしてくれた。田舎のバスであり、乗客の少ない時間帯だったことが幸いしたのだろう。半年前のことだが、運転手は一人で乗った中沢氏の顔を覚えていたそうで、さっき俺が言った「目撃証言」はこれである。自殺志願者に見えたため気になっていたとのことだった。田舎のバス運転手などは、わりとそういうことを覚えているものらしい。

「私……」香田沙穂が震え始めた。「私は……」

ぽたり、と音がした。テーブルに滴が落ちている。

「私は……」

香田沙穂は顔を覆った。

智はもう見ていたくないのだろう。無言で体を引き、足音をたてずにテーブルから離れていった。

「中沢さんが落下したことについて、あなたに責任を問うことはできません。落ちた原因はおそらく、別のところにあった」

気休めかもしれない、とは分かっているが、俺は泣いている彼女にゆっくりと言った。

「通常なら突き飛ばされた程度では柵を越えないし、越えたとしても踏ん張れるはずなんです。柵を越えてしまったのは彼の視野が狭《せば》まっていたせいですし、踏ん張れなかったということは、彼はその瞬間、発作による意識障害を起こしていたのではないでしょうか。緊張して過呼吸になったことが原因で発作を起こすことがあるそうですから、あの時の状況なら、不思議ではありません」

おそらくそうだろう、と思う。大の男が無抵抗で転がり落ちていったことに関しては、そうでないと説明がつかない。

香田沙穂はまだ泣いていた。説明が聞こえたかどうかも分からない。

泣いている彼女を見ていると、つい考えてしまう。どうせ彼女に責任がないなら、真実など話さなければよかったのではないか。彼女は、自分が中沢正輝を死なせてしまった、と思っている。同じく死なれるなら、自分を愛してくれていた男より、自分を捨てた男の方がよほどましではないのか。

だが、彼女は知りたがっていた。自分は本当に捨てられたのか。本当に彼を殺してしまったのか。彼が死んでしまったのはなぜなのか。

だから、これでいいと思うしかなかった。こうしなければ、彼女はいつまでも中沢氏の死にとらわれ続けていただろう。……たとえば、夫の死を嘆き悲しんで公務から退き、二十五年間もずっと喪に服していた英国のヴィクトリア女王のように。

俺は泣いている香田沙穂にどう言葉をかけていいのかが分からない。横の直ちゃんを見ると、彼女も黙って目を伏せていた。

肩を震わせて泣いている香田沙穂の前に、すっ、と影が現れた。

ティーカップとケーキを載せたトレーを持った智が、いつの間にかテーブルの脇に立っていた。智は泣いている香田沙穂を見下ろしてしばらく戸惑っているようだったが、遠慮がちに声をかけた。

「香田様。……お茶をもう一杯、いかがですか。それと、こちらのケーキを」

彼女がわずかに顔を上げるのを見て、智がすっと皿を置いた。載っているのは昨夜試作したケーキで、続けて置いたのはミルクティーだ。

俯いている香田沙穂にもそれが何であるか分かったらしい。彼女はゆっくりと泣きやむと、目元をハンカチで押さえながら呟いた。「これ……たしか、ヴィクトリアン……」

「ヴィクトリアン・サンドウィッチケーキです。その……あなたが、ジャムをお好きなのだろう、と思いまして」

香田沙穂は目線を上げて智を見た。どうしてそれを知っているのか、という顔をしている。

「あの、先日いらした時に……当店のチョコレートケーキを褒めていただいたので」差し出がましくなることを恐れたのか、智は照れたように口ごもった。「メニューには『苺のチョコレートケーキ』としか書いておりませんが、あなたはスポンジの間の苺を『ジャム』ではなく『プレザーブ』とおっしゃったので」

「ああ」香田沙穂もそのことを思い出したのか、ふっと表情を緩めた。「……ありがとうございます」

香田沙穂はゆっくりとフォークを取ると、ケーキを小さく切って口に運んだ。

彼女がかすかに微笑んだのが分かった。「……おいしい……」

ヴィクトリアン・サンドウィッチケーキ

スポンジにジャムを挟んだシンプルなケーキ。名前の由来は英国のヴィクトリア女王から。

ヴィクトリア女王は当時の英国王室としては珍しく、恋愛結婚をした。相手は眉目秀麗で聡明なザクセン公子アルバート。ヴィクトリアは自らプロポーズをし、結婚式の翌日には、ベルギー公レオポルドへの手紙で「世界で私ほど幸せな人間はいません。彼は天使のようです」と書くほどの大恋愛だった。二人の円満な家庭生活はすべてのイギリス家庭の模範とされた。

だがその後、アルバートは体調を悪化させ、結婚二十一年後の一八六一年、腸チフスにより四十二歳にして逝去する。ヴィクトリアは嘆き悲しみ、一切の公務を放棄してロンドンを離れ、別荘に引きこもった。彼女はそれから二十五年もの間喪に服し、最初の二年間はめったに人前に出ず、出る時も常に喪服だった。

そのヴィクトリアを慰めようと、王室では度々茶会が催された。そこで出されたのがこのケーキである。彼女の好きなジャムを使い、喪に服する彼女のため、華美な装飾のないシンプルなものになったという。

ヴィクトリアはその後、徐々に気力を取り戻し、政治・外交に以前同様の手腕を発揮した。このケーキに彼女の名前がつけられているのは、そのような理由による。

6

「もー。惣司警部、いつまで落ち込んでるんすか。解決したんだからいいじゃないっすかもう。警察はいつまでも一つの事件にこだわってらんないんすよ?」

「…………」

「香田さんの出頭で片はついたじゃないすか。不起訴だっていいんすよ。未解決事件が一件減って、捜査本部は解散できて、警察は次の事件に人員を割けるようになったんすから。刑事部長も感謝してたっすよ？」

「…………」

「今回、部外者のまま活躍したってことで、本部長にとりなしもきいたっすよ。ほんとのとこ、それまでは『手塩にかけたのに逃げやがって』とか言ってましたから」

午後三時のプリエール店内。いつも通り、と言うのもどうかと思うが、この時間の店内には奥の一人掛け席で読書をする学者風のお客さん一人しかおらず、カウンターの中では俯き加減でネルの煮沸《しゃふつ》をしている智が、向かいに座る直ちゃんに長々と説教されている。

「うちらの給料、市民の税金から支払われてるんすよ？　そうしてる間の給料だって同じなんすから、シャキッとしてないと納税者に怒られるっすよ？」

「ここの給料は俺が払ってるんだけどね」さすがにそこは言っておくべきだろう。俺はそう言ってカウンターに入った。「智、こっちは俺がやるから、今のうちに明日の発注分まとめて、あと外の黒板書いといて。パスタ、桜海老と春キャベツな」

智は無言で頷く。香田沙穂の出頭からこっち、接客時以外はなかなか笑顔を見せないままである。そういえば弟は、小さい頃から切り替えというものが苦手だった。

「あ、惣司警部ちょっと待った」バックヤードに引っ込もうとする智を直ちゃんが呼び止めた。「もうすぐ来るっすから。それと追加っす。今度はカモミールティー」

「カモミールティーですね。かしこまりました……って、直ちゃん、何が来るの」

「ん。捜査本部の人に頼んで事件の結果、報告してもらったんすけど」直ちゃんが入口を振り返ると、ちょうどそのタイミングでドアベルが鳴った。「あ、来た」

扉を開けて入ってきたのは、聞き込みをした的場さんだった。彼女はカウンターの俺を見ると、あ、と言って会釈した。

「いらっしゃい」俺や智より先に直ちゃんが言い、立ち上がった。

的場さんは少し遠慮混じりの歩幅で入ってきて、智に尋ねる。「えっと、あなたが惣司元警部……ですか？」

「そっすよ」直ちゃんが答えた。

的場さんは俺と智の顔を見比べるようにちょっと視線を動かすと、カウンターの中の俺たちに頭を下げた。俺と智はお互いに何のことやら分からず、顔を見合わせる。

「こちらの直井さんから聞きました。中沢君のこと、解決してくださったそうで」的場さんはもう一度小さく頭を下げた。「病気のこと、知りませんでしたけど……。でも、殺されたんじゃないって分かって、ちょっとほっとしました。佐久間君は試験中なので来られないのですが、ありがとうございます、と伝えてほしいと」

「あ、ああ……ええ」俺はどう答えたものか分からない。

「それと、その」的場さんは言いにくそうに視線を泳がせてもじもじした。「……私、いらした時にあんな態度で申し訳ありませんでした。私、てっきり警察の方だと」

「あ、いえ……こちらこそ、誤解させてしまいまして」これは非常にばつが悪い。隣の智も、何をやったの、という顔で俺を見ている。

「それで私、ええと」的場さんは俺と智を交互に見た。「事件が解決したので、おかげさまで……就職が決まっていた会社から担当の方が謝罪に来まして、内定取り消しが撤回されまして」

「……ああ、それは」

「正直、今さら謝罪されてもどうしようか、とは思っていたんですけど」的場さんは微笑んだ。「とりあえずはお受けして、企業内弁護士《インハウスロイヤー》ということで就職することにしました。ありがとうございます」

「ああ……それは、何より」

答えて直ちゃんを見ると、彼女は智を見ていた。隣の智は照れたような顔で微笑んでいる。

「ま、そういうことですんで」直ちゃんが言い、的場さんを促して一緒に席に着いた。「的場さん、せっかくっすからお茶していきましょう。ミルフィーユとか好きっすか?」

「はい」

的場さんも笑顔になって座り、メニューを広げた。直ちゃんが横から、このケーキはこういうので、などと解説をしつつ、二人はわりと熱心にメニューを選んだ。しばらくして的場さんと頷きあい、直ちゃんが顔を上げる。「んじゃ、注文よろしいっすか?」

「はい」

俺と智は同時に答え、ちょっと顔を見合わせた。智が頷く。

「私はケーキセットっす。ヴィクトリアン・サンドウィッチケーキにミルクティーで」直ちゃんは親指を立てる。

「私もケーキセットで。モンブランにブレンドコーヒー」的場さんはメニューから顔を上げ、真剣な表情で言った。「いえ、栗が時季外れなのは分かってます。でも、私は新しい店に行くとまずこれを食べないと落ち着かないんです。たぶんモンブランの神の祟《たた》りです」

「邪神《じゃしん》ですね」俺は苦笑せざるをえない。この間、訪ねた時とは表情も口調もすべて違う。

本当はこういう人だったらしい。「でも、季節外れでもおいしいように作っておりますので、お気になさらずに。……な？」

智を見ると、弟ははにかんで頷いた。「……ご注文は、以上でよろしいですか？」

第2話

スフレの時間が教えてくれる

1

床のタイルはよく掃除されており、頭上の蛍光灯がそれを白く照らしている。左右のラックの上にはペットボトルのお茶やカップラーメンなどが詰められた段ボール箱が、隙間なく整えられて並んでいる。ラックの高さは左右いずれも天井に届くもので、そこから少しずつ空中にはみ出している段ボール箱のせいで、バックヤードの空間は実際の容積より随分と窮屈《きゅうくつ》に見えた。ラックとラックの間に小さな机が置かれ、その前後に安っぽい丸椅子が一つずつある。そこが人の入れそうな唯一のスペースだが、左右のラックの威圧感のせいで路地のようであり、快適とは言い難い。

座面のビニールからわずかにスポンジがのぞく丸椅子には、中年の男性が座っている。机を挟んだ向かいの丸椅子には、学校の制服を着た少年が座っている。少年は防御姿勢をとる小動物のように顔を俯けて動かない。中年の男性は少年の頭に視線を据えたまま、眉間《みけん》に皺《しわ》を寄せている。二人を隔《へだ》てる机には色とりどりのスナック菓子が小山になるほど積み上げられており、このスナック菓子が男性と少年の状況を説明している。男性はこの店の店長であり、少年は万引きの嫌疑《けんぎ》をかけられ、バックヤードに連行されてきたところだった。

少年の方は俯いたまま黙りこくっている。俯いた顔には逡巡《しゅんじゅん》と恐怖と、それから何かに対する怒りのようなものがちらりちらりと、交互に浮かんでは消えているが、男性からはそれは見えない。もうずっとそのままであるらしく、これまで何度かは少年の口を開かせようと努力してきたはずの男性の方も、今は腕を組んでむっつりと黙っている。眉間には皺が深く寄っている。コンビニエンスストアの経営はどこも決して楽ではない。オーナーが休日返上で働いて人件費を削り、それでもやっていけない店が次々と潰れている。そういったことが常識になっているのに、遊び半分の子供に万引きをされたということで、店長である男性の中には殺意すら湧いている。それゆえに彼の皺はどんどん深くなってゆく。男性が何も喋らないのは、口を開けば間違いなく店内にまで響く怒声になってしまう、ということを承知しているためだが、それだけではない。待っているだけで、この部屋の状況はいずれ変わることが確実だった。少年はすでに学校名と名前を白状していて、もうすぐ彼の親がここを訪ねてくることになっている。

その一方で男性の皺が深くなってゆくのは、一体どんな親が来るのか、と不安に思う気持ちがあるからだろう。万引き犯の親の中には子供に輪をかけて非常識な者も多く、証拠があるのに犯罪事実を認めず「名誉棄損《きそん》で訴える」とわめく者や、入ってくるなり面倒臭げに子供の手を引き、謝罪一つなく出ていく者も、かなりの割合で交じっている。この少年の親はまともだろうか？

沈黙は長く続く。少年と男性はどちらも動かないまま、同じものを待っている。ドア越しにかすかに聞こえてくるコンビニチェーンのテーマ曲があまりに能天気に響いて間が抜けているが、二人にとってはどうでもいいことである。

やがてドアの外で店員と何かのやりとりをする声が聞こえ、沈黙が破られる。荒々しくドアを開けて入ってきたのはスーツ姿の中年の男性で、少年はぱっと顔を上げて父親を見る。一瞬遅れて店長の男性が、そうすることで自分の怒りを示せると思っているかのように、腕を組んだままゆっくりと振り返る。少年が口を開きかける。

それより早く父親が怒声をあげた。

「馬鹿野郎」

父親は大股で踏み込んできて、体を反らして避けた店長の脇を抜け、少年の頰を強く張った。当たりどころが中途半端だったのか、音はしなかったが、衝撃は強かったようだ。少年は体ごともっていかれてバランスを崩し、椅子から転げ落ちてラックにぶつかった。

段ボール箱が揺れて少しずれた。床に倒れた少年は状況が理解できないらしく、目を見開いて呆然《ぼうぜん》としていた。

2

午後二時五十分。プリエールの店内は薄暗い。

窓の外では大粒の雨が降っている。梅雨時ではあるがいわゆる五月雨《さみだれ》、という風情のしっとりした雨ではなく、熱帯風に原色めいて荒々しい、大ざっぱな雨である。窓の外に見える前庭の木々は葉から雫《しずく》を途切れることなく滴らせ、雨の勢いに打ちひしがれたように下を向いている。カウンター後方にある厨房の外からかすかにぴたぴたという音が聞こえてくるのは、雨どいの壊れた部分からこぼれる水がコンクリートに当たっているのだろう。店内にかすかに音楽が流れるが、ぞうぞうぞう、と低く続く雨音が不協和音になっているのか、意識しないと耳に届かない。雨の季節ではあるが、こういう雨は梅雨のイメージとは違う、と思う。

俺は特に汚れの見えないカウンターを丁寧に拭いている。例によって暇になる時間帯である。雨で外に出る人が少ないせいもあるのだろう。店内には春の事件解決以後近所に引つ越してきたとのことで、ちょくちょくここを訪れるようになった的場莉子弁護士以外に、お客さんの姿がない。普段の的場さんはカウンターの端が定位置で、その席にいると、中で働く俺や智にとっては「視界には入るが常にお互いを意識しているでもない」微妙な距離感になるのだが、今日はそこではなくカウンター正面、窓際に位置するテーブル席に座り、とっくに食べ終わったモンブランを押しのけて資料を広げている。どうも、集中して読むべき何かがあるようだ。

雨が似合う女性だな、と思う。陰気だったり湿っぽかったり、というわけではなく、持っている雰囲気がなんとなくそうなのだ。照りつける太陽と晴れわたる空の下を快活に歩くより、窓硝子《まどガラス》に雨が滴る室内で本を読んだり物思いにふけっている方が似つかわしい。隣でグラスを磨いている弟の智も似たような系統だが、こちらはもっと弱々しく、細雪《ささめゆき》の風情になる。兄としてはもう少し晴れ間が欲しいところだが、生まれつきなので仕方がない。

似合うかどうかはさておいて、今現在雨だれをバックに資料を睨んでいる的場さんは、何やら随分悩んでいるようである。弁護士という仕事は個人の裁量が多い分責任も大きく、熱心にやればやるほど理想の弁護士像が上へ上へと逃げていってしまう——そういう話を以前、カウンター越しに彼女自身から聞いたことがあった。根がおそろしく真面目な人のようだから、仕事もいつもこんな感じで大変なのかもしれない。

だが、今日の行き詰まり方は少々ひどいようだ。何しろ二時間以上もああして眉間に皺を寄せたままである。智がひとこと声をかけてやれば丁度いい「抜き」になるだろうに、と思ってカウンターの中の弟を見るが、何を間違ってこう育ったのか、綺麗な顔をしているくせに女性に対してやたらと奥手なこの弟は、グラスを磨きながら彼女の方をちらちら気にしているだけで、動く気配がない。どうせ他にお客さんもいないのだ。気になるなら声をかけていいと思うのだが。

というわけで、俺が動いた。コーヒーを淹れ、ティラミスと合わせた「超カフェインコンビ」をトレーに載せてカウンターを出て、テーブル脇に立つ。的場さんがすっと顔を上げてこちらを見上げた。

「お疲れですね。こちら、いかがですか？」俺はティラミスの皿を置き、コーヒーを出した。「カフェインの力で無理矢理に、ですが、お元気になるかと。サービスです」

空いた手で後ろの智を指す。「あちらの者から」

的場さんはえっ、と反応して、カウンターの中から窺うようにこちらを見ている智に目をやった。目が合ったらしくびくっとして俯き、あたふたと座り直したり手で髪を直したりしながら、智の方に会釈する。「ありがとうございます。……いいんですか？」

「いつになくお仕事が大変そうなんで。……弟が気にしてましてね。あのままやらせとくとグラスを割りかねない」

俺が空いた食器を片付けながら苦笑してみせると、的場さんは照れた様子ですぐに目を伏せた。

それから微笑んでフォークを持ち、ティラミスを一口食べてほうっと息をついた。

「……染みわたります。これ」

その一口がいい刺激になったのだろうか。彼女は何かに気付いた様子で、フォークを持ったまま動きを止めた。

「……季《みのる》さん、煙草は吸いませんよね？」

「ええ。俺は」

的場さんはカウンターの方にも目をやる。「……智さんも、ですよね」

「そうですね」同じようにしてカウンター内の智に目をやりつつ考える。そういえば俺の周囲には喫煙者がいない。父も叔母も、バイトの山崎君も吸わない。「煙草が何か？」

「私も吸わないので、ちょっと訊いてみたかったんです」的場さんはテーブルの上の資料を説明的に見た。「普段、煙草を吸わない人が、何か事件を起こす時だけ大量に喫煙したりする、というのは、あると思いますか？　たとえば、不安や緊張が原因で」

「それは……普段全く吸わない人なら、なさそうですね」俺はトレーを持って首をひねる。会話が気になったのか、ようやくカウンターの中から智が出てきた。「担当している事件で、そのへんが問題になってるんですか？」

「私が担当しているのではなくて、勤務先のある方から相談されたんですけど……」それでも守秘義務に近いものはあるのだろう。的場さんはやってきた智をちらりと見てから、どこをどう話すか、と少し考えたようだ。「その方から、ある刑事事件について相談されたので、記録を見てみたんです。そうしたら、被疑者は喫煙者でないのに、煙草について妙に何度も訊かれているんです。それで調べてみたところ、事件時、現場で犯人が煙草を吸った跡があるようなんです。それなのに今の被疑者が取調べを受けている、という状況で」

「つまり、無実」

「否認しているんですか」

俺と智が同時に口を開いたため的場さんは少し視線を彷徨わせたが、まず俺の斜め後ろにいる智を見上げた。「否認しています。第一発見者なんですが、現場である被害者の部屋に入ったら、被害者はもう死んでいた、と」

それから俺を見上げた。「……面会した時の様子からしても、無実、だと思うんですが、被疑者本人も無気力というか、そんなに必死で無実を訴える感じでなくて」

「ああなるほど。寿《ことぶき》町の工員殺害事件っすね」

いきなり後ろから声がした。驚いて振り返ると、バッグを提げたスーツ姿の直ちゃんが顎に指を当てて、テーブルの上の資料を観察していた。

「あっ、あの」的場さんはテーブルの上に覆いかぶさるようにして資料をかき集めた。

「直井さん、いつの間に」

「いえ、なんか深刻そうに集まって話してるのが外から見えたから、ちょっとこっそり聞いてみようと」直ちゃんは悪びれる様子もなく、的場さんの向かいの椅子にバッグを置いた。「莉子さん、関係者だったんすね」

「直ちゃん」俺はドアを見る。入口のドアが開いたのにドアベルの音が聞こえなかったということは、相当こっそりと入ってきたのだ。「弁護士の話を盗み聞きするのは」

「いやあ、あの事件はうちらもけっこう苦戦してるんすよ。手嶋慎也《てしましんや》は否認してるし、逮捕できるだけの物証も出ないし、任同[*6]でずるずる取り調べてるだけで埒《らち》明かなくて」

「手嶋？」

「あの」的場さんが慌ててる。被疑者の名前をもろに言われてびっくりしたのだろう。

「どうっすか？　面会してみて何か、やってないなって感じの根拠になるようなことって」

「直井さん、ちょっと」智が慌てて言うが、何をどう言ってよいか分からないらしい。

「いや、はっきりした根拠があるなら捜査リセットしないと、誤認逮捕って叩かれるんで」当の直ちゃんは落ち着いて、肩についた滴《しずく》をハンカチで拭《ぬぐ》いながら椅子に座った。

「あ、私セイロンとレアチーズケーキで」

「かしこま……いや待った。かしこまってない」堂々と弁護士の向かいに座ってどうするつもりなのだ。「直ちゃん、話してどうするの。いやそもそも、警察官が弁護士と事件の話をしちゃったら、何かに引っかかるんじゃないの？」

「んー、引っかかるっすかねえ。どうなんでしょうね」直ちゃんはどうでもいいと言わんばかりの顔で首をかしげる。

智は自分にお鉢が回ってきそうな空気に反応して逃げる体勢になっていたが、直ちゃんはカマキリの狩りのようにしゅっと腕を伸ばし、その袖をがっちりと摑んだ。「まあ、そこんとこは柔軟にいきましょうよ。お互い困ってるじゃないすか。ここで捜査してもらって真犯人が見つかれば手嶋慎也は解放されるし、こっちは真犯人《ホンボシ》挙げられるし、Win-

＊６　任意同行。逮捕とは違ってあくまで任意で連れていくだけなので、拒否することもできる。

Winでめでたしめでたしじゃないすか。なんせこっちには『三知《さんち》の捜査王子』*7こと惣司智警部がいるんすよ」

「そんな渾名《あだな》だったの？」

「いや今考えたんすけど」

「無理だよ」智が首を振った。直ちゃんの握力が強くて動けないようだ。

「直ちゃん、警察が弁護士と話しあって被疑者の無実を証明するつもりなの？」本気なのかどうか、俺にはまだ判断がつかない。「それ、立派な反逆行為じゃないか。警察はあくまでその、手嶋って人を容疑者として扱ってるんだろ？」

「誤解されちゃ困りますぜ」直ちゃんは空いた手の人差し指を立てた。「警察は事件を片付けたいんじゃなくて、ワルモノをとっ捕まえて然《しか》るべき報いを食らわせたいんすよ。手嶋慎也がこのまま調べられ続けるってことは、殺人事件の真犯人を逃がしてしまうってことじゃないすか。警察が一番避けたいのはその事態なんすから」

片付けたいだけの警察官も現実にはたくさんいるので、こう言う彼女はまともな方なのかもしれないが。「でも、捜査一課でもないのに」

「捜査一課じゃないからやんなきゃいけないんすよ。一課の捜査員が手嶋慎也を無視して真犯人捕まえちゃったら、たとえそれが正しくても命令無視で懲戒もんっすよ。自分の判断で回る方向変えちゃう歯車なんて、組織にとっちゃ害にしかならないんすから」

「あの、でも、智さんは……」的場さんは困ったように智を見る。「そんな、これ、私の個人的な事案なのに」

「いえいえいえいえ。県警《ウチ》の本部長も困ってますから、これ本部長の事案っすよ。本部長の事案は私の事案だし、私の事案は警察の事案だから惣司警部の事案だし、惣司警部の事案は兄弟たるみのるさんの事案じゃないすか」

的場さんはこちらを気遣うように見る。「でも、そんな」

「まあいいじゃないすか。人類皆兄弟っすよ」

直ちゃんは大ざっぱに言った。さっき言ったことと合わせると人類のあらゆる事案が俺たちの事案になってしまうのだが。

「それとも惣司警部、本部長の依頼でも断るっすか？」直ちゃんは目を細めて智を見た。

「もちろん強制はしないっすよ？　まあ、その場合直々に頼みにくることになる本部長の

＊７　第三知能犯捜査。捜査二課に所属し、詐欺や横領などの事件を担当する。ちなみに「知能犯捜査」である捜査二課は、いかにも頭脳派です、という雰囲気の人が多いらしい。

ために、この店の所在地と惣司警部のシフトを詳細に本部長にお伝えしていたのか。

「やめてくれ」俺は智にかわって遮った。どうでもいいが、智のシフトまで記録していたのか。

直ちゃんは袖から手を離し、答えを待つ顔で智を見上げた。的場さんは何か言おうとしたり手を伸ばしかけたりしていたが、結局止めず、今は智の表情を窺っている。

俺も智を見る。その場の全員が彼に視線を集めた状態が数秒続いた。

智は俯いて、口の中でもごもごと言った。「……でも、僕は」

しかし、こうなってしまったらもう、智の立場からは断りようがないことは明らかである。俺は気楽な調子を作って言った。

「俺はやってみたいぞ。無実の人を救って真犯人を見つけだすって、すごいことじゃないか？　どうせこっちは一般人なんだから、税金で働いてるわけじゃないだろ。解決しなきゃいけない責任もないわけだしな」

智は俺の言葉にだいぶ驚いたらしく、嘘だろ、と言わんばかりの顔になった。「兄さん」

「話を聞いて意見を言えばいいだけのことだよ。話ついでに、ケーキセットの一つくらいは注文してくれるわけだろ」

直ちゃんはぐっと拳を握った。「そりゃもう。むしろ、それを口実に好きなだけ食べられるからありがたいっすよ」

「裏金で頼むのはやめてね」

俺は軽くやりとりをしながらも、心の中で溜め息をついた。

直ちゃんにはあとで訊いてみなければならないな、と思った。いくらなんでも今の彼女の態度は強引すぎるし、やることも無茶すぎる。一体、裏にどんな事情があるのか。

3

とはいえ、事件のことや弁護人とのやりとりを勝手に第三者に漏らしてしまうことはできない。的場さんが被疑者・手嶋慎也の父親に智を紹介し、同席して事件のことを説明する、と言い、閉店後の店に来ることになった。さすがに現役警察官である直ちゃんが同席することはできないので、彼女は「あとで話、聞かせてくださいね」と俺に耳打ちして席を外した。

雨のせいもあってお客さんが少ない日で、プリエールは午後八時半過ぎには空になっていたが、的場さんはきっちり午後九時にやってきて、中を窺ってから入ってきた。

彼女の後ろに、丁寧に傘を畳んでいるスーツ姿の男性が見えた。手嶋慎也の父、手嶋浩氏《ひろし》だろう。五十代と聞いていたが、髪がほとんど白髪になっているせいでもっと年上に見えた。昭和のＮＨＫアナウンサーがこんな感じではなかったかというようなグレーのスーツと地味なネクタイがその印象に拍車をかけている。

手嶋氏は店に入るなりきっちりと両足を揃え、いらっしゃいませ、と声をかけた俺と智に深々と最敬礼をした。

「この度は、うちの馬鹿息子のためにお手間をとらせることになりまして、申し訳ありません」

俺はちょっと面食らって、手嶋氏の白髪頭を見ながら少し硬直した。隣の智も黙っている。

「……あ、ああ、いえ、そんなふうにしていただくことは」俺は拭いていた皿を置いた。

「ただ少し、お話を伺えれば、というだけですので」

「申し訳ありません」

手嶋氏は水にでも潜るように下げた頭をぐい、とさらに下げ、それからようやく体を起こした。上げた顔には額と眉間に深い皺が刻まれている。

「あの、手嶋さん」横にいた的場さんの方が慌てたようで、手嶋氏にカウンター席を指し示しながらこちらを見た。「あの、季さん、その、お茶とかいただいてよろしいですか？」

「ええ、もちろん」どう反応してよいか分からなかったので、急いで的場さんの助け船に乗る。「ええと、何かその、お疲れの取れるような。……ハイビスカスティーなどどうでしょう？　智、あれ出せるよな？」

「ああ、うん」

智が急いで湯を沸かし始め、的場さんに促された手嶋氏が「失礼します」と言いながら席に着くと、どう扱ってよいのか分からない沈黙が流れた。外では雨音が、昼と少しも変わらない勢いで低く続いている。

「事件の概要ですが」手嶋氏の隣に的場さんが掛け、ハイビスカスティーの用意をしている智を気にしながら口を開いた。

智は手を動かしながら軽く彼女に目配せし、頷いてみせた。仕事柄、手仕事をしながらでも話はちゃんと聞けるし、どうも手嶋氏の様子を見るに、あまりかしこまって聞いてしまうとかえって恐縮させてしまいそうである。俺が前にいればいいだろう。

「先週の六月九日日曜日、寿町のマンションで、市内の工場に勤める工員の南逸郎《みなみいつろう》さん三十七歳が、金槌《かなづち》のようなもので頭部を殴られて殺害されているのが発見されました」的場さんは手帳を出して開き、アナウンサーのような調子で話し始めた。普段口にしないような硬い文章でも滑舌《かつぜつ》がいい。「その第一発見者が、こちらの手嶋浩さんの長男、手嶋慎也さんです。発見したのは午前九時半頃、警察の取調べの内容からして死亡推定時刻はその三十分程度前かと思われるんですが、慎也さんにはその時間からアリバイがなく、事情聴取から、そのまま参考人として取調べを受けている状態です。……あ、ありがとうございます」

横の智がハイビスカスティーのカップを、カウンターに座る二人に出す。俺もそれに合わせてチーズケーキを出した。手嶋氏は恐縮して頭を下げた。

「こちらでは詳細が分かりませんが、警察は犯人の動機が強盗や金銭目的でなく、怨恨《えんこん》だと考えているようなんです。被害者である南逸郎さんは慎也さんの職場の班長であり、休日にはよく、慎也さんを釣りに誘ってもいたようです。ただ、後輩である慎也さんの方は頭が上がらず、仕事中もよく怒鳴られていたらしい、ということは分かっていまして、おそらくそのあたりも、警察が彼を離さない理由の一つと思われるのですが」的場さんはてきぱきと話す。前を向いて言いながら時折手元のページに目を落とすのが本当にアナウンサーのようだ。「警察が逮捕に踏み切らないというところからして、おそらく逮捕状を請求できるだけの証拠が出ていないものと思われます。職場には他にも被害者に頭の上がらない人間がいたようですし、どうも取調べの質問事項から推測すると、犯人が現場で煙草を吸っていたとみられる証拠が挙がっているようなんです。慎也さんは喫煙者ではないので、それが最大の問題点なんだと思います」

「慎也さんは否認しているわけですよね。当然、他に真犯人がいると考えるのが普通だ」

俺が言うと、的場さんも頷いた。「ただ、慎也さんは他の犯人について、心当たりはないようでして」

隣の智が黙って聞いているだけなので、俺が質問した。

「手嶋さん、息子さんから何か、それらしいことを聞いていませんか？　職場の不満とか、揉め事のようなものを」

だが手嶋氏は、沈痛な面持《おもも》ちで俯いた。「……申し訳ありません。そういうことは何も」

「あ、お茶とケーキ、どうぞ。召し上がりながら」

「はあ」手嶋氏は手を動かさない。そういう気分ではないようだ。「……申し訳ありません。的場先生に留まらず、社外の方までお騒がせしてしまうことになりまして」

「いえいえ、どうかそう固くお考えにならないでください。こちらは、ええと、その」隣の智を見る。そういえば俺と智はこの父親に、どのように紹介されているのだろう。「以前そういうことに関わっていた人間特有の興味、というものも入っていますし、何かご参考になることを申し上げられるかもしれない、というだけですから」

手嶋氏はそれでも力を抜かず、お気を遣わせて申し訳ありません、とまた頭を下げた。

俺の脳裏に「鉄の恐縮」という言葉が浮かんだ。

「小さい頃から、人に迷惑だけはかけるな、と言ってはきたのですが」手嶋氏は敗者の顔で言う。「もともと、何をさせても長続きしない子でしてね。それでも、小学校の頃はまだ言うことはよく聞いたし、おとなしい、いい子だったんですが。……中学に入ってすぐ、万引きをやらかしまして。それも、一人では持ち出せるはずがないような量の菓子を。……あれも何か、親に対する反抗のつもりだったのかもしれませんが」

智が聞く態勢になったようなので、俺も耳を傾ける。

子供の頃の万引きとはいえ、犯罪歴がある人間に対しては、警察の目は急に厳しくなる。警察が手嶋慎也を離さない理由にはそれもあるのだろうか。俺は思いきって訊いた。

「……その後も何か、トラブルを？」

「……もともとそんな、事件を起こすような度胸はないんです。ただ、そのかわりに無気力で……勉強して進学校に入ったのに、しばらくすると登校をぐずるようになって、結局、出席日数が足りずに留年が決まって退学しました。学校に行かないなら働け、と言って新聞販売所で働かせたのですが、しばらくするとまた行きたがらなくなりまして」

「事件を起こした、というわけではないんですよね」

「そうなんですがねえ」手嶋氏は盛大に溜め息をついた。「仕事は結局、黙って辞めてしましたら、その後に勤めたスーパーでも、最初は楽しいと言っていたんですが……しばらくしたらまた行かなくなって、『あんな仕事はやりたくない』などと」

的場さんが困った顔で額に指を当てた。

「どこに行っても不満ばかりで、今度はこんな騒ぎまで。……やはり、母親なしで育てるとどうしても、無理があったのか……」

「手嶋さん」的場さんが遮った。「犯罪歴があったり、仕事が続かなかったりすることは、今回の事件には関係がありません。いえ、仮にどれだけ前科がある人間であっても、やっていないことをやっていないと言う権利はあるんです」

手嶋氏が目を伏せた。

俺はそれと同時に、智が目を細めるのを見て、おや、と思った。何か、引っかかることでもあるような顔をしているが、何だろうか。

「それに、父子家庭であることは何の関係もありません」的場さんは体を手嶋氏の方に向け、はっきりと言った。「片親だろうと親がいなかろうと、しっかり育っている子はいます。息子さんだって少なくとも元気なわけでしょう。駄目だった、などと決めつけないでください」

手嶋氏は的場さんの様子に気付いたか、ようやくはっとした様子を見せ、頭を下げた。

「……申し訳ない」

「息子さんのことなら、心配はいりませんよ」あまり重苦しい雰囲気になっても困る。俺は気楽な調子になるよう気をつけながら言った。「逮捕するだけの証拠もないくらいなんです。仮に逮捕されても起訴まではいかないでしょうし、新しい容疑者が出れば解放されます。ここだけの話、警察も息子さんの犯人性に疑問を持っている、ということを警察筋から聞いています」

直ちゃんから聞いただけだが、まあ嘘ではない。俺はカウンターに手をついて身を乗り出した。「ご安心ください。きちんとやれば、息子さんの嫌疑は晴れますよ。なにしろ、やっていないんですから」

言いながら、しまったまた言っちまった、と思った。以前、事件に関わった時、こういう安請け合いはするべきでない、ということを直ちゃんから学んだのではなかったか。横目で隣を窺うと、智は目元にだけ遠慮がちに、困ったような色を浮かべている。

手嶋氏は息子の手嶋慎也と、ほとんど話をしない状態が何年も続いているらしい。結局その後も、参考になりそうな話は聞けなかった。サービスですからと言うのに、手嶋氏は頑なにケーキの支払いをしようとし、お釣りも受け取らずに頭を下げながら出ていった。

的場さんの分まで勘定を置いて帰っていった手嶋氏を送り、的場さんが戻ってくると、店内にはしばらく、沈黙が続いた。雨はまだ降っている。

「……なんだか、申し訳ありません」

手嶋氏が頭を下げすぎたのに影響されたか、的場さんまで頭を下げた。「ただお話を……いえ、最初はそのつもりもなかったのに、結局」

「いや、そこはいいです。それに……」

俺が言おうとするより先に、智が的場さんに言った。「……ありがとうございます」

「えっ、いえ……それは」的場さんはどう答えてよいか分からないらしい。ひどく照れた様子で前髪をいじったりしている。

先刻、彼女が手嶋氏に「片親だろうと親がいなかろうと、しっかり育っている子はいます」と言ったのは、以前、うちも父子家庭だったことを彼女に話していたからだろう。母は智がまだ二つの時に死んだ。父はそれから、仕事も家事も育児も全部一人でやってきたのだ。父子家庭だからまともに子供が育たない、などと言われては立場がない。

「へっへっへ」

トイレの中から声がして、的場さんがぎくりとして振り返った。トイレのドアはホラー映画か何かのようにぎいいー……とゆっくり開き、直ちゃんが出てきた。「惣司警部、これは退《ひ》けなくなったたっすねえ」

「直井さん」

直ちゃんはドアの陰からするりと出てきて、的場さんに手を振った。「いやあ、もうちょい参考になる話が聞けるかもと思ったんすけど、ぜんぶ調書にあることでしたね」

的場さんの視線がこちらに来たので、俺は目をそらした。「いや、その……やめろとは言ったんだけど」

「ちょっと、陰で聞いてようかと」直ちゃんは驚く的場さんの隣、手嶋氏のいた椅子にさっさと座った。「現役警察官が弁護士と依頼人の会話を聞くのはさすがにまずいんで」

「結局聞いてるじゃないか」溜め息が出る。

「ただ聞くだけじゃ悪いんで、一応、警察が摑んでいる情報をお伝えしますけど」直ちゃんは明らかに「悪い」などと思っていない口調で言う。「莉子さんのさっき言っていた推測は全部当たってるっすよ。警察が手嶋慎也を疑う理由は被害者と関係があったこと、第一発見者であること、死亡推定時刻にアリバイがないこと、主にそれだけです。まあ現場になった部屋に二十代から三十代と見られる男が入っていった、っていう証言もあるんすけど、時間帯がはっきりしなくて、手嶋慎也なのか、その前に訪れた真犯人《ホンボシ》なのか、どっちともとれるんで」

直ちゃんは手嶋氏が手をつけなかったチーズケーキにフォークを入れ、ぱくりと一片を口に入れた。

「手嶋慎也は事件の日、釣りに呼ばれていて、被害者宅を訪ねる予定だったとのことなんすけど」直ちゃんはチーズケーキをもぐもぐしながら言う。「それはもう毎週のことで、職場の同僚ならたいていの人間が把握していたと思われるんすよね。つまりそのうちの誰かが、彼が訪ねてくることを予期して、第一発見者となる彼に罪を着せようとした、という可能性も考えられるわけで」

「その方が、ありそうな話だけど」俺も言った。「移動中ならアリバイがなくて当然だろうし、そもそも死亡推定時刻が九時——慎也さんから通報があった三十分前、というのも変だろ。彼が犯人だっていうなら、何のために現場に三十分も留まってたの？」

「そうなんすよね。さすが惣司元警部補」

「その設定やめようよ」腕を組む。「それでも警察が疑ってるってことは、他に何か根拠があるんじゃないの？」

「ないことはないんすけどね」

そう言った直ちゃんがちらりと的場さんに目配せしたので、的場さんは腰を浮かせた。

「あ、私、いない方が？」

「いえいえ、いていいっすよ」直ちゃんは手をぱたぱた振りながら、もう一方の手でバッグから茶封筒を出した。「ま、私がこれ持ち出したことは、黙っててていただきたいんすけどね」

「何？」

直ちゃんが置いた茶封筒を見る。隣に智がやってきて、的場さんもそちらに視線を落としている。

「現場となった被害者・南逸郎さんの自宅のマンションなんすけど、どうも部屋の中、物色した跡があったらしいんすよね。ただ、荒らされている様子は特になくて、財布とかカードとか金目のものは手つかず。で、調べてみると、棚の中からノートパソコンのマニュアルと保証書が出てきたのにノートパソコン本体はないってわけで、どうも犯人が持ち去ったんじゃないか、っていう疑いがあるわけです」

ノートパソコンを持ち去る。何のためだろうか。金目のものが持ち去られていないことを考えてもまさか金銭目的ではないだろう。中にある何かのデータが欲しかったというなら、コピーすれば済むことだ。

「……つまり犯人は、中にある何かのデータを抹消したかったってこと？」

「ま、そんなとこっすね」直ちゃんは半分くらい残っていたチーズケーキを一口で頬張ると、もごもご言いながら封筒の口を開けた。「部屋を捜索して出てきた南さんの手帳の複写がそれっす」

俺が手を伸ばすより先に的場さんが封筒を取り、中から写真を出してカウンターに置いた。写真は手帳の、スケジュール欄のページのコピーである。日付のところに○をつけたり、意味不明の×印がつけられているだけで、写っている六月のページに具体的な記述は一ヶ所しかなかったが、その一ヶ所が目をひいた。

6／9（大安）　支払期限　T

「支払期限……」思わず呟く。一体何の期限だろう。それにこの「T」とは誰だ。

——いや、「手嶋」も「T」ではある。

視線を上げると、智と的場さんはまだ写真を見ていた。おそらくは俺と同じことを考えているだろう。

「……つまり犯人は、南氏に脅されていた？　何か、脅されるネタが南氏のパソコンの中にあって、それを見られると自分に動機があることが分かってしまうからパソコンを盗んだ」

「現場の状況からして、南さんは犯人を部屋に上げて、そこで後ろから撲殺《ぼくさつ》されてます。犯人が『金を持ってきた』と言って上がり込んだなら、まあ納得がいくっすよね」

的場さんが顔を上げた。「でも、イニシャルがTの人というのはわりと多くないですか？ それに、これが事件と関係があるという証拠はありませんよね。全く関係ない何かの支払期限だったかもしれないし、そもそも南逸郎が貸した金銭の支払期限ではなくて、彼の方が支払うべき期限かもしれませんよ」

「もちろん、そうなんすけど」直ちゃんは冷めてしまっているであろうハイビスカスティーを豪快にあおってカップを置いた。「慎也さんが犯人だとして、南さんを殺害した後、パソコンとか凶器とか、証拠となりそうなものを処分してまた現場に戻り、第一発見者を装った——ということであれば、死亡推定時刻の三十分後に通報があった、というのは、すごく自然なんすよね。それに、職場の人間の証言があるわけなんすよ。『手嶋慎也は南に頭が上がらない様子だった』。……それがただ単に上の人間だからだということだけではなくて、何か弱みを握られて脅されていたとしたら？ たとえば過去、彼が万引きをしたことや、仕事をたいした理由もなく辞めてしまう人間であることは、職場にばれたら死活問題になるかもしれないすよね」

「それだけのことで、金銭を脅し取れるでしょうか？ それに、手嶋慎也さんが仕事を

『たいした理由もなく』辞めてしまうような人間なら、職場にばれたら困る、という理由で恐喝に屈するのは、かえって理屈に合わないことになりませんか？　彼は『楽しい』と言っていたスーパーの仕事ですらあっさり辞めてしまっているんです。前歴がばれて解雇されるなら、それでもいい、と考えるのが普通じゃないでしょうか。もっとも、そういう理由での解雇は違法ですけど」

知らずに熱くなっていたことに気付いたか、的場さんはこほん、と咳払いをして座り直した。

なんだか検察官vs.弁護士の構図だな、と思うが、対立しているように見えて一応、二人は協力関係にあるはずなのである。直ちゃんはにやりと笑った。「さすがっすね。当然、そう考えることもできるんすよ」

俺の隣で聞いていた智が肩を落とした。目の前で裁判が始まっては気詰まりである。

「警察としちゃ当然、職場の他の人間と何かなかったかも疑ったわけなんすよ。で、まず被害者である南逸郎さんの携帯の通話履歴を確認したんです。彼が犯人に対して何か脅迫をしているなら、当然、電話もしているだろうってことで」直ちゃんは人差し指でティーカップの縁をつるりとなぞった。「最近三ヶ月で通話履歴の残っている人間は五人。一人は女性で、これはたぶん南さんの彼女だと思うんすけど、ちっちゃい人で、腕力的にも体格的にも、死体の状況とは一致しないんで、犯行は無理っすね。あとの四人のうち一人は大阪にいたのが分かってるんで除外したっす。ただ残った三人はいずれも職場の人間で……」

直ちゃんは顔を上げ、俺と智を交互に見た。

「いずれもイニシャルがTでした。一人は手嶋慎也さん。あと二人は太刀川春人《たちかわはると》と遠山礼哉《とおやまれいや》という、職場の後輩です。ただ」直ちゃんはグラスの縁にとん、と人差し指を置き、今度は智をまっすぐに見上げた。「二人とも、アリバイがあるんすよ」

直ちゃんと智は、二、三秒視線を合わせていたが、すぐに智が口を開いた。「……そのアリバイを僕になんとかしろ、ということ」

「そうとは限らないっすよ。案外、話題にならなかった第三者が浮上するかもしんないですし、逆に、手嶋慎也さんが犯人であるはっきりした物証が出るなら、それでもありがたいわけで」

的場さんが目を細めたのと同時に、直ちゃんは彼女にも言う。「弁護側だってその方がありがたいんじゃないすか？　やったって証拠がこっちで出たなら、さっさと否認をやめて反省の念を示す方が効率がいいじゃないすか。否認でいけると思ってたところに新証拠出されて、対応できずに負けると、担当した弁護士さんに真っ黒な星がつくことになるっすよ？」

「それは……」的場さんは悩んでいる。自分が担当する事件ではないのだから、勝手に判断はできないだろう。

「うまくいけば警察も弁護側も手嶋父子もみんな得じゃないすか」直ちゃんはにっこりと可愛らしく笑った。「みんなで幸せになりましょうよ」

俺の頭の中の小さな俺が「お前丸め込まれてるよ」としきりに囁《ささや》いていたが、とはいえ、どちらにしろここで強硬に断ったらプリエールは捜査一課御用達にされてしまう。俺は新しく入ったハイビスカスティーのおかわりを直ちゃんと的場さんのカップに注いだ。

「了解。智は表だって動けないし、俺が行く。明日は山崎君、早く来てくれるっていうから、二時か三時くらいからなら動けると思う」

直ちゃんは親指を立てた。「そう思って、太刀川と遠山に関しては明日の退勤時にアポ取ってあるっす。それまでにちょっと時間あるんで、先に現場に潜り込めたらな、と思います。ただ、こっちの方はちょっと警官が多すぎるんで、やばいかもしれないすね」

「警察官の言うこととは思えないね」

「あの、私も」的場さんが身を乗り出した。「担当弁護士には相談しますけど、でも、私も何かお手伝いできませんか。もともと……」

「莉子さんは無理っすよ。弁護士が警察官名乗って、警察の捜査情報抜くつもりっすか？」

的場さんはぐっと動きを止めて黙ってしまった。まあ、常識的に言えばそうだ。

だが、智が言った。「いや、的場さんに頼みたいことがあるんだ」

他に三人もいる場で、この弟が積極的に口を開くこと自体が珍しい。俺たち三人は同時に智を見た。

「的場さんには、手嶋慎也君の昔の職場の人を捜してもらいたいんだ。スーパーと新聞販売所、双方の……できれば現役の人より、退職した人の方が話が聞きやすいと思うんだけど……」

「はい」的場さんはまっすぐに智を見上げた。「やります。任せてください」

「じゃ明日、捜査開始ってことで」直ちゃんはにやりと笑った。結局のところまた全部、この子の思惑通りなのだろうな、と思った。

4

「いやあみのるさん、なかなかそれっぽいじゃないすか。いかにも五年前、貧乏しながら猛勉強して司法試験を通過しましたって感じがにじみ出てるっすよ」

「それ褒めてないよね。……ていうかこのバッジどこから持ってきたの」

「まあそれは、本部長経由で。お偉いさんはお偉いさん同士、つながりがあるんすよ。大学の同期とかで」

　親指を立てられてもどうしてよいか分からない。俺は助手席のシートに背をあずけて力を抜いた。今着ているのは学生時代からずっと世話になっている一張羅《いっちょうら》のスーツなのだが、襟についているバッジのせいで妙に窮屈に感じられる。

「……なにも検察官に化ける必要ないんじゃ」

「警察官を名乗るのはやばいんすよ。中沢正輝氏の事件の時は相手が一般私人だからよかったすけど、警察官相手に警察官を名乗ったら、あとで絶対、上に『どこそこのこういう人が来たんですが』って報告されちゃうんすよ。そういう組織なんで」ハンドルを握る直ちゃんの方は平然としている。「堂々としてりゃばれないっすよ。ちょっと現場見せてもらうだけですし」

　こちらはだんだん、どうにでもなれ、という気分になってきた。ワイパーが行き来するフロントガラス越しに前を見る。

「……検察官に見えるコツは？」

「普通にしてりゃいいんすよ。語尾に『〜だ検』ってつけるとか、口癖が『秋霜烈日！』[*8]だとか、余計なキャラ付けはやんなくていいっすからね」

「やんないよ」

午後二時、例によって直ちゃんが捜査車両で迎えにきたわけだが、今回は警察官を名乗るのはやばい、と言う直ちゃんは、スーツに着替えて待っていた俺の襟元に、ポーチから出した小さいバッジをつけた。それが検察官バッジだと知った時は驚愕で月まで飛べそうだった。的場さんから聞いたことがあるが、検察官のバッジはそれ一つで身分を証明できる代物で、なくしたりしたらそれだけで懲戒ものらしい。つまり俺は今、誰かを懲戒ものの目に遭わせているのである。一体誰のものをどうやって借りてきたのか訊きたかったが、一方では聞いてしまうといざという時に危険ではないかという計算が働いたので、やめておいた。

「……もしかして、けっこう捜査に乗り気になってますか？」例によって丁寧に減速してからカーブを曲がる直ちゃんは、ハンドルを戻しながらちらりとこちらを見た。そういえば今日は彼女も、襟にどこかから調達したバッジをつけている。「演技じゃなく、本気で」

なんだ気付いていたのか、と思い、俺は後頭部をヘッドレストに当てた。「そうなれた方がいいんだろうけどね」

「お兄さんなんですねえ」

「そこまで計算に入れてたんだろ。よく言うよ」

確かに彼女の言う通り、プリエールではわざと乗り気なふりをしていた。

どうせこの状況では彼女の依頼を断れないし、智が受けたら俺が動かなければならなくなるのは確実だった。嫌々、という顔をしていたら智がまた気に病む。逆に、俺が乗ってしまえば智も少しはやる気になるだろう。

「ただ、訊きたいんだけど」前を見たまま尋ねる。「この事件、そこまでして智に働かせたい要素が何かあったの？　最初から随分と、智を巻き込むのに熱心だったようだけど」

「ああ、ばれてたっすか」直ちゃんも前を見たままだった。「ま、警察ってとこはバイクみたいなものなんで」

それだけでは分からない。フロントガラスを流れ落ちる雨を見ながら、黙って続きを待った。

＊８　「秋霜や夏の日差しのように厳しい」の意。検察官の理想像を示す言葉。誤解されがちだが、検察官が厳しいのは仕事の上だけであり、プライベートでは猫に弱い検察官や娘に甘い検察官など、いろいろいる。

「走ってないと倒れるし、バックができないんです。そのくせ転回にはそれなりのスペースがいるし」直ちゃんは淡々と言った。職場への不満を言っている、という雰囲気ではない。「もともと警察は、第一発見者を疑うようにできてるんです。警察のやり方って、みのるさんも御存じですよね？」

「……いま一番怪しい人を犯人だと決めつけてしまう、ってこと？」

「そう。警察は、誰を疑うかを相対評価で決めるんです。だから、第一容疑者の犯人性を弱める証拠が出てきても、その人より怪しい人が誰もいないなら、とりあえず無視します。他に誰もいないんだから、こいつをもっと叩けば何か出るだろう——そういうふうに考えるんです」

「危険だ。仕方のない部分もあるんだろうけど」

「しかも、そう決めたら『違うかもしれない』とは言えなくなってしまうんです。『間違いかもしれないが、とりあえずこの線で頑張ってくれ』では、現場の士気が上がらないんですよ。だから、『間違いかもしれない』という声は、指揮官の頭蓋骨から外にはなかなか出てこない」

「なるほどね。……だから智を使ってみようってわけか」

捜査本部の構成員が勝手に「別の線」を捜査することはできない。だが外部の関係ない人間が「無断で勝手に調べた」結果、別の線でもいける、という証拠がたまたま出てきてくれた、というのなら、棚からぼた餅、ということにして堂々とそれに乗れる。もちろんこんなやり方を捜査本部公認で採るはずがないから、例の本部長個人のアイデアなのだろう。智はいい面《つら》の皮、と言えないこともないが。

「……申し訳ない、とは思っています。でも」直ちゃんは前を見たまま、いつもより弱い声で言う。「……仕事なんで」

ふだん強引なくせに急にこうなるのだ。こういう顔を見せられると、彼女の本性はどちらなのだろう、と悩んでしまう。

「まあ、解決の暁には金一封でも出してもらうよ」俺は直ちゃんの横顔に視線をやり、はっきりと言った。「今年は店のエアコンを買い替えたいし、バイト増やして智にも休みをやりたいし」

直ちゃんは横目でこちらを窺い、やわらかく微笑んだ。「ありがとうございます」

それから急にいつもの声に戻り、ぐっと左手を握った。「もちろん、そのくらいのお金はプールしてあるっすよ」

「やっぱり裏金か。それじゃ智に言えないな」

まあ、とりあえずこれで交渉成立ということにする。

実のところ、脅されなくてもやってみたいという気持ちがあった。的場さんのためでもあるし、無実の人間が容疑者扱いされ続けているという状況を聞いて黙っているのも寝覚めが悪い。彼女が言っていた通り、その人間の前歴がどうであっても、やってもいないことの責任を負わなければならない理由はないのだ。そう考えれば乗り気になれないこともない。

だが、そこのところは直ちゃんには黙っていた。それで一応、おあいこということになるだろう。

もっとも、俺のそういう内心自体、彼女に誘導されてのものと言えるかもしれないのだが。

現場である寿町は郊外方向へしばらく走り、周囲にビニールハウスや未開発地が現れてやや田舎の風情が出てくる地域の駅近くにあった。国道沿いの大型スーパー、中古車の販売店、不景気どこ吹く風のパチンコ店など、日本全国どこに行っても見られる風景が展開される特徴のない町が、灰色の空と無表情に降る雨をバックに広がる。駅から少し離れた住宅街のマンションでは他殺体が発見され、それは全国版のニュースで放送されているのだが、それですら「どこにでもある普通の町に起こった非日常」という、やはりどこかにありそうなフレーズに変換されて頭の中を流れていく。

地図が頭の中に入っているらしく、直ちゃんは搭載《とうさい》されているカーナビを一切使わずに現場のマンション前まで車を走らせ、徐行しながら窓越しに外の様子を窺った。

「うーん……すいません。ちょっと現場、おまわりが多すぎてやばいっす」

「直ちゃんだっておまわりだろ」

「あの人とあの人は本部の人だし……」直ちゃんは目がいいらしく、俺にはとても判別がつかない距離から現場にいる警察官を観察している。「……しょうがないっすね。とりあえず死体発見現場は後回しにして、もう一ヶ所の方に行きましょう」

「もう一ヶ所？」

「資料を読んでて、ちょっと気になった場所があるんすよ。惣司検事に見ていただければ、何か分かるかも」

「そういうのは、智が見なきゃいけないんじゃないの？」

「そうでもないっす」直ちゃんはハンドルを回しながら軽く答えた。「みのるさん、意外と自分の能力とか、分かってないっすね」

能力、などと言われるとなんとなくかしこまってしまう。一体何の能力なのだ、と気になるが、そこをあらためて訊くのは少々面映《おもは》ゆいものがある。

直ちゃんの方はもちろんそれ以上説明してくれるでもなく、マンションの裏手になる路地にひょい、と車を停めた。「こちらです。検事」

「大丈夫なのかなこれ」襟元のバッジが取れそうになっていないか、指で確かめる。

直ちゃんは先に降りて傘を開き、こちらがドアから出る間、傘を差しかけていてくれた。

「相手が助手席ってのは慣れないっすね」と呟いていたから、仕事でいつもそうやっているためについた癖なのだろう。気分的にどうにも据わりが悪いが、偉い人を装うなら丁重に扱われることに慣れた様子を見せなければならない。俺は当然のような顔をしてゆったりと傘を広げ、後ろでドアを閉めている直ちゃんに訊く。「もう一ヶ所ってのは、どこ……かね？」

「裏手の用水路脇です。……余計な語尾は要らんですってば」直ちゃんは真顔で囁いたが、若干笑いをこらえているように見えなくもない。「検事ったって二十代でなる人もいるんすから、そんなＶＩＰＶＩＰしてなくていいっすよ。いつも通りで」

そんな擬態語は初めて聞いたし、いつも通りにしてしまうとこちらが周囲の人の世話をすることになってしまうのだが、とにかく頷く。

傘に雨滴の当たるぱたぱたという音を聞きながら直ちゃんについて歩く。南逸郎氏の住んでいたマンションは築年数こそ経っていそうだったがそれなりに立派なもので、三十七歳独身の工員が住むにしてもやや豪華すぎるように見える。「支払期限」の他にも何かやっていたのだろうか。それともこれは事前情報からくる偏見だろうか。

　敷地の裏手には用水路が通っており、水路沿いにはメルヘンチックな装飾の柵が張られ、抑えた色調の石畳が続いていた。こんな用水路でも、水が流れていればヨーロッパ風に周囲を飾りたくなる日本人のいじましさを見た気がするが、よく考えればプリエール《うちの店》だって駅前のオフィスビル街に煉瓦と三角屋根の家がいきなり建っているあたり、通底するものは共通している。西洋の町並みの優雅さは、看板と電線に囲まれた日本に住む人間にとってはやはり、憧れるところがあるのだ。

　石畳の小路には一定間隔で硬そうなベンチが置かれていたが、そのうちの一つは周囲を立入禁止のロープで囲われ、雨合羽を着た制服警官が一人、雨粒を滴らせながら無表情で立っていた。事件発生からは時間が経っているが、それでも現場保存にこれだけ人員を割いているということは、やはり捜査は難航しているのかもしれない。

「あそこです。地面から、犯人のものとみられる煙草の煤《すす》の跡が発見されました」

　直ちゃんが囁く。ベンチの周囲にバケツやらバットやらが伏せてあるのは、雨で流れていかないようにしているのだろう。

　立っていた制服警官はマンションの方をぼけっと見ていたが、俺たちが近付くとこちらに視線を据え、明らかに観察する目で見た。

「地検の井森《いもり》です」直ちゃんが内ポケットから警察手帳のような何かを出して制服警官に見せると、制服警官は一瞬、無表情で静止し、それから急に背筋を伸ばした。後ろで見ていた俺は「俺はそれ貰ってないぞ」と一瞬焦ったが、そういえば検察官にはそういうものはないのだったと思い出す。

直ちゃんは後ろの俺を手で示す。「こちら同じく、宮沢《みやざわ》検事」

そんな適当な偽名で大丈夫なのか、と思ったが会釈した。考えてみれば、どうせばれる時にはすぐにばれるのだ。遊び半分のような印象を与えた方が深刻に見られないかもしれない。

制服警官はさっと敬礼した。「御苦労様です」

何か声をかけようかとも思ったが、どこでボロが出るか分からないのでやめておく。

「こちらの痕跡、見せていただいてよろしいですね?」直ちゃんは質問というより、手続き上そう言っただけ、という調子で訊いた。

「は」若い人である。検察事務官からそんな申し出を受けたのは初めてで、脳内にマニュアルができていないのだろう。制服警官は一瞬フリーズしたように動かなくなったが、一瞬間が空いたことを取り繕うかのように慌ただしく頭を下げた。「はい、はい。どうぞ」

「確認だけですので、報告は要りませんから」

一方の直ちゃんは簡単にそう言うと、腰の高さに張られた立入禁止のロープをさっさとくぐり、それから俺が通りやすいように持ち上げてくれる。その時点ですでに制服警官の方には全く関心がない、という顔になっており、その妙な生々しさが怖かったが、とにかく俺は、手に持った傘を右手から左手へと渡しながらなんとかロープをくぐる。くぐり慣れていないのはばれるだろうが、まあ検察官が直接現場に行って捜査するなどということはまずないだろうから、その方がかえってそれらしいのかもしれない。そう考えて高鳴る心臓を黙らせる。くぐった瞬間、頭の中の小さな俺が「ハイこれでお前犯罪者」と諦めたような声で囁いた。

直ちゃんは当然のように制服警官に自分の傘を持たせ、伏せられているバケツやバットをどけていく。そこだけ乾いた石畳の上に、煙草を踏み消したと分かる黒い煤の跡が、チーターの模様を思わせる間隔でぽつぽつと集まっていた。周囲には吸殻はないし、煤の跡もここにしかないということは、日常的にここで喫煙する人間はおらず、普段は来ない誰かがつけた跡ということになる。

俺の方は自分の傘を差したまま、腰を曲げてそれを見る。制服警官が何かをしようとこちらに身を乗り出しかけたが、とっさに手を上げて制していた。内心では何をやってるんだ俺は、と思いながらも、とにかく煤の痕跡を観察する。「……全部で何本分？」

「はっきりとは分かりませんが、十本程度、とのことでした」

「十本……」明らかに一人の人間によるものだ。しかし一ヶ所で十本というのは、少々本数が多すぎる。

「直……井森さん」ほんのわずかに咎《とが》める目つきをしてみせた直ちゃんに目で詫びながら訊く。「俺は煙草吸わないから分からないんだけど、一本吸うのにどのくらいかかるもんなの？」

「あ、自分、急いでも三分くらいかかります」制服警官が言い、それから空いた手で慌てて敬礼した。急に動いた傘から滴が飛ぶ。「失礼いたしました。差し出がましいことを」

「個人差はあるにせよ、その程度ですね」直ちゃんの方は彼を見もしない。階級は同じ巡査だろうに、よくここまで徹底できるものだ。

腰を伸ばして周囲を見る。雨のせいで人通りは全くないが、雨でなくてもあまり人の通らなさそうな場所である。

そして、ロープで設定された立入禁止区域は、現場となったマンションの、裏口と見られるドアのところまで続いていた。ここからならマンションの裏口がすぐであり、犯人はここから現場に行き来したということらしい。

直ちゃんが注釈を入れてくれる。「住民によれば普段こんなところで煙草を吸う人間はいないそうで、犯人のものと考えるのが自然、という警察の判断です」

「煤から銘柄って分かった？」

「警察の方で分析中ですが、銘柄まではまだ。ただ、わりときついものだった、ということは分かっているようです」

手嶋慎也が普段煙草を吸わないなら、十本も立て続けにそんなきついものを吸うのは無理だろう。警察が彼の犯人性を疑う根拠の一つがこの跡、ということになる。

だが、俺は首をかしげざるをえなかった。十本もの煙草を吸うのは、急いでいても三十分はかかる。だとしたら、犯人は現場近くのここで、三十分以上も何をやっていたのだろう。ベンチのところにいれば不審者には見られまいが、それでも殺人犯の心理を考えれば、現場付近にはなるべく長居したくないのが普通だろう。

「ここが気になるところですね」直ちゃんも言った。「事件のあった九日朝、正面玄関の方では、ちょうど九時前あたりに引越業者が仕事を始めてるんです。この跡が犯行前のものだとすると、犯人はなぜか三十分以上もここで待った上に、わざわざ引越業者がマンション内で働き始めてから現場に向かったことになるんです」

「……かといって、犯行後に三十分もここで待ってた、っていうのも心理的にちょっと、

は、わざわざ三十分以上もここで煙草を吸っていた。一体、何のために？
被害者の南氏が最初から在宅であったことは確認できていたはずなのだ。それなのに犯人
引越業者が来てからでも、裏口から出入りすれば見られずに済むかもしれない。だが、
無理があるね」

5

目の前を大型トラックが走り抜け、どばしゃ、と無遠慮に水を跳ねていく。何かに怒っているようなエンジン音の咆哮《ほうこう》に少し肩をすくめる。地面が少し揺れている。港湾部の埋め立て地とはいえ、トラックの通過で毎度毎度地面が揺れるというのは、俺にとっては新知識だった。「……それにしても、こんな状況ならもう、手嶋慎也から手を引いた方がいいんじゃないの？」

傘越しに、右側にいる直ちゃんに訊く。

彼女の傘が少し動き、縁から、上目遣いにこちらを見る直ちゃんの顔が現れた。「こんな状況、とは？」

「手嶋慎也の着衣、検査したんだろ」

直ちゃんは少しの間、黙ってこちらを見ていた。目の前をまたトラックが走り抜け、エンジン音が尾を引いて遠ざかってゆく。

直ちゃんはぼそりと言った。「……みのるさん、やっぱり惣司警部のお兄さんですね」

「何が」

「一応、褒めてるんですよ。鋭いです」直ちゃんは傘を動かして顔を隠した。「確かにあれだけ吸ったら、犯人の衣服には煙草の煙の成分が付着してるはずです」

「でも、出なかった」俺があとを継いだ。「だが警察は、まだ手嶋慎也を第一容疑者にしている。大方、『吸っていた場合でも、煙の成分が検出されない可能性はある。不検出の事実をもって、手嶋慎也を放すわけにはいかない』っていう言い分なんだろ？」

「……ほぼ、その通りです」

「素人目には、冤罪《えんざい》のパターン通りって気がするんだけど。犯人性に疑問を投げかける証拠が次々出てくるのに、それらすべてから目をそらす。そして『証拠が足りない分は自白で』補えると思って、ひたすら強引な取調べを続ける」

「今のところ任意ですし、静かに話を聞いてるだけです。でも」直ちゃんは傘で顔を隠したまま言った。「古い考え方を改めようとしない人間が、上の方にもけっこういるんです。うちの場合、刑事部長と一課長、それに刑事部長にべったりの参事官《さんじかん》以下数名。現場にも支持者がけっこういるんで、本部長のゴリ押しが通る範囲も限られてるんです」

雨の音がしなくなったので、俺はちょっと傘をかしげて空を見た。雲が動いている。

「智が事件を解いて、手嶋慎也以外の犯人を挙げれば、古い考え方を一掃《いっそう》する足がかりになる?」

「そこまで大袈裟《おおげさ》な話じゃないです。それに」直ちゃんも同じようにして、雨がやんでいることを確かめると傘を閉じた。「どこのカイシャにだって『お家の事情』はあります。組織で仕事しているんだから、そのくらいは当たり前と思わないと」

「……すまじきものは宮仕え、ってやつか」どうもスーツは肩が疲れる。俺は腰に手を当てて背中を反らした。「直ちゃん頑張り屋だから、俺から見ると無理しすぎないか心配だけど」

「いえ、別に……大丈夫っすよ」直ちゃんは照れたように顔をそむけた。「……さて、容疑者二名がそろそろ来るはずなんすけどね。まったくしょうがない連中っすね。惣司検事をこんな場所で待たせて」

「……まだそれ、やるのか」

俺たちがいるのは敷地の裏口を出たところである。工場の中で話を聞こうとしないのは、何度も警察に訪ねてこられて迷惑する相手に配慮しているのだろう。屋根も風よけもなく雨を防いでくれるものも何もないが、人通りもないので話を聞くには適当と言えなくもない。

雲の隙間からわずかに空がのぞくようになった頃、直ちゃんがひょい、と裏口を振り返った。

裏口から二十代と思える二人の男が出てきていた。直ちゃんが「ちっ、一緒に来た」と舌打ちをしたので、あの二人が容疑者である「太刀川」「遠山」両氏であることが分かった。

直ちゃんはぱっと営業用の表情になり、太刀川さんと遠山さんですね、と二人に確認した。「地検事務官の井森です。こちらは大槻《おおつき》検事」

そのいいかげんな偽名は大丈夫なのか、と思うが、とにかくそれらしい顔で会釈する。会釈ついでに二人を観察した。太刀川氏は顔も体型もやや縦長で優男風、遠山氏の方はごつめの中肉中背で、茶色の坊主頭が目立つ。よく見てみると全く印象の違う二人なのだが、意識しないと似て見えてしまうのは、二人ともシャツとジーンズにスニーカー、というふうに、全く同じ恰好をしているせいだろうか。

直ちゃんは二人に対し、自分たちの状況と話を聞く理由をてきぱきと説明した。太刀川氏の方は嫌そうな顔をしていたが、遠山氏の方はにこやかに答え、それどころか「お姉さん、検察事務官っスか」「かわいいっスね」と直ちゃん個人への興味を顕《あらわ》にしていた。俺は横に立って、彼女が営業用の笑顔で遠山氏の質問を流しつつ二人のアリバイを確認していくのを聞いていた。下手に口出ししない方がいい、ということは雰囲気から明らかだった。

事前に聞いていた通り、事件当時、二人にはいずれもアリバイがあった。南氏の死亡推定時間帯は九日日曜の午前九時頃だが、太刀川氏の方は現場まで一時間はかかる自宅でゲームをしていたと言い、九時前に自宅付近を通った救急車や宣伝カーの喋っていた内容まで話した。遠山氏の方も、その時間帯は現場から離れたレストランで朝食をとっていたと言い、注文内容まで諳《そら》んじてみせた。二人とも事件時のことについてえらく具体的に話をした印象があったが、どうも警察からすでに何度か同じことを訊かれ、答え慣れている様子だった。

話が一段落すると、遠山氏の方が「手嶋なんスけど」と少し、神妙な顔になった。「あれって、逮捕されてるんスか？　あいつがやったの確定とか」

「いやあ、あくまで参考のために話を聞いているだけですよ」相手に合わせたか、直ちゃんは軽い口調になった。「第一発見者なんで、どうしても確認しなきゃいけないことが多くなるんですよね」

「でも仕事、ずっと休んでるっスよね」遠山氏は太刀川氏を見上げた。「クビっスかね、あいつ」

「だろうな」太刀川氏はやや、気の毒そうな表情を見せた。「俺からすると、南とか別にいなくなってもいいいんだけどな」

「そうっスよね」遠山氏も頷いた。

すかさず直ちゃんが訊く。「被害者は、職場で評判が悪かったんですか？」

「ああ、いや」太刀川氏が押しとどめるような仕草で手を上げた。「それ、ばらさないでほしいんですけど」

「ご心配なく。ここで伺った話は捜査規範上、漏らさないように定められていますから」

それを聞いて安心したようで、太刀川氏は繰り返した。「まあ、後輩にはあんまり評判よくないはずですよ。逆らえないからってパシリにするし、機嫌悪い時はどうでもいいことでわざと怒鳴りつけたり」

「ああ俺もやられたっス」遠山氏が嬉しそうに同意する。「巻上げ合図が聞こえねえとか、資材の上に座るなとか。てめえだって座ってただろっていう」

「釣りとか、無理矢理連れていかれたりな」

「俺もやられたっスよ。行ったら行ったで、延々上から目線でダメ出しされるっスよ。でも飯はおごらないっていう」

「ケチだよな」

「そのくせマンション住んでるし。なんか、裏で何かやってんだろって噂っスよ。ヤクザっぽいのとつきあってるみたいだし」

太刀川氏は俺たちの視線を気にしてか、明らかにとってつけた調子ながら、付け加えた。

「まあ、噂なんですけどね」

二人とも南氏の携帯電話に通話履歴があったということは、それなりにいじめられてきた経験者なのかもしれない。そしてその力関係が「支払期限」と書かれた何事かに由来するものなら、動機の面では納得がいくことになる。

だが、一体この二人のどちらが犯人なのだろうか。いや、それ以前に、二人とも事件時にはアリバイがあるのだ。犯行は不可能ではないのか。

「南さんは不自然に金回りがよかった、というわけですね。給料的にも考えられない、と。なるほど」直ちゃんは内ポケットから煙草を出し、口にくわえてから二人に訊いた。「あ、失礼。よろしいですか？」

二人はおっ、と反応し、遠山氏が先に頷いた。「あ、いいっスよ。吸ってんの何スか」

「前はもっときついの吸ってたんですけどね」

直ちゃんが煙草に火をつけ、どうですか、と二人に勧める。太刀川氏は辞退して自分の煙草を出したが、遠山氏は喜んで受け取り、それぞれに火をつけた。

「検事さんは吸わないんですか」太刀川氏がこちらに気を遣った様子で訊いてくる。

「ええ、私は。……今はどこも全面禁煙でしてね」実際は違うのかもしれないが、それらしくしようとしてつい言ってしまう。「そちらの職場では、喫煙者の方が多いんですか」

「いやあ、どうでしょうね」太刀川氏はくわえ煙草で言う。そう積極的に喋るわけではないが、実のところわりと人懐こいのではないか、と思える表情である。「まあ工場長と、佐々木《ささき》さんと仁科《にしな》さんと……半分もいないかな」

直ちゃんは溜め息と同時にふわりと煙を吐き出した。「だんだん不便になりますよねえ。喫煙者は」

「いや、ほんと」遠山氏が頷く。

急に連帯感を醸し始めた三人の輪から若干遠ざけられた気分になりながら、俺は黙って話を聞いていた。事務官が同席する検事に何の断りもなく煙草を吸い始めた、という点はどうなのだろうとやや心配したのだが、むこうの二人は特に不審には思っていないようだ。

直ちゃんは一本を吸い終わると内ポケットをごそごそやり、「あれっ、灰皿がない」と言いだした。

俺はそれを見て、やれやれと肩をすくめた。よくやるものだ。

「……いやあもう、むせないようにするの大変だったっすよ。かといって煙、吸い込まないわけにもいかないし」

直ちゃんはがっくりと肩を落とし、温めたはちみつレモンのカップをおいしそうに傾ける。メニューにはなく、智が自分用に作り置きしていたものを出してきたのである。

「……喫煙者はなんであんなもん、日常的に吸えるんすかね。最初吸ってこんなんなったら、もうやめようと思うもんなんじゃないすか」

煙草を吸わない智と的場さんは、それぞれに苦笑するだけだった。喫煙者の友人によれば、吸っているうちに慣れる、ということらしいが、その感覚は想像するしかない。

夕方に太刀川・遠山両氏に会った際、直ちゃんがいきなり煙草を吸い始めたのでびっくりしたのだが、どうやら彼女は相手の二人に煙草を吸わせるためにわざとああしたらしかった。途中でそれが分かったので、二人の吸う銘柄や一本を吸うのにかける時間は、俺も頭の中で記録していた。二人とも特に早くも遅くもなく、現場付近の痕跡とは矛盾しないようだった。

二人の話を聞いた後、プリエールに戻ったのだが、このまま直帰するという直ちゃんに夕食を提供し、閉店後に戻ってきた的場さんにもパスタとスープを振る舞うと、店内はにわかに捜査本部という雰囲気になった。直ちゃんは現場付近の状況と太刀川・遠山両氏の話を上手にまとめて智に伝え、ついでにあの二人の煙草の吸い方も報告した。

「……まあ一応、あの二人が携帯灰皿とか持っているタイプの人間じゃないことも確認できましたよ」

「直井さん、無理しないでよ」俺の隣に座った智が、困った顔で彼女を見る。

現場付近に残っていた煤の跡からすると、犯人は最初は、吸殻をそこらに捨てていたのだ。だが途中でその吸殻が証拠になってしまうことに気付いて、一度踏み消した吸殻を拾って持ち去った。煤の跡があれだけはっきり残っていたのに周囲に吸殻本体がなかったのは、そういうわけだろう。あの二人は吸殻を無造作にそこらに捨てていたから、犯人の行動とも一致する。

「……しかし、そうなるとやっぱり、あの二人のどちらかなんだろうけど」俺は的場さんと智に言い、首を回した。「二人ともアリバイは、きっちり確認されてるからなあ」

今は仕事着に戻っているが、つけていた検察バッジのせいか妙に肩が凝っていた。普段だってワイシャツにエプロンで仕事をしているのだから窮屈さはそれほど変わらないはずなのだが、不思議なことだ。

的場さんが直ちゃんに訊く。「第三の容疑者はいないんですか?」

「いないっすねえ」

直ちゃんははちみつレモンをぐい、と飲みほし、バッグから手帳を出して智の方を向いた。

「まず太刀川ですが、本人の証言通り九日午前八時五十分頃、自宅前の道を救急車が通ったのは確認されてます。まあ、総合病院が近いんでわりとよく救急車が通る場所ではあるんですが、宣伝カーの方はその日だけ偶然通っただけのものですから。某アーティストの新曲の宣伝カーだったんすけど、太刀川は曲名まで当ててましたよ」

的場さんが訊く。「事前に、宣伝カーが通る場所を把握しておくことはできませんか?」

「無理っすね。警察もそこは調べたんすけど、関係者以外知らないみたいです」

俺も、思いついたことを言ってみた。「宣伝カーでなくても何かしら通ってくれることを当て込んで、たとえば家にマイクを仕掛けておいてアリバイを作る、といったことはできないのかな」

だが直ちゃんは首をひねった。「うまくいく確率が低すぎますね。朝のあの時間帯はそもそも目立つ車があまり通らないですし、アリバイ作りに使える一時間の間にたまたま何かが通ってくれることに賭けて殺人事件を起こす、っていうのはちょい無謀かと」

発言する者がいなくなり、閉店後の店内は静かになる。俺は隣を見たが、智は目を細めて何か考えているだけで何も言わず、表情も変えなかった。

的場さんも一旦諦めたらしく、先を促した。「……遠山の方は、どうなんですか」

「こっちも似たようなレベルで堅いっすね」直ちゃんは手帳をめくり、はちみつレモンのカップを口許に持っていってから空であることに気付いてテーブルに置く。

俺は立ち上がろうとする智を止めて自分が立ち、カウンターに行っておかわりの入ったポットを持ってきた。智に聞いていてもらわなければ意味がないのだから、今は働かないでほしい。

直ちゃんは俺がカップにおかわりを注いで座り直すまで、続けずに待っていた。「どもっす。……おいしいすねこれ。メニューに入れないんすか？」

「作るの簡単すぎて値段上げにくいんだよな。客単価が下がりそうでちょっと」

横から智が言う。「でも兄さん、評判いいかもしれないし、追加で注文してくれる感じになるかもしれないよ。カウンターにちょっと表示しておくとかで、お客さんがどんな感じで注文するか、しばらく試してみない？」

「やってみるか？……ドリンクじゃなくて、はちみつレモンの素《もと》の方を提供するってのもありかな。プラス五十円とかで、紅茶に入れるオプションとして出すとか」

「蜂蜜とレモンを厳選して、『他では飲めない高級はちみつレモン』にするのは？」

「それもありだな。カップは専用のが要るかな。ティーカップじゃつるんと飲んじゃって満足感がないだろうし、大きめで、なんか可愛い絵の描いてあるやつ探すか」

「そうだね。カップの絵でも癒されるようなのがいいと思う」

「あー……ちょっとお二人さん。仕事の話していいっすか？」

「いや俺たちこれが仕事の話なんだけど」

なぜか的場さんが、口を押さえてくすくす笑っている。

直ちゃんがボールペンでテーブルをかつんと叩いた。「遠山のアリバイなんすけどね」

「はい」俺と智は背筋を伸ばした。

「事件のあった九日朝、遠山が朝食をとっていた、というレストランは確認しました。遠山からその時のレシートも任意提出してもらったんで、いた時間帯も確認がとれてます。レシートはこれです」

直ちゃんはバッグから茶封筒を出し、そこから一枚の写真を出した。レシート本体は証拠品として県警本部に保管してあるらしく、写真で券面を記録したものだったが、文字は鮮明で読みとれた。

６月９日　８：28　ＢＬＴサンド　アメリカンコーヒーホット（Ｌ）　特製スフレ

智と的場さんが身を乗り出して写真を見ると、直ちゃんがその頭上に解説を加えた。

「このレシートの出力時刻は八時二十八分です。このレストランから現場まではどんなに急いでも四十分はかかります」

「四十分かかったとして、九時八分ですよね」的場さんが身を乗り出したまま言う。「信号などの幸運に恵まれれば、もう少しだけ早くなりませんか？　それに、死亡推定時刻は九時『頃』なんですよね。八分程度の誤差は考えられますし、レシートを受け取った後に急いで出れば間に合うかもしれませんよ」

「いや」俺は的場さんに言う。「そういう幸運を当て込んでアリバイ工作をするのは難しいと思う。警察は最短の時間を基準にして捜査するだろうし、九時半に手嶋慎也が来てすぐに死体が発見されることは遠山も知っていたはずだから、死亡推定時刻に幅が出ることを期待して行動したっていうのは考えにくいんじゃないかな」

「そうですね」的場さんも背筋を伸ばした。「じゃ、レシートだけ代理の誰かからもらってくることは？」

「それも警察は考えたんすけどね」直ちゃんは残念そうに言う。「共犯を作るのは危険すぎですし、どうせ共犯を使うなら、『一緒にいた』ってウソ言ってもらった方がはるかに有効なわけで」

的場さんは上に視線を向け、もう一度そうですね、と呟いた。

「もちろん、犯人としちゃ手嶋慎也が来る前に犯行できればいいんで、犯行時刻は九時である必要はないわけなんすよ。だから、ただ単に注文してすぐ店を出て、大急ぎで犯行するつもりでやってみたら、たまたま早く、九時頃に現場に着けてしまって、結果的にありえないほど完璧なアリバイができてしまってよっしゃー、っていう可能性もないわけじゃないいんすけど」

直ちゃんはとりなすように言ったが、その後、自分で言ったことに首をかしげた。「でも、それにしちゃ随分うまくいったな、って気がするんすよね。少なくとも、そう主張して有罪に持ってけるレベルじゃないっすよ」

「いや、たぶん……」

写真を見ていた智がそう言ったので、全員の視線がさっとそちらに集まった。

写真を引き寄せ、口許に手をやってじっと見ている。「うん。……分かった、と思う」

「おおっ。惣司警部」

思わず腰を浮かす直ちゃんに対し、智は落ち着いている。「直井さん、確かめてもらいたいことがある」

「はい」直ちゃんはもう手帳を出している。

智の表情が変わった。それと同時に口調も少し変化したようだ。「この店に行って、実際に同じ注文をしてみてほしい。特にこの、『特製スフレ』を」

直ちゃんははい、と言って頷いたが、俺は訊かずにはいられなかった。「スフレ？　それが大事なの？」

「ああ。たぶん……」智は鋭い目つきになって俺を見た。「……スフレが犯人を教えてくれる」

俺は直ちゃんを見たが、彼女はもう智の言葉に疑問を持っていないようで、すんなりと頷いた。「了解しました。明日同時刻、当該店舗に行って同じ注文をします」

智は軽く頷くと、的場さんを見た。「的場さんには引き続き、手嶋慎也君の昔の職場の退職者を捜してもらいます」

「はい」智の雰囲気が変わったことに少々戸惑っているのか、的場さんはやや緊張した様子になった。「どちらの職場も退職者に連絡がとれましたので、近日中に確認ができるかと」

「智」俺は訊いてみた。「手嶋慎也は犯人じゃないんだよな？　昔の職場のことが解決に必要なのか？」

この点がどうも気になっていたのだ。だが、智はしっかりと頷いた。

それから、ようやくふっと表情を緩めると、直ちゃんに言った。

「それと、手嶋慎也君の勤め先の、責任者と話をしたいんだ。連絡先を教えてくれるかな」


カスタードとメレンゲ、である。こう言うと簡単だが、きちんと作ろうとすると事前にやっておくことが多い。まず陶器製の丸い容器にバターを塗り、冷ます。できればこれを二度繰り返し、グラニュー糖をまぶし、余分な粉は落としておく。これを食べる数の容器分やっておく。さらに牛乳でバニラビーンズを煮て、これを冷蔵庫で前の日のうちから冷ましておく。

ここからようやく本題である。先の牛乳を濾《こ》してバニラビーンズを出し、振るいにかけた薄力粉とグラニュー糖を足してよく混ぜ、ダマにならないようまた濾し、ザル三つを駆《く》使《し》して生地の元を作る。それを温め、卵黄を足してまた混ぜ、滑らかになったら「カスタード」が完成する。滑らかなクリーム色。横から見ているとやはりどうしても舐めたくなってしまうが、智に怒られるので指をくわえているしかない。

続いて「メレンゲ」である。卵白を泡立てる。とにかく泡立てる。泡立て器を離すとくっついてきて、真っ白な「柔らかいオバケの形」になる固さまで泡立てる。そこにグラニュー糖を何回かに分けつつ足し、また泡立てる。ひたすら泡立てる。手動でやるともはや修行である。しかし時間と労力は裏切らない。充分に泡立てるとボウルを逆さまにしても落ちないほどしっかりしたメレンゲができ、これがスフレの肝《きも》の一つである。これを先のカスタード（あまりにメレンゲを混ぜるので、作ってあったことを忘れる）に足し――また混ぜるのである。しかし今回は優しくでよい。乳白色《にゆうはくしよく》でトロトロの生地が出来上がる。これを、やはり先に用意してあった例の容器（そういえば、そんなものもあった）に流し込む。２００℃に温めておいたオーブンに入れる。焼き時間は9分といったところらしい。

ここからが凄い。加熱されたメレンゲが覚醒《かくせい》したがごとくにどんどん膨らみ、容器の縁を越え、茸《きのこ》のようにどんどん上方にせり出してくる。このまま天まで伸びてしまうのではないかと思うあたりで焼き上がる。殺気立った智が手加減なしの速度で取り出してくる容器を受け取り、粉砂糖を振る――つもりだったが智が俺を押しのけて自分で振った。普段他人を押しのけるということをまずしないうちの弟だが、こういう時だけ人格が変わる。

それも無理はないのだ。出来上がったのは真っ白な陶器の容器から飛び出して膨らみ、上面についた焼き色がなんとも可愛らしい、世界で最もふわふわのお菓子だが、生まれたての赤ちゃんのように貴重なこの感触はテーブルに置くとみるみる萎《しぼ》み、失われてしまう。そうなる前に急いで食べるのである。スプーンを入れてもほとんど感触がない。口に入れるとするりと溶ける。儚《はかな》いくせにしっかり甘い、「バニラスフレ」の完成である。

閉店後のプリエールから明日の捜査完了を約束して直ちゃんと的場さんが帰り、俺と智は業務に戻った。店内の後片付けをしながら、俺は夕食当番で厨房に入っている弟の背中を見る。事件のことを考えながら料理しているのか、それとももう解決の目処がついてすっきりしているのか、開いたドアから垣間見える弟の背中からだけでは、分かりようがない。

同じ人間であるし、二人だけの兄弟でもある。だがそれでも智はたまに、何がしたいんだ、と首をかしげたくなるようなことを言いだす時がある。そういう時に限って訊いてみてもはっきりと答えないのだ。上手に説明できる自信がないのか、それとも自分の行動に自信がないのか。この弟のことなので、それが「分からないやつらに説明してやる義務などない」という傲慢《ごうまん》さや、「分からないやつらが右往左往するのが面白い」という意地の悪さに由来するものでないのは分かっている。だから俺はそういう時、だいたいは黙って弟のするがままに任せることにしている。

思えば小さい頃からちょくちょくそういう場面

があった気がする。

だが、今の俺はそれほど悩んではいなかった。弟の能力が俺よりはるかに優れていることは承知している。それにもし智が失敗したら、その時はその時で適当にフォローしてやればいい。今から悩む必要は全くないのだ。

そして現にその翌日、智は事件を解決に導いた。犯人は逮捕され、物的証拠が見つかり、的場さんが手嶋慎也の父親を連れてきた閉店後のプリエールで、俺たちはそれを報告できることになった。金一封についてはまだ話が出なかったのだが。

6

プリエールの建物の前は樹齢不明の高い木々が生い茂る前庭になっている。前庭は明かりがなく、店の玄関先についたランプと前を通る道の街路灯から届く光だけなので、夜の店内からは外が見えず、カウンター正面に大きくとられた窓を見ても、基本的に自分の姿が映るだけである。だが外から音は伝わってくるので、雨はまだやまないようだと分かる。

パスタとサラダで遅めの夕食をとり、デザートにしっかりケーキセットまで注文してくださったスーツ姿の女性客が玄関ドアを開け「あーまだ降ってる」と言いながら帰っていくのとほぼ入れ違いに、同じくスーツの的場さんと手嶋浩氏が入ってきた。すでにいい常連になっているはずだが丁寧な物腰を崩さない的場さんが、体を傾けて店内を窺い「よろしいですか？」と尋ね、俺が「こちらの席にどうぞ」と二人を奥の席に案内すると、厨房で洗い物をしていた智も耳ざとく聞きつけて出てきて、エプロンで手を拭きながら二人に会釈した。

「直井さんはもう少し、かかりますか」

的場さんははい、と小さく言って頷いた。「先程、携帯に連絡が入りまして。もうすぐ署を出るので、二十分ほどでこちらに来られるそうです」

どうもこの二人はいつまで経ってもくだけたやりとりにならないな、と思いながらも、俺は先に立ってテーブルを整える。「こっちでどうぞ。手嶋さんには、先に話をしておいた方がいいこともあるだろ」

うん、と頷いてエプロンをとる智を置いてカウンターに戻り、それぞれ席に着いている三人と自分用にカモミールティーを淹れて戻る。色といい香りといい「草っぽさ」が強いお茶なので初見の人に出すのは悩ましいところもあるのだが、その草臭も含めてリラクゼーション効果は折り紙つきである。手嶋氏は前回来た時同様にしきりと恐縮していたが、珍しい草色のお茶には若干興味を惹《ひ》かれたらしく、今度は口をつけていた。

「まず、よいご報告です」智がこちらを見たので、俺が切りだした。「捜査の結果、事件については今日、真犯人が明らかになりました。手嶋慎也君はすでに取調べを終了しておりますので、直井巡査と一緒に今、こちらへ向かっております」

手嶋氏はがた、と椅子を鳴らして腰を浮かせた。「本当ですか」

「はい。……本当なら手嶋さんに署まで迎えに行っていただいた方がいいかと思ったんですが、直井巡査がすぐこちらに来るということですし、その前にお話ししておいた方がいいこともありまして」

手嶋氏は口を開いたまま中腰になっていたが、その姿勢のままはあ、と大きく息をついた。みるみるうちに氏の眉が下がり、頬が緩み、眉間の皺が浅くなって消えた。

それを見て、俺の方もほっとした部分があった。前回、この人から息子を気にかける発言が全く出てこなかったから、密かに心配していたのだ。だがやはり、父は父なりに一人息子の身を案じていたらしい。

手嶋氏はテーブルに両手をつくと、ゆっくりと頭を下げた。

「……ありがとうございます」

震える声で、周囲に染みわたるように言う。隣に座る的場さんも表情を緩めた。

話をまとめるのがうまい的場さんが、証拠品である現場やレシートの写真を示しながら、事件の概要とこれまでの捜査状況を手嶋氏に聞かせた。手嶋慎也が容疑者とされていた理由。太刀川と遠山という、他の容疑者の存在。そして彼らにどんなアリバイがあったか。

「……この二人のどちらかが犯人ではないか、と考えられていたのですが、決め手がありませんでした。そこでこちらの惣司元警部が捜査しましたところ、犯人がどちらなのかが判明しました」

的場さんはバトンを渡すように智を見る。

智は小さく頷いてから、言った。「論理的に考えると、犯人は太刀川の方だろうと推測がつきました」

手嶋氏が座り直す。

「その理由は、遠山氏が犯人だとした場合、不自然な点があったからです」智は穏やかな声で話し始めた。「先程お見せした通り、遠山氏は事件のあった九日の朝八時二十八分に、現場から最低四十分離れたレストランで発行されたレシートを持っています。遠山氏が犯人であった場合、レシート発行後にすぐに店を出て現場に急行した結果、いくつかの幸運が重なって『死亡推定時刻は九時』となった——という可能性もあるため、一見すると『犯人ではない』とは言いきれないかのように見えます」

手嶋氏は講義を聴くように、レシートの写真を凝視して動かない。

「ですが、もし遠山氏が犯人なら、そのレシートの記述は不自然、ということになります。……注文内容の項目に『特製スフレ』という記述があるかと思われますが」

手嶋氏は一言も聞き逃すまいとしているかのように、真剣な眼差しで頷いた。「はい」

「先日、直井巡査に確認してもらいましたが、この店のスフレはスフレ・ショー……いわゆるオーソドックスな、温かいスフレでした」智は手嶋氏をまっすぐに見る。「スフレというお菓子に関しては古来、『スフレは人を待たせる』と言われています。スフレはホイップした卵白の気泡を利用して焼き上げるもので、うまく焼き上がるときれいに膨らむのですが、生地のつなぎにしてある小麦粉の割合が総量に比してわずかなので、オーブンから出すと、冷めるにしたがってどんどんしぼんでいってしまうんです。したがってスフレ・ショーをお客様に提供する場合、焼きたてを出さなければならず、注文を受けてから焼き始めることになります。おおむねこれに三十分ほどかかりますので、スフレは必然的に、お客様を三十分待たせることになるのです」

「はあ……なるほど。そうでしたか」

手嶋氏は頷いているが、話のゴールに見当がついていないらしい、というのは見ていて分かった。そもそも智が、お菓子の話になった途端、元気になりすぎなのである。

「遠山氏がいたというこのお店でも、スフレはちゃんと焼きたてを提供していました。当然、注文時には『特製スフレの方はご注文後に焼くため三十分ほどお時間を頂きますが、よろしいでしょうか』と店員に訊かれることになります。もし遠山が、レシートだけ受け取ってすぐに現場に向かうつもりなら、そんなものは注文しないでしょう」智はレシートの写真を指で示した。「つまり、スフレを注文しているということがそのまま、遠山氏が犯人ではない、という証拠になります。これは一緒に注文しているBLTサンドと、ホットのアメリカンコーヒーにも言えます。注文してすぐに店を出るつもりなら、たとえばアイスコーヒーだけにするのではないでしょうか。BLTサンドやホットのコーヒーを注文してしまうと丸ごと残さなくてはならなくなり、店員に記憶されてしまう可能性がありまず。少なくともコーヒーをわざわざホットで、しかもLサイズを注文する必要はないはずなんです」

手嶋氏は口を半開きにしたままレシートの写真を凝視し、頭の中を整理しているようだ。しばらくして顔を上げ、智を見た。「……では、犯人は」

「太刀川の方、ということになります」智は頷いた。「もちろん太刀川にも、一見、アリバイが成立しています。彼は事件時『自宅にいた』と言っており、その証拠として九日の八時五十分頃、自宅前を救急車と、某アーティストの新曲の宣伝カーが通ったことを証言しています。……ですがこれは、必ずしも彼がその時間、自宅にいたという証明にはならない」

智はそこまで言ってからティーカップを取り、カモミールティーを口に運んだ。それを見た手嶋氏と的場さんも同じようにした。

智がカップを置き、かちゃん、という音がかすかに響いた。「……簡単な方法があるんです。自宅にマイクを設置しておき、そこに録音された内容を、あたかもその場で聞いていたかのように話せばいい」

俺はすでにその話も聞いているので、邪魔にならないよう静かにカモミールティーを飲みながら智を見ていた。智は落ち着いた調子で続ける。こういう時の弟はいつもと違い、どことなく自信ありげに見える。

「……もちろん、この方法には問題があります。事件のあった九日、被害者の南氏は九時半に、慎也君の訪問を受けることになっているからです。仮に犯人が自宅前にマイクを仕掛け、アリバイ作りに使えそうな特徴的な音がしたのを聞いてから犯行に出るつもりであったとすると、九日の九時半までに都合のいい音が入ってくれることを期待するのは、あまりにも望み薄です。現実にはもっと条件が厳しく、犯行にかかる時間や部屋のパソコン等を処分する時間、さらには慎也君が早めに来ることも計算に入れれば、九時過ぎあたりまでしか猶予がなかったでしょう」

ここまでは俺も考えたのだ。だが智はその続きを言った。

「ですがそれは、犯人が六月九日のうちに犯行をしなければならなかった場合の話です。犯人である太刀川にとって、実は犯行に出る日はいつでもよかったとしたらどうでしょうか？　南氏が毎週のように慎也君を釣りに連れ出していたことは、職場では周知の事実です。だとすれば、太刀川が慎也君に容疑をなすりつけるチャンスは六月九日でなくても、次の週でもその次の週でもいい。毎週日曜、現場になったマンションの裏口付近に待機し、たまたまアリバイ作りに使えそうな音がマイクに入った日を犯行の日にすればよかったんです」

犯人が現場となるマンションの裏口で三十分以上待っていたのも、このせいだったのだ。

智はすでにテーブルの上に出していたもう一枚の写真――現場から見つかった南氏の手帳の写真を、指ですっと指し示した。

「警察は……当初は我々もですが、犯人の事情について誤解していたんです。被害者である南氏の手帳の六月九日のところに『支払期限　T』と書かれていたため、犯人はこの日を狙って犯行に出た、と思わされてしまった。ですが、この記述が犯人の偽装工作であったとしたらどうでしょうか？　犯人である太刀川は、六月九日にたまたまアリバイになる音がマイクに入ったので、その日に犯行をし、その後、以前から犯行日が決まっていたように見せかけるため、南氏の手帳に『支払期限　T』と書き足したんです。被害者の部屋のパソコンを盗んだのは、警察の関心を被害者周囲の事情に向け、確実に手帳の記述を発見してもらうためでしょう」

警察も、俺や的場さんも、『支払期限　T』の記述を太刀川が加えたとは思いもしなかった。その理由は、「T」の記述が太刀川にとって不利なものであったからだろう。もし太刀川が犯人なら、自分に容疑がかかるような記述をわざわざ加えるはずがない。したがって『支払期限　T』の記述は被害者自身の手によるものだ――いつの間にか、そう思わされていたのだ。

だが、太刀川は動機その他の条件から、「T」の記述をしようがしまいが、どうせ自分が容疑者になる、と考えていたのかもしれない。現に太刀川は、南氏の携帯の通話履歴や喫煙歴その他によって、「T」の記述がなかったとしても容疑者になっていたはずの状況だったのだ。それならむしろ、自ら「T」の記述を加えてでも偽装工作をした方が安全だろう。

「その観点から、警察に再捜査を依頼しました。……確認は簡単でした。手帳に残っていた記述は、筆跡が南氏のものと違いましたから」

智は話し終え、またカップを取った。「警察はその点を確認し、太刀川を南逸郎殺害容疑で逮捕する方針を固めました。それに前後して、慎也君の取調べも打ち切られています」

手嶋氏が一回で智の話をどこまで理解したかは分からない。だが氏はそれを聞くと、再び深く頭を下げた。下げすぎて額がカップにぶつかり、お茶が少しこぼれる。

「おっ、失礼」手嶋氏は慌ててカップを直し、また頭を下げた。「ありがとうございます。……本当にありがとうございます」

「いえ」手嶋氏は少しこぼしたことに気付いていないようなので、俺は隣のテーブルから紙ナプキンを取って、さりげなく拭いた。

「いや、感謝してもしきれません。本当によかった」手嶋氏は噛みしめるように言った。「手間ばかりかけてどうしようもない息子ですが、人殺しなどということまでしたと聞いた時は、どうしていいかと……」

「いえ、手嶋さん」智が言った。「そこも、訂正したいんです」

手嶋氏は智の言ったことが分からなかった様子で、ちょっと片眉を上げて静止した。

「つまり、慎也君が『どうしようもない息子』であるという点も、です」

「しかし……」

手嶋氏が言うより早く、智が言葉を続けた。

「慎也君は『中学に入ってすぐ万引きをし、高校もじきに登校をぐずるようになって辞めてしまい、その後就職した新聞配達所もスーパーも、しばらくすると黙って辞めてしまった。何をさせても長続きしない子だった』」智は問いかける表情で手嶋氏を見る。「……本当にそうでしょうか？」

手嶋氏はまだ黙っている。だが、実は彼をここに呼んだ一番の理由は、これについてだったのだ。

「僕は慎也君のこの点に疑問を持ったので、こちらの的場さんに調べてもらったんです。慎也君が新聞販売所を辞めたことに、本当にたいした理由がなかったのか。スーパーを辞めたのも、たいした理由がなく辞めたのかどうか」

的場さんは頷いて、続きを引き継いだ。「どちらの職場も、辞めた元従業員から話を聞けました。慎也さんが勤めていた新聞販売所に関しては、新人の教育係を担当していた人間が、かなり陰湿に新人をいじめていたようです。ミスとも言えないようなささいなことをあげつらっては大声で罵倒し、説教を聞く態度が悪いと言っては難癖をつけ、立場の弱い若い新人をいじめることで、ストレスのはけ口にしていたようですね。常習的なもので、経営者の方も薄々気付いていたようですが」

手嶋氏が目を見開いた。

「スーパーの方にも事情があります。元従業員が証言してくれましたが、慎也さんのいた店舗では生鮮食品の産地偽造がかなり前から常態化していたそうです。この元従業員は『告発する気になった』と言っていましたから、いずれ報道されると思いますが。……勤めていた慎也さんはそのことを知って、こんなことに加担したくないと思って退職したのではないでしょうか」

智は手嶋氏の目を見据えた。「そう考えれば、彼が高校を辞めたことにだって何か理由があったかもしれないと思えませんか？　新聞販売所の時のようないじめがあったのかもしれませんし、他の何かかもしれません。いずれにしろ慎也君に対しては、『特に理由もないのに学校や職場を辞めてしまう』という評価は当てはまらないと、僕は思っています」

「いや、しかし」手嶋氏は急いで言った。「それだったら、なぜ私に何も言わないんですか。ちゃんとした理由があるなら、話せばちゃんと聞いたのに。私だって、困ったことがあったら親に言えと、ちゃんと言っておきましたよ」

「手嶋さん」智は手嶋氏をまっすぐ見て、相手の顔に刻みつけるように、はっきりと言った。「……言いだせない子も、いるんです」

俺は横で聞きながら、昔のことを思い出していた。智もそのタイプだった。小学校から帰ると無言で部屋にこもったり、夕飯になってもずっと悔しそうな表情をしていたり。智の相手をしているうちに、俺は知らず知らず学習していた。そういうタイプの人間は、「何かあったら言え」と言っておくだけでは、絶対に相談してこないのだ。こちらから「何かあったの？」と訊いても話してくれるかどうかは分からず、「クラスのやつに嫌なことされた？」とか、何かを察してそのレベルまで言って、ようやく口を開くのである。

だが、子供なんてみんなそんなものだろう、とも思う。学校でいじめられた時に、真っ先に親に「いじめられた」と訴えられる子供がどのくらいいるだろうか？

「手嶋さん。慎也君は本当は、あなたに話を聞いてもらいたかったんだと思います。それなのに黙っていたのは、あなたの方に相談できそうな雰囲気がなかったからではないでしょうか？」智は言う。視線をテーブルに落としているのは、まともに見ているとどうしても責めるような調子になってしまうからだろうか。「おかしいな、と思いませんでしたか。『勉強して入った』進学校を、理由も言わずに行かなくなり、辞めてしまう。前の仕事と違って『楽しい』と言っていたはずのスーパーの仕事を『あんな仕事はやりたくない』と言って辞めてしまう。『あんな仕事』の意味がどういうことなのか、考えてみたことはありますか？」

「いや、しかし」手嶋氏はそれだけ言って俯いた。「……なぜ、言わなかったんだ。理由を」

「慎也君はあなたのことを、話したって聞いてくれないかもしれない、と思ったんです」智は視線を上げないまま、しかし声は届くように、はっきりと言った。「子供は『この大人は話を聞いてくれそうかどうか』を、とても敏感に判断します。一度でも『この人は聞いてくれない』と思ったら、なかなか信用してくれるものではないんです」

的場さんは講義でも聴くように、智を見たまま動かない。おそらく彼女は訴える勇気が出せる子供だっただろうから、智の話は未知のものなのかもしれない。俺にとってはけっこう、分かる話なのだが。

「おそらくそう判断された原因は、中学の頃の万引きにあるのではないかと思います。僕から見れば、慎也君が万引きをしたのは自分の意思ではありません。彼は周囲の誰かに命令されてやったのではないでしょうか？　僕はこう考えました。一人では持ち出せるはずもない量の菓子を盗んだのは、そうするよう命令されたからか、あるいは、盗みたくないのでわざと見つかるようにそうした、と」智は視線を上げた。「そういう可能性を少しでも考えてあげましたか？　店の中では叱るのが当然でも、その後に何か、言い分を聞いてあげようとしましたか？　あなたは、ただ息子さんがしたことを叱るだけだったのではありませんか？」

「そんな」手嶋氏は、我慢ができない、という様子で腰を浮かせた。「そんなことまで」と

だが、大きな声で言い返しかけた手嶋氏は、急に空気を抜かれたようになり、ぎし、と椅子に座り直して俯いた。

「……慎也は、何も言わなかった」

智はもう何も言わず、俯く手嶋氏を見ていた。

俺はその二人を見ながら考えていた。智が最初、手嶋慎也が解放されるまでの経緯をあんなに詳しく話したのは、おそらくはこの話をするためだったのだろう。聞く義務のない手嶋氏に対してこの話をちゃんと聞いてもらうには、まず彼に「聞く耳を持って」もらわなければならない。そのためには、手嶋慎也に対する自分たちの「功績」をあらかじめアピールして、感謝されておかなくてはならなかったのだ。

人見知りをするくせに、いざ話をしなくてはならないとなると、会話内容をやたらと計算する弟である。あるいは人見知りだからこそか。

智は俯く手嶋氏に言う。「慎也君があなたに話をしなくなったのは、その時からではありませんか？」

「……しかし、だいたいそんなことまで、こちらが」手嶋氏は言いかけて言葉を切った。

それから、吐息とともにかすれた言葉を漏らした。

た。

「……いや、訊けばよかったか」

ドアベルがからん、と鳴った。見ると、直ちゃんが入ってきていた。その後ろにもう一人、二十歳くらいの青年がいた。唇を引き結び、繊細そうな顔をしたこの青年が手嶋慎也だろう。実際に会ったのは初めてだが、顔だちは確かに父親に似てい

手嶋氏が立ち上がってそちらを向いた。「慎也」

手嶋慎也は黙って立っている。父親の方を向いてはいるが、ちゃんと見ているのか視線

をそらしているのかは、俺のところからでは分からなかった。

手嶋氏は、その息子に向かい、ゆっくりと言った。

「……すまん」

息子の方もすでに直ちゃんから、ここでどんな話をしていたか聞いているらしい。謝る

父親に対して俯いて、ぼそりと言った。

「……父さんは、一度も訊いてくれなかった。中学の時も、高校の時も、何があったんだ、

どうしたんだ、って、一度も」

父親の手嶋氏も俯いた。

「一度も……」

手嶋慎也は絞り出すように言い、それから小さな声で付け加えた。「……でも、ごめんなさい」

「すまなかった」

手嶋氏は俯いていたが、やがて息子に歩み寄り、強く抱きしめて背中を叩いた。「……よかったなあ。犯人にされなくて。……本当によかった」

警察の一員として責任を感じているのだろう。その後ろで、直ちゃんがさっと目を伏せた。

手嶋慎也は泣かず、ただ黙っていた。父親の方だけが泣いていた。こうして見ると、息子の方が父親より頭ひとつ分、背が高い。

じっと見ているものでもないだろう。俺たちは立ち上がってゆっくり離れようとしたが、手嶋慎也は父親の肩越しに、こちらに言った。「あなたが惣司警部、ですか」

「いや」俺は隣の智を見た。「俺は兄です。惣司元警部はこちら」

手嶋慎也は智を見て、小さく頭を下げた。「ありがとうございます。直井さんから聞きました。あなたが太刀川を逮捕する証拠を見つけてくれたって」

「いえ」智は目を伏せた。「僕は考えただけです。捜査をしてくれたのは直井さんと兄と、そこにいる的場弁護士で」

手嶋氏はがば、と息子を離し、きゅるりと回れ右をすると、腰を九十度に折って頭を下げた。「本当に!……本当に、ありがとうございました」

「いいえ」的場さんは手を振った。「私は仕事をしただけですから」

直ちゃんがうんうんと頷いている。……言っておくが、俺と智は仕事ではなかったぞ。

「僕も少し、これから仕事をしようかと」智は少し照れた様子で微笑み、さっと動いて椅子の背にかけてあったエプロンをつけ始めた。「今回、慎也君の無実を証明するのに一役買ってくれた、スフレというお菓子、召し上がってみませんか?」

おっ、と思った。俺も急いでエプロンを取り、さっきの席を二人に示した。

「そうですね。こちらのお席でご一緒に」少し考えて、言う。「ただ、スフレは焼きたてをお出しするため、三十分程度、お時間をいただきます。……それまでの間、こちらでご歓談ください」

指し示したテーブルにカップが残っていることに気付き、俺は、ああそうか、と気付いた。

それでもう一つ、付け足した。「カモミールティーをご用意いたしますので」

的場さんも気付いたらしく、俺を見てくすりと笑った。

スフレ

メレンゲに様々な材料を加え、オーブンで焼いて膨らませる食べ物。デザートとしてだけではなく、肉や魚を入れて主菜の一つにすることもある。

できたては非常に柔らかく、ふわふわした食感が特徴。ただしオーブンから出すと冷めるにしたがって二、三分でしぼんでしまうため、焼き上がるのを待ち、焼きたてを食べなければならない。そのことから「スフレは人を待たせる」と言われる。

その性質から喫茶店での提供は難しく、デザートを食後に出せるレストランなどで提供されることが多い。また、時間が経ってもしぼんでしまわないよう、糖液を混ぜたイタリアン・メレンゲを用い、最初から冷たく作ったスフレ・フロワ（冷たいスフレ）もある。

カモミールティー

キク科のカモミールで淹れたお茶。古くから薬用とされ、頭痛などに対しての鎮痛作用や、神経をリラックスさせて安眠させる作用があると言われる。「カモミール」の名前の由来は諸説あるが、花にリンゴに似た香りがあるため、ギリシア語の「大地のリンゴ」を意味する「カマイメーロン」からとられたという説が有名。

花言葉は「仲直り」である。

7

相変わらずの雨なので、三食の時間帯以外は客足がさっぱりである。特に今年の梅雨はよく雨が降るせいもあって売り上げが伸びず、諸経費と俺たち家族の生活費を全部差し引

くと、今月は確実に赤字になりそうだ。

それとは無関係に、カウンターに座った直ちゃんは「客がいないと遠慮なく喋れていいっすね」などと言いつつ猫のように伸びをしている。隣の的場さんは彼女を見て苦笑しつつ、今は満足げにモンブランにフォークを入れている。

直ちゃんはアイスコーヒーを飲みほして一息ついてから話し始めた。「……ま、要するに美人局《つつもたせ》っすよ。美人局」

「古いなあ」俺にはそういう感想しかない。

「いやあ案外そうでもないんすよ。出会い系サイトとかＳＮＳが普及した今の方が、カモは引っかけやすいわけでして」

「ああ、なるほど」

「まあ、南がやってたのは、極めて古典的な手口なんすけどね」直ちゃんは空になったグラスの氷をストローでからから鳴らす。「まず南の彼女が南の知り合いに近付く。関係ができたら南とつきあいがあるヤクザが登場。脅されて困ってるところに南本人が登場して、『話つけてやるから示談金《じだんきん》用意しろ』。もちろん払っても一回じゃ解決したことにせず、何度でも金を要求するわけです」

「自分の彼女をそういうのに使うかね」

「普通にいますよ、そういう男。で、太刀川はこの手で金、せびられてたみたいっすね。そろそろ結婚っていう彼女がいたから、いいカモだったでしょうね。金がなくなってきて、殺《や》るしかない、と考えたそうです。このままだと一生せびられるし、彼女とも終わりになる、と焦り、殺す機会を窺っていたそうで」直ちゃんはカウンターに頬杖をつく。「手嶋慎也はいつも南に呼び出されてるし、職場にも特に友達がいないから、スケープゴートに丁度いいと思ったみたいっすね。ちなみに南の女とヤクザの男も取調べ中っす。二人とも取調室では知らぬ存ぜぬで罪のなすり合いをしてるみたいっすよ」

「どいつもこいつも」

「世も末っすよねえ」直ちゃんは溜め息混じりにストローをいじる。

隣を見ると、グラスを磨いていた智はちょっと肩をすくめた。

うちのモンブランはマロンクリームを塔のごとく高々と盛ったデザインなので、油断するとひと口めのフォークを受け止めきれずに倒れたりする。的場さんは手術中の医者のような慎重さでてっぺんからマロンクリームを削りつつ食べていたが、やがて満足したらしく顔を上げた。

「でも、手嶋慎也さんはよかったですね」

彼のその後は聞いていない。智を見ると、弟はああ、と言って説明してくれた。「取締役工場長が言ってた。解雇とかは一切ないし、取調べ中の給料も出す、って。取締役工場長、『手嶋君は真面目でよくやってくれている。むしろ、大変だったね、って労《ねぎら》ってやりたい』ってさ」

そういえば智は直ちゃんに、手嶋慎也の勤め先の電話番号を訊いていた。これを尋ねるためだったらしい。

「……それはよかった」容疑が晴れても仕事をクビにされてしまったのでは何にもならない。肩の荷が下りた気がした。

「……今回のこと、私も勉強になりました。ただ『何があったんですか』では、言いだせない人もたくさんいるんですね」的場さんは真面目な顔になって言った。「智さん、すごいと思います。私、手嶋慎也さんの昔のことについては、考えてもみませんでしたから」

智は照れた様子で視線をそらした。

的場さんはそんな智をちらりと見上げ、遠慮がちに訊く。「……智さんも、そういう子供だったんですか？」

「いえ、僕は。……僕もそうでしたけど、でも」智は恥ずかしそうに俯き、こちらをちらりと見た。「……僕の場合、兄さんが聞いてくれたから」

「……ん、ああ。……そうだっけ？」

今度は俺の方が照れくさい。布巾を持ってカウンターから逃げると、視界の隅で、直ちゃんと的場さんがくすくす笑っているのが見えた。

第3話

星空と死者と
桃のタルト

1

控えめに明かりがついたプリエールの店内に、珍しい音が響いていた。満載のガラス玉がこぼれて跳ねるようなピアノの音。父が死んでから一度も奏でられることがなく、奥の席の横で壁に同化したまま「観葉植物スタンド」になってしまっていたヤマハのアップライトピアノが、まるでつい昨日までそうしていたかのような、当たり前の顔で仕事をしている。

時折背中を左右に揺らしながら、両手の指だけ自動機械のように動かしてそのピアノを歌わせているのは的場さんである。十本の指が時折見えないぐらいの速さで左右に流れたり、動きながら途中で左右の手が交差したりするのだが、まるでよく見知った道を走っているかのように動く彼女の指には迷いや躓《つまず》きが全くない。鍵盤を見ている彼女自身の表情もひどくゆったりしていて、かすかだが楽しそうに微笑んでいるのが、斜めうしろから見ている俺にも分かった。まるで会話をしているようだ。彼女と指と鍵盤の三人で。

──はい、ここで跳ねてね。

──優しく入って。待って。また優しく。抑えて。

──切らないで。でも繋げすぎないで。そう。上手だね。

音楽には詳しくない。だが出る音の澄み方と安定感だけで、この演奏が「ちょっと弾《ひ》ける」という程度のレベルでないことは分かった。これまでピアノどころか音楽の話もしなかったが、この腕前なら相当小さい頃からやっていたのだろう。口が半開きの間抜けな顔になっていることを自覚しながら、テーブルに着いた俺は身動きできずに聴いていた。動いて物音がしたら勿体《もったい》ない気がしたのだ。隣の智も同様で、眩《まぶ》しいものを見るようにやや目を細めて的場さんの背中を見ている。

軽やかに鍵盤上を舞っていた指が着地を決めるようにた、たーん、と跳ねて止まり、的場さんは慣性が働いたように前のめりになって演奏を止めた。俺は次の曲が来るのかと思ってしばらく息を止めていたが、彼女はくるりとこちらを振り返ると、はにかんで小さく頭を下げた。

「すみません。ここまでで。……ついずるずる弾いちゃいました」

俺と智が拍手すると、動いていなかった逆鱗の直ちゃんも途中から拍手に加わった。

俺はこういう時、単純な感想しか出せない。「すごいですね。上手いなんてもんじゃない」

「いやあ、お見事っす。的場さんすごい才能っすね」

笑顔で手を叩く直ちゃんに智が言う。「直井さん、寝てたよね」

「いやあ気持ちよくなっちゃいまして。つい」

「それで正解ですよ」的場さんは笑顔でこちらを向いた。「ゴルトベルク変奏曲って、不眠症の伯爵《はくしゃく》のために作られた曲ですから」

「滅茶苦茶上手いですね。聴きながら溜め息が出ましたよ」もっといろいろに表現したいところなのだが、言葉が浮かばないのでそのまま言う。

「長くやっていただけです。……弾くと父が喜ぶので」

的場さんは照れたように微笑んだが、言葉の端に何か、陰りのようなものがあった。何だろうな、と少しだけ引っかかったのだが、彼女は形をとりかけた沈黙を押しのけるように鍵盤に手を伸ばし、右手でアルペジオを鳴らした。「でも、このお店でピアノが弾けるなんて思ってませんでした。ピアノ、実家に帰らないと弾けないので」

「僕も、そうです。父がいなくなったら、もう弾く人は現れないだろうって思っていましたから」いつの間にか席を立っていた智が、マンゴージュースのグラスを持って戻ってきていた。「……こちら、どうぞ」

「いただきます」冷房が弱めなので店内は少し暑かったかもしれない。的場さんはマンゴージュースを嬉しそうに受け取った。「久しぶりに弾かせていただいて楽しかったです。調律も、気にするほど狂ってませんでしたよ？　……正直このピアノ、前から気になってはいたんですけど」

開店中に弾くわけにはいかないので、今のように閉店後、何かの機会と演奏者に恵まれないと無理なのだ。

「いつでも弾きにきてください。次はちゃんとメンテナンスしておきますので」智は遠慮がちな声で言った。「……また、聴かせていただきたいです」

的場さんは智をじっと見て、そっと抑えた声で訊いた。「……よろしいですか？」

智は照れたようだったが、俯き加減になりながらもしっかりと答えた。「ぜひ」

弟の横顔を見て、父がいた頃を少し思い出した。そういえば智は、父が何か弾いている時はだいたい横にくっついていた気がする。そのくせ「弾いてみるか？」と言われると逃げていたのだが。

的場さんは恥ずかしそうに「やった」と呟いていた。それをじっと見ていた直ちゃんが、突然、何か思いついた様子でぱちんと指を鳴らした。「……莉子さん、ピアノ弾きたいっすか？」

的場さんと智が、おや、という顔で同時に彼女を見る。

直ちゃんはへっへっへ、と笑った。「もしよければ、今度ちょっと出かけないすか？　アップライトと言わずグランドピアノが弾けるっすよ」

「えっ」

「おっ」

「どこですか？」

俺たち三人それぞれの視線を集め、直ちゃんはまた、へっへっへ、とにやける。「県内っすよ。日川《ひかわ》村って、今は合併して西向原《にしこうばら》市っていうんですけど、山の方にうちの親戚がログハウス持ってて、そこにグランドピアノあるっすよ。来てくれたら弾き放題です」

初耳である。しかしそういえば、直ちゃんに関しては、智の大学の後輩という以外のことはほとんど知らなかったのだ。

「それは」的場さんは顔を輝かせて乗りかけ、それから俺たちの方を気にする様子で見た。「あっ、でも」

「近いし、一泊でもけっこうのんびりできるっすよ」直ちゃんは的場さんにそう言い、今度はこちらを見た。「お盆後もちょっとは店、休むんすよね？　一泊ぐらいいけるんじゃないすか」

「うん。……そうだね」そういえば定休日にもなんだかんだ店のことをしていて、ちゃんと休んだ記憶がなかった。鎌倉あたりまで食器を見にいったりすることはあったが、一泊の旅行などいつ以来だろうか。

智を見ると、智の方は明らかにこちらに委ねる顔なので、俺が訊くことにする。「直ちゃんの親戚の家？　四人で行っていいもんなの」

「親戚の別荘なんすけど、常時空き家っすよ。親戚の爺さま、長年の夢だっつってログハウス建てたはいいんすけど、そのすぐあとに膝壊しちゃって、ほとんど行かないまま放置してるんです」直ちゃんは的場さんの方にも確認する様子で視線をやる。「管理だけでも大変なんで、掃除がてら使ってあげるとかえって喜ぶっすよ。四人でも広いくらいですし」

「いいですね！　行きたいです。私も週明けまで休みですし」的場さんは乗り気なようだったが、俺と智を気にする様子でちらりと見た。「でも、お二人は忙しいですか？」

「いやあどうせお盆明けの週は暇っすよ。会社員は休む人多いから、開けてても食材が無駄になるだけなんすよね。そもそも業者に休みのとこがあっていつもの食材が入らないし」

「勝手に答えないでもらえるかな」とはいえ、言っていることは当たっている。

的場さんが智を窺っているのが分かったので、俺は弟に言った。「でも、休みなのは確かだな。うちはお盆にしたって、訪ねるべき親戚も特にいないし。……智、行くだろ？」

「ええと」だいたいにおいて決断が遅い弟は、まだもぞもぞ言っていた。「……僕まで行って、お邪魔には」

「ならねっすよ。駅前の方には洒落《しゃれ》た雑貨屋さんとかあるから、みのるさんはそこで遊ばせときゃいいし」

「子供か俺は」

「天気が良けりゃ、夜なんか星とかすごい見えるっすよ。もう散弾の銃創みたいな夜空で」

もう少しましなものにたとえられんのか、と思うが、俺は智を見た。「智、星だってよ」

「うん」誕生日のプレゼントに天体望遠鏡をねだったこともある弟は、嬉しそうに言った。「お盆の後だと。ペルセウス座γ流星群のピークは終わってるけど、天の川が見えると面白いし、さそり座のM6とM7とか、見どころもけっこうあるよ」

「うほ」直ちゃんは変な声を出した。「惣司警部、天さん[*9]だったんすか」

智は「あ、いや」と言って恥ずかしそうにしたが、すでに行く気にはなっているようだった。

直ちゃんもにやりと笑った。「じゃ、一緒に星を見るってことで」

2

だいたい直ちゃんが絡むと話が高速で進行する。しかも彼女の意図した方に進行するので、狂言回しなどという控えめな役回りでなくむしろ監督に近い。よく晴れて蟬《せみ》のにぎやかなお盆前の昼過ぎ、俺と智は駅前で合流した的場さんともども直ちゃんの運転する車に乗せられ、県道をひたすら郊外方向へ走っていた。俺は内心、直ちゃんがまた捜査車両に乗って現れるのではないかと危惧《きぐ》していたがさすがにそんなことはなく、そのかわり今日の彼女は、どこから持ってきたんだ、というような３ナンバーの４ＷＤ車を駆って登場した。「親戚の爺さま」から借りた車だという。

「……この車、ほんとにパワーあるね。直ちゃんの『親戚の爺さま』って何者？」

「傾《かぶ》き者っす。現代語で言うと趣味人」直ちゃんは仕事で乗る機会でもあるのか、慣れた様子でマニュアル車のクラッチを操作する。さすがに今日は彼女もスーツではなく軽装の

＊９　「天文ファン」の意。鉄道ファンを「鉄ちゃん」と呼ぶのと同じようなものだと思われる。

夏服なのだが、見慣れていない俺には別荘地に溶け込むための変装をしているように見える。「でも最近はすっかり愚痴が多くなって、なんか老人ぽくなったっすね。膝のせいで何もできない。空は飛べないし岩も登れないって」

「普通やらないだろそんなの」忍者か何かなのだろうか。

「それにしても、うーん……」直ちゃんはルームミラーに視線をやり、悩ましげな表情をしてみせる。

言いたいのは後部座席にいる智と的場さんのことだろう。出発時、直ちゃんは素早く俺を助手席に引っぱり込んで二人を隣り合わせたのだが、それにもかかわらず、というかむしろそのせいなのか、後ろの二人は全く会話が弾まず、「いい天気ですね」「白鷺《しらさぎ》が多いですね」「稲穂が随分大きくなっていますね」と、おそろしく当たり障りのないことを断片的にやりとりするだけだった。おのれらは皇族か、と思うが、もともと智は自分から口を開く方ではないし、的場さんにしても、喋らない相手に一方的に話しかけるタイプではないようで、まあカフェラッテにただ砂糖を落としてもかき混ぜない限りいつまでも溶けずに乗っているだけ、というのと同じで、二人とも何かしらの外力《がいりょく》がないと反応しない性格らしい。

それに窓越しに流れる景色は確かに、ぼけっと眺めていてもいいな、と思うようなのどかなものであった。夏の日差しを強く反射する白のガードレールと、そのむこうの田畑。桃を作る農家があるらしく、袋かけをされた木が大事に囲われている一角が時折現れる。その一方で遠景には、おもちゃの家が集まったような小綺麗なニュータウンの一角があったりする。窓越しの日光で左腕だけ焼かれながら、俺は久しぶりに訪れた「人任せでただ座っていればいい時間」に、思わず欠伸《あくび》をした。直ちゃんは「廃墟なので、着いたらまずみんなで掃除をしましょう」と言っていたが、台所の設備がどのくらい揃っているのかは聞いていない。夕食に何を作ろうか、地物の桃があるなら智がタルトでも焼いてくれれば、と思うが、凝り始めるとまたぞろ仕事の態勢になってしまうので、それもどうなのかなと思う。

が、ぼけっとしていると車が不意にスピードを落とし、停まった。普段、直ちゃんは水の上にいるような滑らかさで車を停めるので、おやと思って周囲を見る。信号はなく、車は特に何もない道端でエンジンを震わせている。

どうしたのだろうと思ったら、運転席の直ちゃんが何やら外を窺いながらウインドウを下げ始めた。外の熱気がむわりと車内で巻き、蟬の音が耳に飛び込んでくる。

「どうしたの？」

「んー……あそこなんすけど」直ちゃんが、斜め前方を指さす。

シートベルトを突っ張らせて身を乗り出し、彼女の指の先を辿《たど》ってしばらく目を凝らす。よく分からないが前方、県道から少し脇に入ったところの道端、農家らしき大きな家の前に数人の人間が集まっている。

「あそこの人たち？」

直ちゃんの視力だと見えるのだろうが、俺は必死で目を凝らさないと、集まっている人たちの様子を観察できない。後部座席の二人も、身を乗り出して前を見た。

「雰囲気がちょっと、おかしくないすか。あっ、ほら男の若い方、なんか怒鳴ってるっすよ」

直ちゃんがエンジンを切ると、前方から確かに怒鳴り声が聞こえてきた。距離がある上に、道を通る車の音と蟬の音で、言葉は断片的にしか聞き取れない。

……が。……そ……じゃ……まえらが……警察……

「出番っすね」直ちゃんは足元から出したポーチを開け、中からごそりと警察手帳を出した。「暴力沙汰があったかも」

「いえ、どちらかというと民事のようです」的場さんもポーチを開け、中から弁護士バッジを出した。「なら私が」

この人たちはどうして揉め事を見ると活き活きするのだ、そもそも警察手帳を勤務時間外に携帯していていいのか、と思うが、女性二人はそれぞれドアを開けてさっさと車を降りてしまう。俺は後部座席の智と顔を見合わせ、なんとなく首をすぼめてそれに続いた。車の外は夏真っ盛りの日差しで眩しく、体が蒸される感触がある。

直ちゃんと的場さんは慌てるでもなく気後れするでもない歩調でずんずん近づいていく。智も途中で覚悟を決めたらしく、二人に従うように続いた。他人の揉め事に関わるのか、嫌だなあ、と、小市民的な躊躇《ちゅうちょ》をしているのはどうやら俺だけになってしまったようなので、仕方なく弟の背中を追う。

前方の道端で揉めているのは五人。家の前にいるのが男性三人で、家の方を向いているのが女性二人だった。さっきから一番大声で怒鳴っているのは男性側の一番若い人なのだが、女性側の一人も負けずにそれに言い返しているようで、近づいていくにつれ、「市役所の」とか「子供が」とかいう単語が聞こえてくるようになった。

俺は近付きながら五人を観察する。初老、中年、若者、と綺麗に年齢層の分かれた男性側三人のうち、中年の一人はジーンズによれたポロシャツという恰好だったが、残りの二人は作業着であり、どうやら農家の人のようだ。周囲には他の家がないから、目の前にあるこの家の人間なのだろう。女性の方は二人とも三十代といったところで、印象としては専業主婦に見える。

「こんにちはー。どうしましたー?」

直ちゃんが旅番組の調子で至極《しごく》あっさりと声をかけると、揉めていた五人は怒鳴りあいをやめて一斉にこちらを向いた。五人ともいきなり見知らぬ人間に声をかけられるとは思っていなかったようで、なんとなく同じような表情でこちらを見ている。

「トラブルですか?」直ちゃんの後ろから的場さんが出ていく。

「何だ、あんたは」男性三人のうち、一番年かさである初老の人が、こちらを見上げて言う。かなり小柄な人だったが、眼光には剛健な迫力があった。

直ちゃんは答えず、道でも尋ねるように訊き返す。「何があったんですか?」

「……あんたら、このあたりの者じゃないな。ニュータウンの者でもない」

初老の男性は意外なほど落ち着いてこちらを観察した。揉めていた時は後ろにいたようだったが、今は他の二人が黙って彼に任せているところを見ると、三人の中では一番立場が上なのだろう。

「何かありましたか?」直ちゃんは相手の視線を無視して訊き続ける。

が、相手はわりと頑強だった。「それより、あんたらこそどこの者だ」

押し問答だな、と思う。智が困った顔で俺を見る。

主婦らしき二人もこちらを胡散臭《うさんくさ》げな目で見ている。まあ、見たこともない人間がいきなり自分たちの揉め事に割って入ってきたら当然だろう。前にいる直ちゃんと的場さんは、どうします？　という感じで顔を見合わせたが、的場さんが頷いてポケットに手を入れ、名刺を出して初老の男性に差し出した。「東京弁護士会の的場と申します。紛争でしたら、御相談を承りますが」

「んあ」初老の男性は面食らった顔で名刺を受け取り、的場さんの顔と見比べた。「……あんた、弁護士の先生か」

後ろの男性二人はぽかんとした顔で的場さんを見ている。直ちゃんはさっさと一歩引いていた。刑事事件になるようなことがあったわけではないと踏んだのだろう。

一方、主婦らしき女性二人の方は、なんとなくつつきあうと、「じゃ、市役所に頼みますから」と捨て台詞のように言ってさっと離れた。すかさず一番若い男性が彼女らに「不法侵入だって言うからな！」と怒鳴り声をぶつけた。

直ちゃんはとっさに主婦らしき二人を観察したが、何も言わなかった。現行犯でもないし、男性側が素性を知っていそうなことも明らかだから、特に引き留める理由もないのだろう。

「不法侵入、という話ですが」離れていった二人の方に目をやり、的場さんが早速、初老の男性に訊く。「あの二人が何か？」

中年の男性が答えた。「三塚《みつか》さんとこの畑、勝手に入りやがった。畑だって勝手に入ったら不法侵入だろ。あいつら逮捕してくれよ」

「まあヨウちゃん、落ち着きなよ」三塚さんというらしい初老の男性が止め、ある程度丁寧な口調になって的場さんに言う。「たいしたことじゃないんですよ。ニュータウンの連中が最近、勝手に私らの畑に入るもんでね」

「勝手に？」的場さんは自分より背の低い男性を窺うように腰をかがめる。「どうしてですか？」

「まあ、なに……たいしたことじゃないんですが」なぜか、三塚氏は目をそらして口ごもった。

それから横を向き、畑の彼方に小さく見えるニュータウンの家々を見た。「あっちの方に新しく来た若い人たちはどうもね。昔からいた者に向かって勝手なこと言うんですよ」

どうも話が抽象的でよく分からない。

が、的場さんがさらに訊こうとするより早く、三塚氏は残りの二人を促してこちらに背を向けた。「まあ、たいしたことじゃないんで。すいませんねお騒がせして」

「あの、もしよろしければ」

「いえいえたいしたことじゃないんで」三塚氏はもう話をしないという様子で遮り、隣の若い男性の背中をどやした。「ほら健《たけし》、あんなとこにタンク置いとかないで片付けろ」

残っていたヨウちゃんなる中年の男性もこちらをちらりと一瞥してから脇に駐めてあった原付に跨《また》がり、びびびびい、と軽い音をたてて走り去ってしまった。

的場さんが振り返る。俺は肩をすくめてみせるしかない。まあ、揉め事自体は怪我人もなく片付いたようなので、この場はこれでいいのだろうが。

隣を見ると、智はなぜか道の反対側を見ていた。何を見ているのだ。と思って視線の先を追うと、ガードレールのむこうで、さっき揉めていたのとは違う主婦らしき二人がこちらを窺いながら、ひそひそ話をしていた。だがその二人も、こちらの視線に気付くとそそくさと背を向け、歩いていってしまう。

「なんだか……」智が、俺にだけ聞こえるくらいの声で呟いた。「この町、変だね。雰囲気が」

車に戻り、再びログハウスに向けて移動を始めてからは、俺たちの雰囲気までなんとなく摑みどころのないものになった。特に事件があったというわけではないのでさしあたり問題はないのだが、話は結局はぐらかされたままである、という事情もある。ログハウスに向かって山道を上っている間は全員、先刻よりは口数が多くなっていたが、車内の空気はなんとなく灰色っぽいままだった。

「……何だったんだろうね、さっきの」

これまでなんとなく避けていたのだが、俺はつい、運転席の直ちゃんに訊いてしまった。

「私がちっちゃい頃は、こんな感じじゃなかったんすけどねえ」直ちゃんの方も何か腑に落ちないらしく、蛇行する山道に合わせて丁寧にシフトチェンジをしながら首をかしげてみせる。「まあ、とりあえずいいっすよ。やることはやったんで、忘れて……あれ」

直ちゃんが言葉を切った理由は助手席の俺にも分かった。前を走る原付を追い抜いたのだが、その原付に乗っているのは明らかに、先刻揉め事に参加していた、ヨウちゃんなる中年の男性だった。

「……今の人、さっきいた人だね」後部座席の智が振り返りながら言う。

「そうっすねえ。この先に何の用でしょう」ハンドルを回しながら直ちゃんも首をかしげている。

「この先、何があるの？」

俺が訊くと、このあたりに一番詳しいはずの直ちゃんも首をかしげた。「ここから先に行っても、どんどん山の中に入っていくだけで何もないっすよ。上の方はうちらの行くログハウスも含めて、廃屋《はいおく》みたいなのしか」

「山、越えるのかな」

「山向こうに行くトラックはちょくちょく通りますけど、そのまま上ってって山を越えて隣町の工場に出るのは二時間くらいかかるっすね。それならバイパスのトンネル通る方が楽なんすけど」

言われてみれば、この道にはさっきから全く車が通らない。整備もされていないようで、ところどころ、アスファルトに木の根がひびを入れていたり、ガードレールが錆《さ》びて茶色くなっていたりする。

「何だろうね。狐《きつね》かな」

「そうっすね。さっき喧嘩してたのも、農家を守る狐の神様だからかも」

「原付乗ってるけどどね」

「あれ本当は龍《りゅう》とかなんすよ。原付に見えるのは人間界向けに化身した姿で」

「それ龍のままの方が明らかにいいよね」

後部座席の的場さんがくすくす笑っているのが、ルームミラーからちらりと見えた。あとで考えてみると、この時はまだ随分呑気《のんき》だった。休日に直ちゃんや的場さんと、別に捜査とかそういうものではなくただ遊びにきている、という状況になんとなく高揚していて、俺の神経を大ざっぱにしていたのではないかと思う。確かに表面上、この夜は平和だったのだが、実際のところは知らぬが仏、すぐ近くで事件は起こっていたのである。

3

直ちゃんは廃墟だと言っていたが、ログハウスの状態は実際に入ってみるとそれほどひどいものではなく、長いこと放置していたわりにはそう埃が積もっているわけでもなかった。電気もガスも問題なく使え、水道も元栓を開けるだけだったので、炊事にサバイバル系の工夫をする必要はなさそうだ。掃除や台所まわりの手入れ、寝る部屋の確保といった作業はそれなりに大仕事になったが、皆で一緒にやるとそういったこともなかなか楽しいもので、しかも同行の三人がいずれもそういった身のまわりの整理が得意なタイプだったので、夕方には、数年間人が訪れなかったというログハウスは今夜からでも宿泊客をとれる状態にまで復元されていた。

実際、智と二人でつい「ここに観葉植物が欲しいね」「ダイニングの椅子、もう少し大きめのだといいな」と話しあっていたら、「新規開店するわけじゃないっすよ?」と直ちゃんにつっこまれた。

夕方、夕食の買い物のために一度、町のスーパーに下りた。俺はさて献立は何にしようか、と腕まくりをしかけたのだが、「今日は仕事しないでいいっすからね」という直ちゃんの威圧と「今日ぐらいは食べる側に回ってください」という的場さんの笑顔に負け、おとなしく荷物持ちに回った。直ちゃんはおそらくこちらに気を遣って、最初からそうするつもりで誘ってくれたのだろう。とはいえ、いざログハウスに戻って夕食の準備が始まると俺はどうしてもそわそわしてしまい、「後ろで見てなくていいっすからそこらへん散歩でもしててください」と言う直ちゃんに追い出された。他人に運転させていると落ち着かない、と言う彼女の気持ちがようやく分かったが、ロフトに上がって寝室の準備をしていると、直ちゃんもにやにやしながら梯子《はしご》を上がってきた。

「あれ？　もうできた？」

「いえ。惣司警部が働きだしたんで、抜けてきたんすよ」

「……あいつだって休ませてもらえばいいのに」

「いやいや。お二人さん、なかなかいい雰囲気でしたよ。新婚さんみたい」

直ちゃんはへっへっへ、と笑った。俺だけ台所から押し出されて智はそうされなかったのはこの状況を狙ってのことだったようで、そもそも彼女からすれば、ここに来た第一の目的は二人をくっつけてやろうということらしかった。

夕食は茄子《なす》のトマトソースパスタとワインにそのお供たち、といった構成だったが、海辺の市場まで下りていったら大ぶりの岩牡蠣《いわがき》が*10買えたため、貝汁たっぷりのバター焼きが加わって随分豪華に感じられた。智は一応店でデザート以外も作っているのだが、出てきた料理のどれが智でどれが的場さんの手によるものなのかが分からなかったから、照れながら料理を出してきたわりに的場さんの方も料理は得意なようである。皆、いつもより多く食べ、飲めないと言う直ちゃんを除いた三人でワインを空けた。酔っぱらうことを怖がる智が積極的に飲むのは珍しいことだった。的場さんはわりと待ち望んでいたらしく食後にするりと立ち上がってグランドピアノの蓋を開け、得意だというショパンのワルツを一番から順番にどんどん弾いた。久々にグランドピアノが弾けたのがよほど嬉しいらしく、彼女は演奏中ずっと、ふふふ、ふふふふふ、と含み笑いをしていたし、ぴゃあん、と派手にミスタッチをしても首をかしげただけで笑顔のままだった。多少はアルコールの影響もあったのかもしれない。

半分リサイタルのようになってしまった食後の時間が過ぎると、なんとなく智がそわそわしだし、直ちゃんもにやにやしだした。俺はそれで、ああ、そういえば今夜は星だったな、と思い出した。

「……続いて、天の川の中州のようなところにいるのが白鳥座のデネブです。年齢はずっと若くて二百万歳程度だと考えられています。ベガかアルタイルが寂しくなって、後から飼いだしたペットなのかもしれませんね」

「月みたいに明るいですね。これも同じ1等星になるんですか？」

「正確には1・25等星になります。視等級は見かけの明るさで測るので、小数になったりマイナスになったりします。おおいぬ座のシリウスはマイナス1・47等星ですし、太陽はマイナス26・789等星ですね」

「北極星はもっと暗いんですよね。こんなにあると、どれがそうなのか分からなくなりますね」

「簡単な見つけ方がいくつかありますよ。まずあそこに見えるWの形をしたのが……」

智と的場さんは並んで仲睦《なかむつ》まじく夜空を見ているのだが、直ちゃんは俺の隣で腕を組んで唸っている。まあ、気持ちは分からないでもない。

昨夜随分遅くまで部屋でごそごそやっていたとは思っていたが、家を出る時にやたら大きなボストンバッグを持ってきた智は天体望遠鏡の他に星図《せいず》や赤色ＬＥＤライト、はては

＊10　春から夏が旬の牡蠣。おいしいが高い。

銀マットや折り畳み椅子から防寒着までしっかり用意してきており、結果、見事なまでにちゃんとした天体観測会になった。それだけならいいのだが、弟の話はプラネタリウムのスタッフか天体観測ツアーのガイドのようで、しかも的場さんの方も、好奇心を発揮して話に乗っている。

そういうわけで、直ちゃんは溜め息をついているのである。「理科の課外授業っすね……」

まあ、天体観測にとっての好条件が揃った、という事情もある。ログハウスの明かりを消して外に出ると、満天にびっしりと星が輝いていた。周囲が真っ暗なため天の川までくっきりと見え、星々の近さにびっくりしている俺たちの真上を大きな流れ星がびゅう、と通り過ぎた。天文好きならずとも興奮で声を上げるような星空だった。

しかし、そのせいもあって智と的場さんは完全に星空観測会の様相になり、俺を引っぱってさりげなく二人から離れた直ちゃんは、今ひとつ肩すかしを食ったような雰囲気になっている。

「うーんまあ、確かにすごい星っすよねえ」直ちゃんは智が広げた銀マットに手をついて真上を見上げる。「月並みっすけど、人殺しとか追いかけてんのアホらしくなるっすよ」

「追いかけなくていいだろ捜査一課じゃないんだから。……ていうか今日ぐらいは仕事のこと、忘れた方がいいと思う」言いながら我が身を振り返り、俺は唸った。「まあ、俺も人のこと言えないか」

直ちゃんはこちらを見た。「なんか、かえって気を遣わせちゃったっすか？」

「いや、そんなことないよ」やはりこちらのことも気にしていてくれたのだな、と思い、彼女を見て言う。「泊りがけの旅行なんて久しぶりだから、楽しいよ。ありがとう」

「いえ、まあ。……どういたしまして」暗いのでよく分からないが、直ちゃんは照れているようである。「ていうか、うちらがいい雰囲気になっちゃってどうするんすか」

「いけないってことはないだろうけど」少し笑う。「それなら、中に戻って二人で一杯やろうか？　あっち、二人きりにしてやった方がいいし」

「ほ」直ちゃんは変な声を出したが、それから智たちの方を見て、ぱっと立ち上がった。

「いや、いいっすねそれ。乗った」

「二人きりになりゃ自然と雰囲気出るだろ。せっかくだから、こっちもちょっと怪しげな雰囲気で去るか」

「おっ。いいんすか？」直ちゃんはへっへっへ、と言いながら寄り添ってきた。「じゃ、遠慮なく腕いただきます。へっへっへ。おいしいっすねこれ」

おっさんのような反応をされた。

暗くてよく見えないがにやにやしているらしき直ちゃんは俺を引っぱりつつ、並んで上を見上げている二人に声をかける。「うちらちょっと、中に戻りますね。みのるさんが飲みすぎで気持ち悪いっていうんで」

「兄さん」

「いや大丈夫だから」本気にした様子の智に心の中でコラと言いながら払う手つきをし、的場さんの方には一応、目配せして会釈してみる。こちらには意図が伝わったらしく、的場さんは隣の智をちらりと見て、恥ずかしそうに俯いた。


ログハウスに戻り、明かりをつけると外に悪いので、持ち帰ったランタンだけ灯《とも》して直ちゃんにホットレモネードを淹れた。気付かないうちに山の夜気《やき》で体が冷えていたらしく、彼女はミルクをもらった猫のようにおいしそうに飲み、テーブルの上にぐにゃあ、と体を伸ばした。「……こんなリラックスしたの、久しぶりっす」

「そりゃよかった。いっつも仕事以外の仕事してるんだから、今日はのんびりしなよ」俺は残りのワインをグラスに注ぎ、彼女の前に出した。「飲めるんだろ？　一杯ぐらい飲んだら？」

「ああ、ばれてたっすか」

「そんなとこだろうな、とは、ね」

直ちゃんは飲めないのではなく飲まないのだろう、ということは、なんとなく分かっていた。警察官としての習性が骨の髄まで染み込んでいるらしい彼女には「何かがあった時にアルコールが入っていては運転もできない」という意識が常にあって、素面《しらふ》でなくなることに抵抗があるのだろう。

「ううむ……やっぱり飲みにくいっすね」直ちゃんはグラスを受け取ったまま、中の液体を睨んでいた。「いや、ここはぐいっといくべきか……」

「いや、無理に飲まなくてもいいけど」

俺は笑ってグラスを受け取り、かわりに飲んだ。そんなになみなみと入れていたわけではないが、一気に空けるとやはり、首のあたりがぽっと温かくなった。

ふう、と息を吐き、力が抜けるのに任せて椅子の背に体重をあずける。ランタンの発する橙《だいだい》色の光が座る俺たちの影を長く伸ばし、壁の木目に大きく陰影をつけている。

「……さて、あっちはどうなってることやら」

「そうなんすよねえ」直ちゃんはテーブルに突っ伏したまま、空になったカップを人差し指でいじっている。「なんか、変なんすよねえ」

「……何が？」

「いえ、なんとなくなんすけど」直ちゃんはその姿勢のままこちらをじろ、と見た。「……なんかあの二人、お互い遠慮しすぎじゃないすか？」

「智はどうも、そのへんがね」腕を組む。「昔からああなんだよ。何のためにあんな綺麗な顔乗っけてるんだか。もったいない」

「いやあ惣司警部がチキンなのは分かってるんすけど」直ちゃんはテーブルに顎をつけたまま、俺の目を覗き込むように見る。「私が気になるのは莉子さんの方なんすよ。あの人、本当はもっと積極的な人だと思うのに、なんか惣司警部に対しては妙に距離取ってるっていうか、近づくの怖がってるっていうか」

「うーん……そうなのかな？　遠慮してるようには見えるけど」

プリエールにいる時の彼女を思い出してみる。彼女が智に向ける視線や表情には確かに、相手に特別な好意を持つ者特有の色が見えるのだが。

「……まあ、気後れする、っていうのは分かるけど」

「でも、警部の方が満更でもないっていうの、分かってるはずなんすよね。それなのに、何をあんなに躊躇ってるのかな、って。店に来てる以上、その気はあるんだと思うんすけど、それでもなお遠慮してるっていうのは、何かあるのかな、って」

「俺はただ単に、奥手なんだと思ってたけど」直ちゃんを見る。「それって、あれ？『女の勘』的なやつ？」

「警察官の勘っす」

「そっちか」急に色っぽさがなくなった。「……まあ、二人きりで放置しとけば、さすがに何かしら進展はあると思うけど」

しかし直ちゃんは、小声で「どうすかねえ」と呟いた。


結局その日は智たちが戻ってくるより前に寝てしまったのだが、翌朝、六時頃に目が覚めた時には智は俺の隣で寝息をたてていた。

山の中ということもあり、外からはやかましいほどの鳥のさえずりが聞こえている。シジュウカラ、コジュケイ、キジバト。分かるのはそのくらいで、その他には十種類以上は混ざっているのだろうと推測できるだけだった。

目が冴えてしまったので、布団から這い出て梯子を下りる。さすがに山の上だからか、昨夜特別に冷え込んだのか、空気は思ったより冷たかった。ログハウスの中の静けさと、裸足の足から伝わる木の感触がそれに拍車をかける。

洗面所の冷たい水で顔を洗っていると、俺のすぐ後に起きたらしい智が左右にゆらゆら揺れながら入ってきた。「おはよう」

「おう」横にずれて弟に場所をあける。「昨日、何時頃戻った？」

「十二時前……くらいかな」智は寝癖をつけたぼさぼさ頭でもにょもにょと答えた。もともと寝起きが悪いのだが、旅先ではよく眠れないらしく、俺が起きるとだいたいいつも、つられて起きてくる。

「ふうん。……で、昨夜《ゆうべ》どうだった？」

「……どうって？」

「だからさ」鏡の方を向いたまま、軽くついた寝癖を水で撫《な》でつける。「的場さんと何もなかったの？」

「な」目をこすっていた智の声が分かりやすく揺れた。「……ないよ。そんなの」

「えっ」思わずそちらを見る。智は耳を赤くしていたが、言っていることは本当らしい。

「本当に何もなかったのか？　全く？　手も握らなかったの？」

「そういう感じにならなかったし」智は目を見られるのを嫌がるように顔をそむけ、思いきり蛇口をひねって顔を洗った。

俺は昨夜、直ちゃんが言っていたことを思い出した。俺と直ちゃんがログハウスに戻る時、少なくとも的場さんの方はこちらの意図を察していた。それなのに何もないということは、やはり直ちゃんの言っていたことが正しいのだろうか。

智は水を止めると、タオルでがしがし顔を拭きながら訊いてきた。少し頭が冴えたらしい。「兄さんこそどうだったの。直井さんと二人きりだったんでしょ」

「うっ」逆襲された。「……まあ、こっちは……俺、酔っぱらってたし」

「ほら」

なぜか勝利宣言をされ、俺は肩をすくめて洗面所を出た。「……まあいいや。俺、ちょい外、散歩してくるわ」

「あ、僕も行く」

ロフトに上り、上のシャツはそのままで、下だけジーンズに穿《は》き替えてまた梯子を下りる。一階の部屋にいる女性二人はまだぐっすり寝ているようなので、そっと玄関に出てドアを開けた。玄関は東向きなので、開けた途端に強烈な日差しがびしりと顔に当たった。空気は思ったより暖かいようだ。

玄関から表の道に向かって歩き出したところで、後ろにいた智が声を上げた。「兄さん」何か切迫した声だった。振り返ると、智は今しがた閉めた玄関ドアの方を向いて突っ立っていた。

「……どうした？」

「これ……」智は言いながら横にどいて、俺にドアを見せた。

木目のドアに、ガムテープで新聞紙が張りつけてあった。そしてその上に、紙面の文字列を無視した大きさと乱雑さで、赤マジックの文字が大書されていた。

ログハウスさんへ　この上の家の倉庫で人が死んでいます

「おい……」

汚い文字だった。だが読み違えようがない。

智が道の方を振り返った。「この上って、家なんかあるんだっけ?」

俺も振り返った。ガードレールが切れたむこうでは、昨日車で上ってきた急勾配《きゅうこうばい》の道のアスファルトが、朝日を跳ね返している。「……いや、人なんかいないはずだって話だったよな」

「『はず』だよね。たしか、廃屋はあるって……」智はドアの前をぱっと離れると、道に向かって歩き出した。「行ってくる」

俺は急いで後を追った。「待て、俺も行く」

神経がにわかにざわついてきた。弟が落ち着いた様子で歩いているので駆け出しはしなかったが、そうでなければ全力疾走していただろう。

あの貼り紙は何だ。誰が何のために貼った。書いてあることは本当なのか。悪戯《いたずら》なのか。なぜ俺たちのログハウスに貼った。貼られたのはいつだ――弟と並んで坂を上りながら様々な疑問が俺の頭をかすめて飛び、どれ一つとしてきちんと考えられないまま、俺はとにかく歩いた。状況は何一つ分からなかったが、気持ちだけがはやった。

この上に人がいるのか、と考えていた俺は、昨日のことを思い出した。「智、昨日ここに来る時、見たよな？」

「うん」智の方もそれだけで理解したらしい。「ヨウちゃんって呼ばれてた人、たぶんこの上に上っていったんだと思う」

そう。だとすれば少なくとも、この上にも誰かが住んでいる場所があるのだ。

山道だったが、上り始めてしばらく経つと、斜面が一部平坦になって開けている場所が現れた。俺より前に出た弟は、ガードレールが切れて車の轍《わだち》が脇に入っていく場所を見つけると、迷わずにそちらへ入っていった。追って入ると、そこは草がぼうぼうに茂った一区画の平地になっており、奥には今にも倒壊しそうな汚い平屋がそこだけ闇を溜め込んだような雰囲気で建っていた。その横に数メートル離れて、これも倒壊しそうな、トタン製でぼろぼろな掘っ立て小屋があるのが見えた。「倉庫」というのはこれだ。

智は立ち止まると、俺が来たのを確かめる様子で一瞬だけ振り返り、小屋に歩み寄った。

小屋には窓はなく、どこかから拾ってきてつけたような歪《ゆが》んだアルミサッシの引き戸が、かすかに隙間を作っている。

先にそこから中を覗いた智が、戸の隙間に手をかけて引き開けようとした。

「智」

「重い」

俺は中を覗くより先に、とにかく横から手を貸した。せえの、と声をかけ、思いきり戸を引く。戸は何かで締めつけられているように重く、全く動かなかった。鍵はついていないが、戸の枠自体が歪んで動かなくなっているらしい。

「くっそ、ボロすぎる」

俺が文句を言っている間に、智は半歩下がり、戸との間合いを測っていた。

「兄さん、下がって」

一瞬、止めようとしたが、開かなかったからといって帰ってしまうわけにはいかないし、手で開かないならこうするしかないのだ。俺が横にどくと、智は一歩踏み込んで勢いをつけ、引き戸の取っ手のあたりに強烈な横蹴りを入れた。派手な音とともに戸がレールから外れて斜めになる。

智は外れかかった戸に飛びつき、手をかけて思いきり手前に引っぱった。戸板がぼん、と外れ、草の上に倒れる。

「待ってて」智は振り返らずにそう言い、小屋の中に踏み込んだ。

待っててと言われても黙って突っ立っている気にはなれない。俺は弟の背中越しに中を覗いた。床は板が張ってあるだけらしく、智が動くと、みしい、という悲鳴のような音がたった。

戸の外れた入口から日光が差し込み、小屋の中の埃を浮かび上がらせていた。青色のトタンで囲まれた六畳間ほどの空間はほとんど空だったが、最初に目に入ってきたものの強烈さに息が止まった。

入口のすぐ手前まで脚が投げ出され、スニーカーが片方脱げかけていた。仰向《あおむ》けにぐったりと伸びた体。薄汚れたポロシャツ。壁を枕にするように、頭部だけが持ち上がっている。ぎょろりと開かれた目がこちらを見ていた。

喉がひくつくのを感じた。「……智」

本当なら大声で叫んでいたところだと思う。俺がそうならなかったのはたぶん、先に入った智が落ち着いているため、心丈夫だったからだろう。

中に入った智はその脇に膝をついていたが、ゆっくりと立ち上がった。ぎしり、と床が鳴った。「……だめだ。死んでる」

弟に言われるまでもなく明らかだった。持ち上がった頭部の後ろからは血が流れた跡があり、ぎょろりと剝《む》き出された両目は、人間の眼球がここまで飛び出るのかと思うほど突き出ていた。口はかすかに開き、奥歯を食いしばるような表情のまま、その男は明らかに死んでいた。

「おい智、これって……」

俺はぎくぎくと鳴る心臓を抑えながら死体の爪先をまたぎ、中に入った。埃っぽい空気が鼻をつく。息苦しいが、大きく呼吸をすると何か嫌なものを吸い込みそうな気がしてできなかった。

「兄さん、大丈夫?」

「ん……ああ」死体を初めて見る俺を気遣ったのだ、と分かるまで少しかかった。「おい、この男って、昨日の……」

「うん」智は死体に視線を戻した。「昨日、こっちに上っていくのを見た人だ。ヨウちゃんって呼ばれてたね」

「原付の神様か……」口に出してから、何を言ってるんだ俺は、と思う。「どうして死んでるんだ?」

「首の後ろ」智は自分の襟足のあたりを拳で叩いた。「このあたり……ちょうど延髄《えんずい》のところを、大きな釘で貫かれてる。即死だと思う」

「釘？」思わず死体の方を見てしまい、その途端に死体と目が合ったのでぎょっとする。短く呻《うめ》き声が出たが、我慢して体を傾け、死体の頭のところを見た。確かに、浮いている頭部の後ろのところに金属の何かが刺さっている。

「壁から太い釘が出ていたんだ。転んだ拍子なのか……ちょうど延髄をそれに刺してしまっている。半分は事故だと思う」

俺はもう見ているのが嫌なので、死体から目をそらした。「半分？」

「頭部にこれだけ釘が刺さるとなると、わりと勢いよく倒れ込まないといけない」智の方は死体に慣れているのか、表情を変えずに男の頭部を観察している。「一人で転んで、仰向けのこんな姿勢で倒れるのは不自然だよ。かといって、誰かが突き飛ばして、狙ってあの釘に刺したというのも無理だ。……たぶん、転ばされた拍子に運悪くあれが刺さってしまったんだと思う」

「じゃあ……」死体の方を見たくないので、智の顔を見る。

智もこちらを見た。「……うん。傷害致死事件だ」

「じゃあ、警察に……」俺は自分の体を触り、携帯を持ってきていないことに気付いた。

「いかん、携帯持ってねえ。……智」

「僕も持ってきてない」

智は死体と俺を、何度か見比べるようにしたが、少し迷っているような表情のまま、やむをえない、という調子で俺に言った。「兄さん、ログハウスに戻って警察を呼んでくれる？」

「あ、ああ。おう。……お前は？」

「僕はとりあえず、現場を保存してる」智は首をめぐらせ、周囲を見回した。「それに、ちょっと気になることがあるんだ」

「気になること？」

「たとえば、あれ」智は隅の方を指さした。

死体に目を奪われてそれまで気付かなかったのだが、何もないと思っていた小屋の中に、ポリタンクが一つだけ転がされていることに気付いた。二リットル程度の小さめのものだ。近寄ってしゃがんでみると、中身は満タン近く入っていた。

「……何だこれ？」

「触らないで。毒とかじゃないと思うけど」智はそれだけ言い、次に死体の方を指さした。「それにもう一つ。……これ、どういうことだと思う？」

立ち上がってそちらに戻ると、智が指さしているのは死体ではなく、それが寝ている床だと分かった。床板は厚めの板の上に薄いベニヤ板を張っている二重構造なのだが、死体の左側、ちょうど上半身から頭の下敷きになっている部分だけ、表面のベニヤ板が剝《は》がされていた。

「最初から剝がれてた……」言いかけた俺は、そうではないことに気付いた。死体の右側の板には流れた血が染みを作っているのに、ベニヤ板が剝がされたところから血の跡がぷつつりと途切れているのだ。つまり、床が剝がされたのは死体ができてから、ということになる。

「……どういうことだ？　なんでわざわざ剝がした」

「だよね」

智は口に手を当てて考えていたが、思い出したようにこちらを向いた。「……とにかく、気になる点があるから、僕はもう少し現場を見てみたいんだ。兄さん、一一〇番頼める？」

そこに強烈な形相の死体が横たわっているというのに、智はコンビニにお使いでも頼むような声だった。普段は弱々しい弟なのだが、この時ばかりは頼もしさに感心した。やはり元警察官なのだ。

俺は、急に使命感が湧いてくるのを感じた。あるいは智の勇気が伝染したのかもしれなかった。第一発見者は俺たちなのだ。俺たちがしっかり行動できるかどうかで、事件解決の可能性が大きく左右されることになるかもしれない。

「分かった。すぐに戻る。ここは任せた」

「うん。気をつけて」

智と拳をぶつけあわせ、俺は眩しい日差しの中に戻り、駆け出した。

4

死体発見は午前六時十分だったが、その次に俺が時計をちゃんと見たのは正午だった。そのくらい周囲がごたごたしていたのか、それとも俺が落ち着いていなかったのか。おそらくはその両方だろう。

ログハウスに戻って携帯を取り、一一〇番していると直ちゃんが起きてきた。寝起きを見られることに一切抵抗がないらしい彼女は最初こそ張りのない声で「あにやってんすかぁ」と寄ってきたが、俺がしている電話が一一〇番だと分かると急に目つきを鋭くし、電話を切った俺から状況を聞くと、俺より先に立って現場に連れていけと言った。俺は寝巻きのままの直ちゃんを連れて現場に戻った。的場さんだけ寝かせたままというのも気がかりだったが、叩き起こして朝一番に死体を見せるというのもどうかと思うので置いてきた。

通報した俺には一つ気がかりがあって、それが智のことだった。ここで名乗れば本部長に所在がばれてしまう上、直井巡査がなぜ一緒にいたのか、と問われると、非常にややこしいことになる。かといって死体の第一発見者である以上名乗らないわけにはいかず、またどうして現場の下のログハウスにいたのかを説明するためには直井巡査の所在も説明しなければならなかった。パトカーの乗務員や、そのしばらく後に来た所轄署の警察官に対してはそれでよかった。彼らは智の素性や直ちゃんの立場を知らないまま、警察官としての義務に従って（寝巻きのまま）現場を保存していた直井巡査と敬礼を交わして「御苦労」と言い、俺や智に対しても「惣司という名前の第一発見者」という以外の扱いはしなかった。だが智によれば、これだけの事件になるとまず間違いなく合同捜査本部ができ、おそらく今日中に県警本部の人間が出張ってくるだろう、ということだった。事情聴取の合間、俺は智にどうするんだ、と囁いたが、智は観念した様子で「訊かれたらありのままを話すしかない」と、犯人のようなことを言っていた。

一方、直ちゃんは現場確認後、すぐにどこかに電話をかけていた。漏れ聞こえてきたところによると、どうも県警本部長を叩き起こして何やら相談しているようだった。

昼前、俺と智はログハウスのダイニングで、県警本部から来たという刑事と向き合っていた。

「……つまりそれ、やっぱり弟に働け、ということですか」

「私どもとしましては、利用できるものは何でも」惣司智元警部に対してする表現としては適切でないということに気付いたのだろう。ぴしっとダークスーツを着た若い刑事は下品にならない程度に咳払いし、智の方に視線をそらして言い直した。「せっかく惣司警部がいらっしゃるんです。しかも休職中で、ただで使えるわけでして」

それも随分な失言だと思うのだが、どことなくにやけた印象のあるこの刑事は気にする様子がなく、ぐっと拳を握った。

「もちろんこのようなことは公にできませんので、私がこうしてお話をしたこと自体、ご内密に願いたいのですが」刑事は俺の隣で顔を俯けている智に視線をやり、口の端に余裕ありげな笑みを浮かべる。「もっともそのあたりは、惣司警部も直井巡査も、よくご承知のことと思いますが」

元キャリアの警部と現役の警察官だとはいえ、ちゃんと正式に捜査本部がたっている事件に部外者が勝手に関与したら、警察組織をかき回すような大問題になってしまう。このにやけた刑事の言うことは俺にも分かった。だが。

「弟はすでに退職しています」念のために言ってみる。「義務はないはずです。……もし、そう言って拒否したら？」

智がこちらを見たが、俺は背筋を伸ばして向かいの刑事に視線を据えた。

「惣司警部はまだ退職しておられません。あくまで休職中です」刑事はやはりどこかにやけた印象のある口を動かし、落ち着いて答えた。「……ですが、拒否される場合は仕方がありません。あなた方は通常の手順通り参考人ということになりますので、お一人ずつ、普段の居所を教えていただき、引き続き証言をお願いすることになります。当然、その情報は捜査の必要上、県警本部で共有されることになりますが」

なんだ、と思った。つまり、普段直ちゃんがしている脅迫と同じことを遠回しに言っているのである。手弁当で手伝うか、それともプリエールに刑事が押しかけてくるか。的場さんが同席していたら喧嘩になりそうなやり方だが、生憎《あいにく》彼女は同席を断られ、外に出て待っている。

俺は斜め前、刑事の隣に座っている直ちゃんを見た。直ちゃんは俺と智の中間あたりの空間に視線を置いたまま、すまして背筋を伸ばしている。

溜め息が出た。彼女は県警本部長を叩き起こして何か相談していたわけだが、こういうことだったらしい。このにやけた刑事は本部長の特命を受けてやってきたのだろう。そうでなければこの刑事が単独でやってきた理由も、まだ県警本部の他の刑事が現場に到着すらしていない段階でやってきた理由も説明がつかない。

智が刑事に何か言おうとするのを遮り、俺は言った。「やりますけど」

弟がこちらを見る。俺はそちらに頷きかけてから、向かいに座る刑事を見た。「金一封、ぐらいは出るんでしょう？」

「兄さん」

智は何か言いかけたが、にやけた刑事の方はそれを聞くとさらににやけた。「当然、相応の謝礼は予定しております。お一方ずつ、全員に」

的場さんのことも含めて言っているらしい。俺たちが駆り出されれば、彼女も動かざるをえない。死体を発見してしまった時点でどうせ休暇どころではないし、彼女の性格からするとむしろ積極的に関わることを望むだろうが、やはり悪いという気はする。

「では、そういうことでよろしいですね」刑事は手帳を出した。「まず、現時点で分かっている被害者の情報をお話ししましょうか」

「その前に」俺は立ち上がった。「外で待っている的場さん、入ってもらっていいですね？」

にやけた刑事は窓の外を振り返り、お呼びいたします、と言って立ち上がった。

「——被害者の身元はその後すぐ判明しました。呉竹陽一《くれたけよういち》四十三歳独身。現場になった家は廃屋に見えますが、実際は彼が一人であそこに住んでいたようですね。どうも相当な変わり者のようで、数年前やってきてあの家に勝手に住み着いてしまったとのことで、市内でも変人で通っています。山向こうの工場に勤めているとのことでしたが、身寄りもなく、警部の証言にあったように、麓《ふもと》の農家である三塚家に確認してもらうまでは身元不明でした」

隣に座っている的場さんが、先を促すように訊いた。「死因は」

「頭部の刺傷です。仰向けに倒れた拍子に壁から出ていた五寸釘で延髄部を刺し、ほぼ即死。……惣司警部の見立ての通りですね」にやけた刑事は手帳を開いたが、すでに暗記しているらしく、特にページは見ずに続けた。「死体には若干動かした跡がありました。これは惣司警部のご指摘通り、犯人が犯行後、死体左側の床板を剝がす際に一度、ずらされたもののようです。犯人がそうした理由は不明ですが」

智が気になっていたところだな、と思い、隣を見る。弟は無言で刑事を見ている。

「それから死亡推定時刻ですが、昨夜十一時頃と考えられます」

「前後の幅はないんですか?」智が口を開いた。「半日経っているにしては、随分正確ですね」

「理由がありましてね」刑事の方はそう訊かれるのを予期していたのだろう。姿勢を崩さずに続けた。「死体の状態から考えると、死亡推定時刻はもっと遅く、午後十二時頃と考えるのが一番自然だそうです。ですが昨日の午後十一時過ぎの段階で、被害者は携帯にかかってきた電話に出ていないんですね。これは勤め先の人間からの電話で、前日の段階で、昨日のこの時間にかける、ということを言っていたとのことです。つまり被害者は少なくとも十一時過ぎの段階で電話には出られない状態になっていた、ということになります。この時間にすでに死亡していたとすると死体の所見とは若干ずれが生じますが、現場が昨夜、かなり冷え込んでいたことを考えれば、十一時頃に死亡していたことはぎりぎり考えられる、とのことです」

確かに、昨夜はかなり冷えていた。加えて山の中だ。検死した人間がそのことをどこまで計算に入れていたか分からないが、そのくらい計算が外れることはありそうである。

俺は智と的場さんを見る。十一時となると、俺と直ちゃんはちょうど寝入ったあたりで、智と的場さんはまだ外にいた。

「警部と的場先生はその時間、外にいらしたのですね」刑事は確認するように、智と的場さんに順番に視線を送る。「そのあたりで不審な車の通行などは記憶にない、というお話でしたが」

二人はそれぞれに頷き、俺も「ありません」と付け加えた。そのあたりの質問はすでに所轄の刑事からもされているが、夜中に通る車をいちいち確認していたわけではないし、現場とはだいぶ離れている上に木々に隔てられてもいる。悔しいが何も答えられなかった。

「それともう一つ」刑事は智を注視した。「現場となった小屋の中ですが、床の埃の状態などから、最近までは中に色々と物が置かれていたようだ、とのことです。つまり、中の物を最近、誰かが持ち出して片付けたということに」

そういえば、あの小屋の中は妙に何もなかった。平屋とはいえそれなりに広さのある廃屋だったし、被害者・呉竹氏が独り暮らしならば小屋に入れるほど物を持っていなかった、というのなら理解できるのだが、最近片付けた、とはどういうことだろう。

「片付けられたとみられる物、どこかから出てきました？」

俺が訊くと、刑事は首を振った。「それが奇妙な点です。死体の下の床板が一部剝がされていた点なども奇妙なのですが」

確かにそうだ。死因からして咄嗟《とっさ》の犯行だったことは間違いないはずだが、犯人はなぜか、その後に何か細工をしている。

智が言った。「残っていたポリタンクの中身は」

「塗料ですね。夜光塗料で、色は蛍光イエロー」刑事は手帳をめくる。

「床の状態から、ポリタンクの方は犯行後に置かれたものだと推測されます。鑑定中ですが、指紋はまだ出ておりません」

智は口許に手をやった。熟考する時の癖だ。

弟が黙ったので、俺が訊いた。「ここの玄関に貼ってあった新聞紙は」

「この地方版の全国紙で、日付は一週間前のものでした」刑事は俺からの質問にも丁寧に答えた。「所轄署が保管はしていますが、どうやら利き手と反対で書いたもののようですね。つまり、書いた人間は筆跡を隠すつもりだったと」

「犯人が?」

「おそらくは。……現場となっていた小屋の死体は、そうでもしなければ発見されなかったでしょうからね」

だとすると、犯人は死体を発見してもらいたい理由があったのだ。このログハウスは道から見える位置にある。小さな明かりは夜じゅう点いていたから、犯人はそれを見て、人が来ていると知ったのだろう。

しかし、考えてみるとそれも不思議である。刑事が言う通り、わざわざそんなことをしなければ、呉竹氏の死体はしばらくの間、発見されないままだった。事件発覚が遅くなれば遅くなるほど、犯人にとっては有利になるのではないだろうか。

どうも妙だった。床板とポリタンク。片付けられた何か。それにこの貼り紙。ただ単に「突き飛ばして死なせてしまった」という事件にしては、腑に落ちない点が多すぎる。

「……何か、ひどく」俺は感じたことを言った。「偽装のにおいがしますね」

刑事は頷いた。「だからこそ、惣司警部のお力をお借りしたいわけですね」

それだけじゃないだろう、とつっこみたかったが、俺は黙っていた。「犯人は偽装する必要のある人間……つまり、呉竹氏周辺の人間、でしょうか」

刑事は無言で頷き、それから何か、結論を求めるようなふうに智を見た。

智の方も、その視線を予期していたように答えた。

「麓の農家……三塚さんに話を聞きたい。呉竹さんと揉めていたニュータウン住民の素性もそれで分かるかもしれません。それと、動機についてはおそらく、西向原市役所で分かるかと思います」

「市役所？」

変な回答が出たので、俺は思わず訊き返した。市役所で事件の動機が問い合わせられるのか。そんな窓口はないはずだが。

しかし智は頷いた。「三塚さんのところと市役所、二つ行けば充分だと思う」

刑事を含め、その場にいた智以外の四人は全員、なんじゃそりゃ、と思ったようだ。しかし、的場さんが最初に、何かに気付いた様子で応じた。「そうですね。じゃ、私が」

「僕も行きます」智が言う。

「じゃ、こっちは三塚さんだな」俺は直ちゃんを見る。「直ちゃん借りるよ」

5

にやけた刑事は特に手伝ってくれる様子はないようで、俺たちが動き始めると去っていった。たとえ一人であっても捜査要員であるから欠けたら不都合であるし、たとえ本部長の指示であっても外部の者に接触していることがばれたらまずいのだろう。車も一台しかないので、智たちはバスとタクシーで市役所まで移動することになった。

なにしろスタート地点が山の中なので、直ちゃんの運転で三塚家を目指すこちらも、到着までは一時間以上かかるようだった。だが俺は、その方が好都合だと思った。途中、直ちゃんと二人きりになれるからだ。

「今回もちょっと、警察官名乗るのはやばいっすね」直ちゃんはハンドルを回しながらふむ、と短く唸り、言った。「とりあえず法律事務所の事務員ってことで」

「どんどん嘘が増えていくな。俺の肩書き」

「方便っすよ。事件解決のための」

「方便、ね」

俺はドアに肘を乗せ、あえて彼女から視線を外して前を見た。「じゃあそろそろ、どういうことなのか聞かせてもらいたいんだけど」

横目で見ると、直ちゃんの表情からいつもの気楽な調子が抜けたのが分かった。

「……どういうこと、ってのは、何についてっすか」

俺はあえて答えずに待ってみた。意地悪な気もしたが、彼女が相手だと、下手にこちらからつっこんでもいなされそうな気がするのだ。

数秒の沈黙があり、エンジン音とエアコンの作動音が、車内に降り積もるように続く。

俺があくまで待つつもりだと分かったのか、直ちゃんはハンドルを握ったまま肩をすくめた。「……さすがですね」

「じらして意地悪するつもりはないよ。正直に答えてくれればいい」

俺はサイドウインドウを見た。鬱蒼《うっそう》とした森が続く外の景色に重なって、自分の顔がうっすらと映っている。そうきつい目つきはしていないと思う。

それを確かめてから言った。「前の事件の時から、おかしいとは思ってたんだ。君が言うには、県警本部長は智を連れ戻したがっていて、居場所が分かり次第、拉致《らち》せんばかりの勢いで来る、ということだった。で、君がそれをはぐらかしていると」

直ちゃんは答えなかった。

「でも、それはおかしい。常識的に考えれば、たとえ本部長とつながりがある人間でも、本部長が捜している智の居場所を、いち巡査に過ぎない君が独断で黙っていられるはずがない」

直ちゃんは言った。「そうっすか？ 私が本部長の言うままに動くとは限らないっすよ」

「いや、君は組織の人間だよ」俺は視線を前に戻し、視界の隅に彼女を入れた。「前の事件の時、話してて感じたんだ。君はそういうところで勝手をするタイプの人間じゃない。つまり、君が智の居場所を隠して本部長にとりなしてるってのは、嘘なんだ。君のとこの本部長は、本当はすでに智の居場所を知っているし、その気になればいつでも連れ戻せるんだろ」

隣をちらりと見ると、直ちゃんもこちらを見たところだった。一瞬だけ目が合ったが、彼女は特に動揺した様子もなくまた前に視線を戻した。

「なのに、本部長はそうしていない。つまり、言うなれば智を泳がせている」

直ちゃんは、困ったように眉根を寄せた。「……あんまり、イメージのいい言い方じゃないっすね」

「別に非難するつもりはないよ。これしか言い方が思いつかないんだ」

この言い方にも少し棘《とげ》があるな、と言いながら思った。だいたいこういう状況では、非難するつもりはない、と言えば言うほど非難がましくなってしまうものだ。

「要するに本部長としては、智を警察に戻すより、今のまま泳がせてた方が便利ってことだろ。外部の人間が勝手にやってるだけなら捜査本部の方針に遠慮せず動けるし、何より、それで解決に結びついた場合、非公式である智の関与は隠されることになる。宙に浮いた智の手柄は、本部長が選んだ好きな人間に与えることができる」

本部長にとっては、事件解決よりむしろそのことの方が大事なのだろう。だからこそ、まだ長引くかどうかも分からない今回の事件でも智を使った。貪欲《どんよく》なことに、本部長は智が事件解決以上のものをもたらしてくれることを期待している。

「……ま、そうですね」とぼけるかと思ったが、直ちゃんは素直に認めた。「確かに、その方が都合がいいんです。少なくとも、金一封くらいぜんぜん惜しくない程度には」

「前の、手嶋慎也の事件の時はそれどころじゃなかったんだろ」俺は続けて言った。「状況からすれば、手嶋慎也が犯人でないことは明らかだったはずだ。それなのに捜査本部が彼を放さなかったのは、彼の逮捕を主張する人間たちがいたからじゃないの？」

「それはそうっすよ。前に話した通り、頭の固い人たちもいるんです」

「その人たち、頭が固いって理由だけじゃない気がする」再び直ちゃんを見る。「彼が逮捕されれば、いずれ誤認逮捕だったということで問題になる。当然、捜査本部の責任者は立場がまずくなる。むしろそれを狙って、責任者に黒星をつけたい人たちが強硬に逮捕を主張していた——とか」

直ちゃんは答えない。

「……県警本部で何があるのか知らないけど、要するに、君のとこの本部長は人事上の都合でもって、智をうまく使いたいんだろ」

ばれたら大問題になる。本部長殿はかなりの変わり者のようだが、随分と危険な火遊びをなさるものだ。あるいは、そうする必要があるほどに追い詰められているのか。

俺は直ちゃんに、何を言おうか迷った。

俺の言っていることが正解だったとしても、直ちゃんは立場上、認めてしまうわけにはいかないだろう。そのことはこちらだって分かっているのだから、無言の時間を押しつけて、できもしない回答を迫る、というのは少し可哀想だ。

直ちゃんは、ぽつりと言った。「……ごめんなさい」

「たぶん、君が謝る筋のことじゃないんだろう」立場からすれば、彼女は指示を受けているだけだ。「それに、智だってそこまで純情じゃない。そっちの裏事情には薄々気付いているると思うよ」

　それまでは落ち着いて喋っていた雰囲気だった直ちゃんが、初めて、え、と反応した。

「……そう、ですか」

「分かってるから、あんまり無下《むげ》に断りたくもないんだろうね」

　車はペースを落とさずに坂を下る。森の木々の間からせせらぎが現れ、またすぐに木の陰に消え、また現れた。

　直ちゃんは、しぼんでしまったように力なく呟いた。

「……そうかも、しれませんね」

「めんどくさい職場だね」

「……まあ、そうです」直ちゃんはそう言うと、絡みついてくる何かを振り払うようにああ、と声を出した。「もうほんと、時々スパーンって辞めたくなるっすけどね」

「だろうね」

　直ちゃんはこちらを窺うように見て、微笑んだ。「もし私が嫌になって警察を辞めたら、プリエールで雇ってくれますか？」

　隣を見る。冗談めかした口調だったが、直ちゃんは黙って答えを待っていた。

気のせいか、彼女の肩のまわりには何か、組織に生きる者特有の、重く湿った空気がまとわりついているように見えた。肩を凝らせる、ぎゅっと詰まった空気。

それに比べれば俺のまとう空気は、随分と軽くて乾いている気がする。本部長のそばで組織の窮屈さを日々感じている彼女がプリエールに来たがるのも、あるいはそれが原因かもしれない、と思った。

俺は言った。「いつでも歓迎するよ。正直、混んでる時二人で回すの、いいかげんきついんだ。バイトの山崎君も大学を卒業したらいなくなっちゃうし、常勤の三人目が欲しい」

ただし、どうしても付け加えなければならないこともある。「給料はそんなに出せないけど」

「……ありがとうございます」直ちゃんは、ふふ、と小さく笑った。「優しいですね、お兄さんは」

照れくさくて肩をすくめる。「……どうせ直ちゃん、警察辞める気ないんだろ?」

「今のところは」直ちゃんは笑顔だった。「……でもみのるさん、さっき言ったこと全部分かってて、あの刑事に金一封、要求したんですか?」

「その方が智のモチベーションにもなるだろ。あいつのことだから、自分のせいで俺たちが巻き込まれてる、って考えそうだし」

「悪《ワル》っすねえ。警察キャリアに向いてるっすよ」

「そんな馬鹿な」俺はシートに座ったまま背筋を伸ばした。「さて、やることやろうか」


三塚家に着くまでには一時間二十分くらいかかった。着いてから気付いたのだが、直ちゃんはカーナビを使わず目的地の番地も知らないのに、この家まで当然のように運転してきた。昨日一度行っただけで場所が頭に入っているらしい。地味だがすごい能力である。

路上駐車した車から降りると、それまで車体に遮断されていた熱気と蟬時雨《しぐれ》が一度に襲いかかってきた。夏の路上の息苦しい熱気でたちまち体が汗ばんでくる。

「冷房ないとキツいっすねえ」直ちゃんは言いながらポーチから名刺入れを出した。「そんじゃ今からうちら、『ベスト法律事務所』の事務員なんでよろしく。私は事務員の白川《しらかわ》綾美《あやみ》。みのるさんはこれっす」

直ちゃんに渡された名刺には「ベスト法律事務所　事務員　仁木宏一《にきこういち》」と書かれていた。

「こんなもん、なんで持ってんの」

「前、警備部の人がくれたんすよ。突然必要になることがあるから持っとけって」

「公安だねそいつ」

「他にもあるっすよ。議員秘書にガス検針員にホステス」直ちゃんはデザインの違う名刺をずらりと出してみせた。「バディ用に男性名義のもあるんで、好きなのどうぞ」

「いらないよ」

木に囲まれているので昨日来た時は中が見えなかったのだが、敷地に入ってみると、三塚家はかなりの広さがあった。平屋ではあるが綺麗に葺《ふ》かれた瓦《かわら》をきらめかせる大きな母屋と離れ、しっかりした造りの車庫、奥には蔵まであり、敷地内は入り組んでいて案内なしでは迷いそうだ。植えられた立派な松や柾《まさき》に、車庫にずらりと並ぶ大型の車両。それらがこの家の「力」をそのまま表しているように感じられた。旧家というほどではないとしても立派な「本家」であり、それなりに昔からこの土地に根付いている家らしい。犬小屋から雑種らしき大型犬が駆け出てきて、俺たちに向かって吠《ほ》え始めた。

さてこれは、最初に出てくるのはお手伝いさんか何かなのではないか、我々のような怪しい人間は黒服の執事《しつじ》に丁寧かつパワフルにつまみ出されたりしないのだろうか、とあらぬ危惧をする俺を尻目に、直ちゃんは開いたままの玄関から中に入り「ごめんくださぁい」と気楽に声を張り上げる。声に応じて手前の部屋から顔を覗かせたのが昨日見た初老の男性――三塚氏本人だったので、俺はほっと息をついた。

三塚氏は農作業の休憩中か何かだったのか、作業着だった。「……あんたら、昨日の」

「昨日はどうも、失礼いたしました」直ちゃんは営業用の笑顔で会釈する。

俺も急いで仕事時の顔を作った。「その後、お変わりありませんか」

「ああ」当然のことながら、三塚氏は胡散臭げにこちらを観察した。「何の用だね」

「私たち、実はこういう者だったのですが」直ちゃんはさっきの名刺を両手で差し出した。

俺も急いで真似をする。三塚氏は上がり框《かまち》に立ったまま俺たちの名刺をちょいちょいと取り、眺めた。「……ああ、法律事務所の人か」

それからまた、俺たちを上から下までさっと観察する。

俺はそこで心配になった。休みの日にログハウスに来ていた俺たちの恰好は、法律事務所の調査員としてはあまりにカジュアルに過ぎるのである。

が、直ちゃんは、同様のことを疑ったらしい三塚氏の疑問を先取りして言った。「実は私たち、休暇中だったんですけどね。今朝の事件を受けて、本社から急に調査命令が来まして」

「今朝」三塚氏は首をかしげた。「何だねそれは」

「あ、まだ報道はされていませんね。でも警察の方からはすでに連絡がありましたよね？」

「……もしかして、あれか。ヨウちゃんの」

「はい。実はその件に関しまして、呉竹さんの勤める工場の同僚が警察の捜査対象になっているんですね。守秘義務がありますので個人名をお伝えするのは差し控えさせていただきますが」直ちゃんはすらすらと嘘を言う。いいのだろうか。「その方の親族からうちの所長が依頼を受けまして、ちょうど現地におりました私どもに急遽、調査命令が下りまして。……失礼ながらこの恰好のままお伺いした次第です」

普通ならこう話しても信用はされないだろうが、なにしろ昨日、的場さんが弁護士だと名乗っている。三塚氏は若干躊躇うようにしたが、ご苦労だね、と言って踵《きびす》を返した。

「上がんなさい。家内が畑に出てるもんで、何も出せんが」

三塚家の室内は俺があまり馴染《なじ》みのない日本家屋のにおいがした。薄暗い畳の間は障子が開け放されているため冷房なしでも涼しく、柱時計のこちこちという音がどこからともなく聞こえてくる。静かだった。

「家内が畑に出ているんで、何も出せんが」三塚氏は同じことを繰り返し、俺たちに座布団だけ渡してどっかりと奥に座った。「何を訊きに来たのかね」

「亡くなった呉竹さんですが」直ちゃんはきちんと背筋を伸ばして正座すると、すぐに切りだした。「ここの家とはどういったご関係で?」

「……なに、ちょっと面倒を見てやってるだけでね」三塚氏は胸ポケットから煙草を出し、自分で火をつけて煙を吐いた。「あれもまあ、少し変わっていたが悪さをする男じゃない。変人とは言われているが、工場が休みの日にはここらの農家の手伝いをしに山から下りてくるから、助かっていた家もある。どこも人手がないし、堀田《ほった》さんとこみたいに外国人を雇うのは気が疲れるしな」

「普段は山のあの家で？」

「あの家もまあ、持ち主がおらんからいいだろう、ということでな。身のまわりのことでできないことは、俺やら川沿いの石山《いしやま》さんやらが面倒見てやってたんだが」

知らない固有名詞がぽつぽつ出てくるが、状況は分かってきた。直ちゃんが間を置いたので、俺も質問する。「昨日はいかがでしたか。夜、たとえば電話などはありませんでしたか？」

「うちにはないな。昨夜は十一時頃まで近所の者がうちに集まって飲んでいたが、電話はどこからもなかった。石山さんとこは嫁も倅《せがれ》も全員来ちまってたから、家の方に電話があっても分からんが」

「では、呉竹さんはあの後、まっすぐ帰られた？」

「……ああ、あんたら見てたんだったな」三塚氏はふう、と煙を吐いた。「昼過ぎまでうちにいて、帰りがけにニュータウンの連中と揉めたのは、あんたたちの見た通りだ。後は知らん」

ニュータウンの連中、と言った時のぞんざいな調子が気になった。

「ニュータウンの住民とは以前からトラブルがあったんですよね？　それ関連で、何か揉め事はありませんでしたか」

「警察の人にも訊かれたがね」テーブルには大きなガラスの灰皿が置いてあり、三塚氏は慣れた様子でとんとんと灰を落とす。「詳しいことは知らん。確かに揉めていたから、連中と何かあった、ということは考えられるが」

直ちゃんの方を見たら、彼女も目顔で応じた。

「これは非常に重要な点なのですが」直ちゃんが言った。「ニュータウンの住民とこちらの間でのトラブルというのは、どういったものなのでしょうか。こちらの私有地に、ニュータウンの住民が勝手に入った、ということのようですが」

直ちゃんは話を聞くためにあえてそういう言い方をしたのだろう。一方的な愚痴、という形でなら、三塚氏から揉め事の詳細を聞けるかもしれなかった。

だが三塚氏は話に乗らず、ぼそりと言った。「……たいしたことじゃない。ヨウちゃんのこととは関係がないんだから、いいだろう、それは」

「しかし、今回は」

「困った連中でね」三塚氏は直ちゃんの言葉を遮るように言い、煙草を揉み消した。「俺たちにしたたって、若い人が増えてくれるのはいいことだと思ってる。だが、こっちは日川村の頃からずっとここでやってるんだ。文句を言われる筋合いはないんだよ」

「……何か、ニュータウンの住民がそちらにクレームを？」

「都会から来た若い人はどうも」三塚氏は煙草を新たに出し、眉間に皺を寄せて火をつけた。「前からうるさくてね。無農薬をありがたがるくせに、有機のにおいをなんとかしろと言う。トラクターを動かせば土が落ちただの言う。こっちが話をしようとしても、町内会の行事ひとつ何やかやと言って手伝わんのじゃ、打ち解けようがない」

三塚氏は短く刈った頭をがしがし掻きながら続けた。

が、途中で俺は気付いた。その話と、昨日の揉め事とは直接関係がない。だとすれば彼は、さりげなく話題をそらそうとしているのだろうか。

俺はそれに気付いて何か口を挟もうとしたが、そこで廊下からどかどかと足音がして、若い男性が顔を出した。「親父。お袋が捜してるけど」

男性は昨日、ニュータウンの住民と揉めていた若い男だった。健、という名前だったが、三塚氏の息子だったらしい。確かに近くで見ると、目元が父親とよく似ていた。

三塚健の方も俺たちに気付き、こちらは露骨に顔をしかめた。「うちに何の用だ」

「いや、もうお帰りいただく」三塚氏は煙草を揉み消し、よっこいせ、と言って立ち上がった。「すまんがこっちは仕事だ。話せることはもうないし、これで失礼していいかね」

いいかね、と訊いてはいるが、三塚氏が問答無用で立ち上がったので、俺たちもそうせざるをえなくなった。息子の健氏が父親に寄り、「なんで来たの」と小声で訊いているのが聞こえた。

6

智もなんとなく予想していたらしかったが、揉め事の原因を三塚氏から訊き出すことはできなかった。俺と直ちゃんは追い立てられるように三塚家を辞し、そのまま市役所に向かって駐車場で待ち、出てきた智と的場さんを拾った。智は後部座席に乗り込むなり「ニューータウンの住民を訪ねたいから、今から言う住所へ行ってください」と運転席の直ちゃんに指示した。警部の段階で辞めているから分からないが、警察にいた頃の智の雰囲気はこのくらい厳しいものだったのだろうか、と思った。

車が出るとまず、智の隣に座った的場さんが、市役所での聞き込みの結果を話してくれた。

「……ホットスポット騒ぎ？」放射線量が高い地点を示す「ホットスポット」という単語は、福島第一原発の事故の折にはよく囁かれていた。だが。「……今になって、か」

「僕は最初、境界紛争だろうと思ってたんだけどね。市役所で話を聞いたら、そうなんだってさ。市内に『指定廃棄物』の仮置き場があるんだ」後部座席の智が答えた。「……今もまだ、だよ」

「……そうだな。すまん。認識が甘かった」

全く報道されないから、油断しているとつい「昔の話」扱いしてしまうが、福島第一原発の事故はまだ終わっていない。原発構内にはまだ汚染水も燃料も残っているし、数万人が避難継続中だ。

そして「指定廃棄物」つまり除染《じょせん》ごみの問題があった。福島県外に最終処分場を作るはずだった除染ごみは、未だに「仮置き」状態のまま、大部分が県内に残されている。一時は県内の公共事業に建材として再利用する、という話があったことからも分かる通り、国が福島に「押しつけようとしている」意図も明白だった。すでに線量は健康に影響のない値に下がっているし、そもそも出荷前に線量チェックをしているのに、未だに福島産の農産物が風評被害から回復していない一因はこれだった。

そういう話をテレビで観たことがある。だが除染ごみの「仮置き場」は県外にも各地にあるし、ある場所ではこういうことが起こっている。よその話、ではなかった。

「何が『指定廃棄物』だよ、って思うっすけどね」運転手の直ちゃんは「けっ」と言いたげである。

「線量は最も高いところでも2・43μSv《マイクロシーベルト》／h程度だったそうです。平均値よりかなり高い、という意味では、ホットスポットと言えるんですけど」的場さんは窓から庁舎を見上げて言う。「市役所の人はその単語を使うのを慎重に避けている様子でした。町の数ヶ所でその程度の数値が出たところで健康に影響はありませんし、健康に影響がないのなら、町のイメージを悪くする単語を広められたくない、という感じでしたね。まだ市自体が確認したわけではない、とも言っていましたけど」

市職員としては当然そうなるだろう。目に浮かぶ。

「市内には『仮置き場をよそに移せ』という運動をしている人もいて、ニュータウンの方でも一部住民が個人で購入した計測機を使って定期的に線量を測り、SNSなどで発信しているらしいんです。それが先月になって、市内の数ヶ所で少し、高い数値が出たらしくて。……そのうちの一ヶ所が昨日見た、三塚さんの家の前だったそうです。測った主婦の人は佐藤《さとう》さんというらしいんですが、もっと高線量の場所があるのではないかと考えて、畑や家の敷地内に入って計測をさせてもらえるよう、三塚さんに申し出たそうですが」

……三塚氏は拒否した。まあ当然である。単に気分がよくない、というだけの話ではない。農業をやっているのだから、自分のところから下手な噂をたてられては困る。

「当然、三塚さんは拒否しました。それでその佐藤さんともう一人、須之内《すのうち》さんという主婦の方が、市役所の方で線量調査をするように求めたそうです。ただ、市役所は要請を受けたもののなかなか動かず、佐藤さんと須之内さんは何度も『早くするように』と言っていたそうです」

俺は昨日、三塚家の前で揉めていた主婦の顔を思い出した。「その結果が昨日の揉め事ですか？」

的場さんは頷いた。「……あの場にいた二人が、佐藤さんと須之内さんです。市役所は何度言っても動かないから、勝手に入ってしまえ、と思ったようですね」

市役所だって私有地に強制的に立ち入る権利はない。それに、見たところ三塚氏の家は古くて大きい。昨日、皆が集まって酒盛りをしていた、という話からしても、この地域では「顔がきく人間」なのだろう。一部住民の要請があったからといって、そういう人間と事を構えることは、市役所としては避けたいはずだった。

「……それにしても、主婦の個人名、よく分かったっすね」直ちゃんは感心した様子で言った。今向かっているのがその、佐藤さんという主婦の家である。「警察手帳出したって、市役所でそういうの訊き出すの難しいっすよ」

「ベンチに座っていた女性が声をかけてくださったんです。その二人なら、どこの誰か知っている、と」的場さんは苦笑した。「そのかわり智さんは、どこから来たのかとか、いろいろと質問されていましたけど」

地域の暇なおばちゃんが情報提供してくれた、ということらしい。まあ、智は年配のご婦人にやたらと受けがいいので、話しかけたくなる人もいるだろう。

「その方によると、佐藤さんと須之内さんはもう何度も市役所に行っているようですね。自発的に線量を測ってSNSで訴えたり、市議会議員に会ったり、かなり積極的なようです」

そのおばちゃんはつまり、いつも市役所にいるらしい。そういえばうちの最寄りの市役所にも、ロビーに座ってテレビを見ている常連がいた。

「だとすると、まずその二人が容疑者か」俺は言った。「咄嗟の犯行だったんだから、犯人は犯行動機を隠す準備なんかできない。たまたま隠れた動機があったっていうのは考えにくいしね」

「ただ転ばせるだけなら女の腕力でも充分可能っすね」直ちゃんが言った。「さっき警察に確認したんすけど、三塚家の人間をはじめとして、石山さんやら堀田さんやら農家の人間は、昨夜十一時頃まで三塚家で酒盛りしてたってのが確認されてますし」

「その二人以外に、呉竹氏と揉めていた人間の話は出ました？」

俺が訊くと、的場さんは「いいえ」と首を振った。「ニュータウンの方は基本的に二人を支持しているそうですが、積極的に動いているのはその二人だけのようです。細かい住所までは分かりませんでしたが……」

直ちゃんは余裕の表情だった。「平気っすよ。一軒一軒、走りながら探せば」


直ちゃんが言った通り、ニュータウンに入ってしばらくすると、ちゃんと「佐藤」さんの家は発見できた。四人が左右それぞれの窓から外を窺う、警戒するミーアキャット一家のごときフォーメーションで路地を徐行することになったが、日が傾き始めて人のいない時間帯だったためか、特にうしろ指をさされるということはなかった。もっともこういうところの住民というのは、声はかけずとも庭や居間から外を窺っていて、あとで話のネタにするようなところがあるから、どこかから一方的に見られていた可能性は否定しきれないのだが。

他に「佐藤」さん宅がないのを確かめてから車を路上駐車し、日々草《にちにちそう》の鉢植えを蹴飛ばさないように気をつけながら玄関先に進み、チャイムを鳴らす。直ちゃんはまた「ベスト法律事務所の白川です」と嘘を言い、佐藤さんにドアを開けさせた。訝《いぶか》しげにこちらを窺いつつ上半身をのぞかせた女性は間違いなく、昨日揉めていた主婦のうち、激しくやりあっていた方の一人だった。間近で見るとわりと肉がついているというか、たくましい腕をしている。

「お忙しいところ申し訳ありません。私、ベスト法律事務所で事務員をしております白川と申します」服装がカジュアルなのをカバーするためか、直ちゃんはいかにも仕事でいつもやっています、という調子で佐藤さんに名刺を差し出した。「実は今朝、山の方でありました傷害致死事件のことで、少しお話を伺えないかと思いまして。……お昼のニュースで流れたかと思いますが、ご覧になりましたか？」

「ええ……」佐藤さんは全身に警戒心のオーラを纏《まと》い、まるで飛んでくる何かに対する防御をしているかのように体の半分をドアに隠したままこちらを窺っている。「何の用ですか？」

知らない人間が四人もまとめて訪ねてきたらこうなって当たり前なのだが、佐藤さんは戦闘態勢を解かず、直ちゃんの名刺（偽物）もなかなか受け取ってくれなかった。なにも全員で行く必要はなかったな、と思い、俺は門の外にまで下がり、智と並んで少し身を隠すようにした。

佐藤さんは最初、何だこいつらは早く帰れ、という目つきをしており、どうやら宗教の勧誘か何かと勘違いしていた様子だった。しかし、直ちゃんが根気よく自分たちの身分を説明すると（嘘だが）、ようやく「分かったからつまり何が訊きたいのか」という顔になった。おそらくは直ちゃんの話しぶりと、的場さんの折り目正しい感じが功を奏したのだろう。恰好がカジュアルであっても、数分間追い返されずに粘れれば、言葉遣いや姿勢などで「怪しげな人間」でないことは伝わるものらしい。

「それで、法律事務所の方がうちに何の用ですか」佐藤さんは面倒でたまらない、という様子で言う。

「弁護を担当している容疑者が、事件現場付近であなたらしき人影を見た、と主張していまして」直ちゃんは真面目な顔で大嘘を言った。

「はあ?」佐藤さんの顔が歪んで皺が寄る。当然だろう。「そんなわけないじゃないですか」

「はい。かなり疑わしい供述なので、おそらく容疑を免《まぬが》れるためのでっち上げだろう、ということはこちらも承知しております。ただ容疑者があくまでそれを主張している状況ですと、こちらとしましては手続上、ご本人に確認をとらなければならなくなるんです」

佐藤さんが弁護士業務に詳しくなさそうなのをいいことに、直ちゃんはさも当然であるかのような言い方をした。「昨夜十一時、どちらにいらっしゃったでしょうか」

「夜はずっと家にいました。私も子供も」佐藤さんはいかにも嫌そうに、少し声を大きくした。「夫も十時半頃、帰りました」

「ご主人はここまでまっすぐに？」

「当たり前です」余計な疑念を抱かれたくないのだろう。佐藤さんは一気に言った。「九時頃に会社を出たことは同僚の人が見ているはずですし、十時半頃、営業先でもらってきたお土産を車から下ろしている音は近所の人が聞いているはずです。私も外に出ていました。うちからあんな山の上なんて、一時間以上は絶対にかかります。……これでいいですか？」

彼女が犯人でないなら当たり前なのだが、佐藤さんはひどく気分を害した様子で言った。一方の直ちゃんは平然としてこちらを振り返り、智と何か目配せをしあうと、続けて質問した。「もらったお土産、というのは？」

「夏野菜です。段ボールに入った。見せましょうか？」

佐藤さんは嫌味混じりに言ったのだろうが、直ちゃんは平然として「お願いします」と答えた。捜査課ならともかく、警察官とはいえ総務部の彼女が何故《なにゆえ》にここまで、捜査対象からの敵意に対し平気でいられるのかはよく分からない。隣の的場さんも同様に思っているらしく、直ちゃんをちらちらと見ていた。

佐藤さんは足音を鳴らして奥から夏野菜の入った段ボール箱を持ってくると、「これで納得しましたか？」と威圧的に言った。

「はい。ありがとうございます」直ちゃんの方は蛙の面《つら》に小便の体である。

「納得したら帰ってください。忙しいので」佐藤さんは説明的に廊下の奥を振り返った。

子供の足音がどかどかと響いてきていた。幼児がいる以上、この人だって「仕事中」に違いない。俺たちは「お忙しいところ、ご協力ありがとうございました」と言って去った。

俺は胃が縮まる感触を覚えていたが、直ちゃんは平然たるもので、「家の中、物でいっぱいにするタイプっすねあれは」などと分析していた。


「何をしていたか、と言われましても……」

続けて訪ねた須之内さんは、わりとすんなりと質問させてくれた。線の細い容姿がそのまま性格を表しているような人であるらしく、法律事務所を名乗る者の不躾《ぶしつけ》な訪問に対し、反発するのではなく萎縮する方向の反応を見せた。おそらくはホットスポット騒ぎに関しても、押しの強い佐藤さんの後ろにくっついて行動しているのだろう。だがそれでもSNS上では積極的に書き込みをしているし、内面までおとなしいわけではないはずだ。

「昨日は六時過ぎに買い物から帰って、それからずっと家にいました」須之内さんは下を向いてこちらの視線から逃げながら、弱い声で言った。「夫も八時前に帰って、一緒です。夫に確認してください。八時……五分くらい前です」

「八時五分前くらいですね。その後、ご主人はまずどうされましたか？」直ちゃんは続けて訊いた。

「すぐお風呂に。いつもそうです」

「その後、夕食ですね。何時頃から夕食で、食べ終わったのは何時頃ですか？」

「八時半くらいから、たしか、九時過ぎまで……」須之内さんはぼそぼそと答える。俯くと前髪で目元が隠れるので、表情が読めず不気味である。「その後は居間にいました」

「居間でどうしていました？　例えばテレビを見ていたなら、番組の内容など思い出せますか？」

横で聞いている俺はそこまで言わせるのかと思ったが、須之内さんは、昨夜のニュースで映像がなかなか現地に切り替わらなかった場面があった、ということまで話した。自分が容疑者にされることを恐れているからここまで答えるのだろう。佐藤さんの方はその不安に対し攻撃的な態度で抵抗したが、須之内さんの方はそういう性格らしい。

もちろん、せっかく相手がそういう態度に出てくれているのなら、こちらはありがたく情報を頂戴し尽くすべきだろう。直ちゃん一人に任せているわけにもいかないので、俺も訊いた。「では近所で昨日、夜になってから出かけていった人や、十二時より後に帰ってきた人などは見ませんでしたか？」

　こういう質問にまともな答えが返ってくるだろうか、と俺は疑問に思っていたが、須之内さんは本気で記憶を喚起しようとしているようで、しばらくの間沈黙していた。

「……いえ、なかったと思います。十時頃、裏の小山《こやま》さんが帰ってきましたけど、それはいつものことですし」

「……そうですか。お答えしにくいことを、ありがとうございます」

　俺はそう言ったが、内心では拍子抜けしていた。下手なことを言えば「ご近所さんを売る」結果になりかねない質問だったはずなのだが、須之内さんにとっては、よその家のことであれば別に答えにくくはないらしい。意外に思って隣の直ちゃんを見たが、直ちゃんも「こんなもんすよ」とでも言うように、小さく頷いてみせた。

　俺は門扉《もんぴ》の外を振り返った。前回の反省を踏まえ、今回は俺と直ちゃんだけが玄関前に来ている。見ず知らずの人に嫌われる役なので的場さんと智はすまなそうにしていたが、直ちゃんは別に気にしていないようだった。

　とはいえ、須之内さんが思ったより協力的だったため、聞くべきことは聞けた。問題は、どうやらこれで佐藤さんも須之内さんも、アリバイが成立してしまったらしい、という点である。

須之内さんがなんとなくホラーめいた上目遣いでこちらを見ながら玄関ドアを閉めると、俺はひどく肩が凝った気がして溜め息をついた。

「……大丈夫っすか？」直ちゃんがこちらを見る。「だから私、一人でいいって言ったんすよ」

「そういうわけにもいかないだろ。心理的に」

「心理的っすか」

苦笑する直ちゃんに続いて玄関ポーチを後にし、特にそうしなくてもいいはずなのだが、なんとなくそっと門扉を閉める。この疲れは相手に嫌われる質問をしたということと、したのにアリバイが成立してしまったということと、おそらくはその両方によるものだろう。

車の助手席に戻ると、智は携帯をしまったところだった。どこかに電話をかけていたらしい。

「……何やってたんだ？」

「昼の刑事から連絡があった。現場に残っていた塗料のこと、ちょっと調べてもらってたから」

「塗料……」

そういえば、確かにあれがなぜ現場に残っていたのかは分からなかった。が、智が先に「アリバイはどうだったの」と身を乗り出してきたので、俺はそれについて訊くのをやめた。

ログハウスに戻ると刑事たちが待っていて、俺たちはごついおっさん二名から「お帰りなさい」と迎えられる羽目になった。てっきり智の捜査を監視しているのかと思ったがそうではなく、単にもう一度事情聴取を、ということらしい。刑事たちは話を聞いた後「明日中にまた話を聞きたいので、ここにもう一日いてくれるとありがたい」と頼んできた。捜査を依頼（強制）された時からそれは覚悟のことであったから仕方がなく、俺たちは予定を変えてもう一泊することにした。直ちゃんはこれが仕事であるし、「明日一日なら大丈夫です」と言ってくれた的場さんにしても、苦笑しながらもそれほど嫌そうではなかったので、腹をくくるしかなかった。

むろん、腹をくくるためにはそれなりにエネルギーがいる。俺は買い出し時に牛肉をがっつりと買い、夕食に赤ワインソースのサーロインステーキを焼いた。

「……おいしかったですよ、すごく」洗い物をしながら、意外と肉好きであるらしい的場さんは笑顔だった。「でもあの牛肉、けっこうしましたよね？　レシート、あとで見せてくださいね」

「いや、いりませんよ」俺は布巾をかけ終わったステーキ皿を見た。「事件が解決したら、警察に請求します」

「経費として？」

「経費として」布巾を置いてスポンジを取り、彼女が手をつけていないシルバー類をまとめて手に取る。「……もっとも、この調子じゃいつ解決するのか分かりませんが」

「そうですね」的場さんはひょい、とダイニングの方を振り返った。「智さん、何か言ってました？」

「さっきから電話してますね。メシの時から何か、考え込んでいるようだったけど」

「そういえば。……やっぱり、難しい状況ですよね」

実際、事件については分からないことだらけだった。例のにやけた刑事が捜査本部に問い合わせ、俺たちの聞いた話の裏を取ってくれたのだが、ニュータウンから現場までは、佐藤さんの言った通り一時間以上かかるらしかったし、夜十時半頃、自宅前で段ボールを下ろしている佐藤夫婦を見た、という証言もあるとのことだった。一方の須之内さんにしても、夫の証言との間に矛盾がなく、夫が八時五分くらい前に帰宅し、それからは自宅にいた、という話を疑う材料は今のところない、ということだった。

気が重い状況だった。自分たちが面倒な目に遭うだけならまだしも、身分を偽って聞き込みをし、相手には本来より一回余分に、プライベートな質問に回答させているのだ。これで事件が解決できなければ、合わせる顔がない。かといって菓子折を持って謝りにいくこともできない。

的場さんはシンクに視線を落として唸る。「……やっぱり、他に容疑者がいるんでしょうか。呉竹さんの工場の同僚とか」

「警察の方はそっちも洗ってるみたいですが、何も出てないらしいですね」俺はシルバー類を片付け、小皿を取った。「現場にも妙な点があったし、何かある、とは思うんですけどね」

「……智さん、ポリタンクのこと気にしてましたね」

智からはまだ何も聞いていないが、現場になぜ塗料の入ったポリタンクだけが残されていたのかは謎のままだった。それだけではない。犯人はなぜ貼り紙をして、俺たちに死体があることを教えたのか。なぜ死体左側のベニヤ板だけをわざわざ剝がしたのか。現場となった小屋に置いてあったものを残らず持ち出したのはなぜなのか。分からないことだらけなのだ。だが。

「あと何か、それ以外にもっと、おかしな点がある気がするんだよな……」

「現場に、ですか？」

「智と一緒に踏み込んだ時のこと、思い出してみてるんですけどね。何か……あ、そっちの皿、もう洗いましたよ。あと布巾で拭いてください」

「えっ。……わっ、早い」

的場さんはいつの間にか洗うべき食器がなくなっていることに驚いている。まあ、こちらはいつも仕事でやっているから、それなりに早くできるのである。

「兄さん」智がキッチンに顔を出した。「あ、ごめん。洗い物やってくれたんだ」

「ん」手の泡を流してタオルで拭く。「ずっと電話してたけど、どうした？」

「確認をとってもらってたんだ。例の塗料のこととか。それで兄さん」智は俺を見た。

「これから犯人宅に行くつもりなんだけど」

「ああ。それじゃ」俺はもうアルコールが入っているから直ちゃんに、というところまで言うべき台詞が浮かび、俺はそれからようやく、智の言葉を理解した。「……何？　犯人？」

「犯人、ですか？」的場さんは拭いている皿を落としたらしく、シンクからがたん、と音がした。「あっ」

「割れました？」

「大丈夫です」

「よかった」それから智に視線を戻す。「智、犯人って……」

こちらは夕食前に、長期戦になると腹をくくったばかりなのだ。

しかし智は、しっかりと頷いた。「さっき考えて、分かったんだ。西向原市地域整備センターに行けばたぶん、確実な証拠が手に入ると思う」

「地域整備センター？」なぜかまた、雰囲気にそぐわない施設の名前が出てきた。そんなお役所臭《しゅう》漂う場所になぜ傷害致死事件の証拠があるのだろう。

「うぃっす」智の後ろから直ちゃんがひょこ、と顔を出した。「出かける準備いいっすか？　手配、整ったっすよ」

智は彼女を振り返る。「業者の方も？」

「科研調査センターって会社に頼めたそうです。時々科学鑑定を頼むとこなんすけど」直ちゃんは智に敬礼した。「明日中、ということなら行けるそうです」

余裕の表情の二人を見て、俺と的場さんは思わず顔を見合わせた。

「早い……」的場さんが呟いた。「仕事でやっているから……ですか」

7

「僕は警察官ではありません。ですから現行犯でないあなたを逮捕する権限はないし、あなたにも僕の話を聞く義務はありません」

たいていは俺の横に座り、相手の正面に出たがらない智が、今は進んで犯人と正対している。

「ですが、トリックの性質上、犯行の形跡を隠すのが不可能であることは、あなたもご存じかと思います」

相手はテーブルの縁あたりに視線を据えたまま、智の言葉を聞いていた。

「……自首しろと？」

「残念ですが、自首もすでに不可能な状況です。警察の方にはすでに、このことは伝えてありますので、警察はあなたを犯人と特定している。その状況では法的な『自首』は成立しないんです。……ですが、あなたが今後、否認を続けるか、それとも自白して捜査に協力的な態度をとるかは、『反省の有無』として、刑の軽重を決める際に必ず考慮されます」

自首すれば刑が軽くなる、とはっきり言ってしまった方が、こちらとしては楽なのだ。

俺や直ちゃんならそうしていると思うが、智は馬鹿丁寧に説明する。

「死体遺棄に関しては弁解の余地がありませんが、そもそもの原因となった傷害致死に関しては、大いに考慮されるべき事情があります。もともとあなたは呉竹さんを突き飛ばしただけで、殺意どころか傷害の故意も認められません。それに、被害者の呉竹さんがああまで派手に倒れたというのも、倒れた拍子に延髄に釘が刺さってしまったというのも、極めて偶然の要素の大きい結果です。執行猶予がつく可能性は充分にあります」

俺は智の隣にいる的場さんを見た。智も確認をとるようにそちらを見たのだが、弁護士の立場から何か補足をつけるかと思われた彼女は犯人を見据えたまま、厳しい表情をしていた。

「つまり、あなたの『反省の有無』が、あなたが刑務所に行かなくてもよくなるかどうかの鍵と言えます」智は言った。「……いえ、あなたがた、と言うべきでしょうか。三塚さん」

名前を呼ばれ、智の正面にいる三塚氏と、その隣でふてくされたような顔をしている息子の健氏は、ぴくりと体を動かした。

三塚家の応接間は、昼に入った時より狭く見えた。あるいは昼に来た時は遠慮があったせいで、この家を大きく感じていたのだろうか。ひんやりとした空気と、どこから聞こえてくるのか分からない柱時計のこちこちという音だけは昼間と同じだった。

テーブルの上で人数分出されたお茶の湯呑みが等間隔に並び、手を出されないままそれぞれに湯気をたてている。出してくれた三塚氏の奥さんは、突然訪ねてきた俺たちに何か「家の敵」という雰囲気を感じたらしく、観察する目を向けていたが、夫に「お前は外していなさい」と言われ、黙って座敷から退いていた。

俺は床の間を背にする三塚家の二人を見る。斜向《はすむ》かいから見ていることもあり、二人の内心を推察することはできない。犯行を認めようと考えているのか、無駄と分かってあくまでとぼけるつもりなのか。だが健氏の方は、さっきから父親の判断を聞きたげな様子でちらちらとそちらを窺っていた。

「……私か、健のどちらかがヨウちゃんを――呉竹陽一を殺したと、警察に言ったのですか」三塚氏の声にはまだ、動揺は見られなかった。

「お二人が共同したものとみるべきでしょう。傷害致死の方は、体格的にも性格的にも健さんの犯行で、その後をあなたが手伝ったのではないですか？」

「なぜそうなる」三塚氏は静かに返した。「私も息子も、昨日の夜は家にいた。十一時頃まで石山さんやらと酒を飲んでいたということは話したし、警察も確認したはずだが。……それとも、私らと石山さんらと、昨日いた人間全員が口裏を合わせている、とでも言うのか」

「その必要はありません」確信があるのだろう。智は落ち着いて言った。「犯人は確かに十一時頃まで自宅で知人たちと宴会をしていたんです。そして解散した後、自宅に侵入している呉竹さんを発見し、揉みあいになった末、おそらくは酔っていることも手伝って、彼を突き飛ばした。そして呉竹さんは、運悪く死亡してしまった」

「無理ではないかね」三塚氏はどっしりとした態度を崩さなかった。「十一時頃までここにいた人間が数分で、どうやってあの、山の中の小屋まで行くんだ」

「行く必要はなかったんです。現場はここなんですから」智は答えた。「現場となった掘っ立て小屋は、犯行時にはこの家の敷地内にあったんです。違いますか？」

それまでゆったりとしか動かなかった三塚氏の体が、初めてぴくりと強い反応を見せた。隣の健氏はもっと分かりやすく、不安げに父親を見ている。

「重要なのが、現場となった小屋が『掘っ立て小屋』だったという点です。つまり、コンクリート等で基礎を打っているものではない。柱の周囲を数十センチ掘り返すだけで、小屋ごと移動させることが可能です。つまり、犯人は昨夜十一時頃、山の中のあの家に行って呉竹氏を死なせたのではなく、ここで彼を死なせ、犯行現場の方を山の中まで移動させたんです」智は容赦せずに言う。「車庫には様々な車両がありましたが、ユニック車（クレーンのついたトラック）をお持ちですね？　トタンの掘っ立て小屋なら、それで移動させられます。あなた方は小屋を、中で倒れている呉竹さんの死体ごとユニック車で移動させ、彼の住んでいた山の中の家の隣に設置した。時間のかかる作業ですが、あなたの家は見ての通り木に囲まれている上、周囲に民家がありません。移動先の山の中も同様ですから、ゆっくり作業ができたはずです」

もちろん現場になる小屋の中に、自分の家の物を残しておくわけにはいかない。小屋の中の物が持ち出されていたのはこのためだったのだ。犯人がわざわざ呉竹氏の死体があることを俺たちに教えたのも同じ理由だった。この季節、死体の発見が遅れてしまえば死亡推定時刻が曖昧になり、アリバイが成立しなくなってしまう。

おそらく、と思う。犯人としてはそこまで細かく計算しての行動ではなかっただろう。自分の家で死体が出てしまうことを避けたい一心で、単に現場ごと死体を「どこかにやってしまいたかった」のではないだろうか。

「死体の左側だけ床表面のベニヤ板が剝がされていたのも、それが理由です。犯人は死体ごと小屋を山の中まで運んだ。ですがいざそれを下ろす段になって、失敗したことに気付いたんです。ずっと坂道を上ってきたせいで、荷台の後ろ側になっていた死体右側方向にだけ血が偏って流れてしまった。この不自然な血痕を警察に見られれば、小屋が動かされたのではないか、と疑われるかもしれない。だから犯人は、死体左側のベニヤ板を剥がしたんです」

俺は最初、犯人がベニヤ板を剥がしたのは、「犯人にとって何か都合の悪い痕跡がそこに残ってしまったから」だと思っていた。実際は逆だったのだ。犯人は何かがそこについていたからではなく、ついているべきものがついていなかったことを隠すため、ベニヤ板を剥がした。

「随分と、突飛な話だ」さすがに動揺しているらしく、三塚氏の声はかすれて震えていた。「何を根拠に、そんなことを」

「僕が最初におかしいと思ったのは、現場に踏み込んだ際、入口の戸が開かなかったことです」その時の記憶を確かめるように俺の方を見る。俺は黙って頷いた。

智は三塚氏に視線を戻した。「現場の戸はサッシが歪んでいて開かなかったんです。それなら、犯人と被害者はどこから出入りしたのでしょうか？　犯人はどこから小屋の中の物を持ち出したんでしょうか？」

出入口が壊れて開かない小屋に出入りした人間がいる。……となれば、論理的には、結論は一つしかありえない。被害者と犯人が出入りした後で戸が壊れ、開かなくなったのだ。

「あなた方は気付かなかったようですが、おそらくはユニック車のクレーンで吊り下げた時の負荷か、地面に置いた時の衝撃で、戸のサッシが歪んでしまったのでしょう」智は向かいあう二人を等分に見ている。「証拠はもちろん、それだけではありません。もともと入り組んでいる上に外からは木で囲まれているため、普通なら気付かれなかったかもしれませんが、掘っ立て小屋でも建築確認は取っているはずなんです。あなたの家からは、建てたはずの掘っ立て小屋が消えていることになる。……この証拠は西向原市地域整備センターに残っています。消しようがありませんよ」

むろん違法なのだが、自分の敷地内に掘っ立て小屋を建てた程度の場合、建築確認の届出をしないケースもあるという。三塚氏がきちんとしていることが、逆に証拠を残す結果になったのだ。

「私が……」三塚氏が言う。「……ヨウちゃんを、殺した——というのかね」

「死なせてしまったのは、健さん……あなたですよね？」

智は「殺した」という単語を使わなかった。だが、健氏はびくりとして体を緊張させた。

「ちがう」健氏の手は力一杯自分のズボンを摑んでいる。「俺が、なんでヨウちゃんを」

「小屋の中に残っていたポリタンクから、それも推測がつきました」智の方は落ち着いてそちらを見た。「中身は夜光塗料ですね。おそらく呉竹さんは、あれをこの家の敷地のどこかに埋めるつもりで侵入し、そこをあなたに見つかって追いかけられたのではないですか？　あなたはニュータウンの住民がまた勝手に入ってきたと勘違いして激昂し、彼を突き飛ばした」

　この話は俺たちにも初耳だった。事件の背景にホットスポット騒ぎが絡んでいることはなんとなく予想していたが、ニュータウン住民でなく、同じ「農家側」である呉竹氏が、三塚氏となぜそこまで揉めたのかは、俺には分からないままだったのだ。

「夜光塗料は呉竹さんの勤める工場で使われていたものでした」

　智は調子を崩さずに続ける。推測でしかない話ではあるが、智自身はほぼ確信しているらしい。「呉竹さんがここに侵入した理由は、間違いなく最近のホットスポット騒ぎ絡みです。彼はあなたの家が、近いうちに線量測定され、高い数値を出すことを予想していた。そしてその時のために、夜光塗料を埋めておこうと思った」

「……どういうことだ」三塚氏が初めて顔を上げて智を見た。彼にも、呉竹氏の行動は謎だったようだ。

「夜光塗料の中には放射線を発するものがあるからです。線量測定がなされた後でそれが出てくれれば、この周辺の高い線量はこれのせいだったということになるだろう――呉竹さんはおそらく、そう考えたんでしょう」智は三塚氏の方に視線を移した。「彼なりに、あなたの家がホットスポットではない、ということを主張しようとしていたんです。現実には、彼が持ち出した夜光塗料は、放射性物質を含まないものだったのですが」

智はそこまで言うと、相手の反応を待つ様子で少し、沈黙した。柱時計の音がこちこちと聞こえてくる。

三塚氏は目を見開いていた。健氏も顔を上げた。

三塚氏はそれから、力尽きたようにかくん、と頭《こうべ》を垂れた。

「そういう、ことだったか……」

「この町で起こっているトラブルのことも、伺いました」智はそこで初めて、悲しそうに目を伏せた。「農家の皆さんと親しかった呉竹さんからすれば、ニュータウンの住民が無責任にホットスポットだと騒ぐのは、許しがたかったんでしょうね」

三塚氏は俯いたまま、膝の上に置いた手を強く握った。

隣の健氏が、泣きだしそうな声で呟いた。「なんで、こんなことに……」

すれ違い、である。不運と言う以外に、どんな言いようがあるだろうか。最も不運なのは呉竹氏だが、家に侵入した人間を突き飛ばしたということからこんな結果にまでなってしまった三塚父子だって、自分は悪くない、と言いたいだろう。彼らからすればもともとのホットスポット騒ぎがそもそも、自分たちには何の落ち度もないことだったのだ。

「日川村の頃には、こんなことはなかったんだがなあ……」三塚氏は絞り出すように言った。「放射能だと騒がれ、庭に入られ……。最後は、こうか……」

横で聞いている俺も、どうしようもない気分になった。もともとは、彼らの方こそ被害者だったのだ。

「西向原署に同行していただけますね」それまで黙って俺たちの斜め後ろに座っていた直ちゃんが、すっと立ち上がって窓に寄り、カーテンを開けて外に何か合図をした。どうやら、すでに外に刑事たちが待機していたらしい。

「俺は」

「よせ。役所に建築確認の書類が残っちまっている。どうにもならん」三塚氏は健氏を遮って言った。「……日川村の頃なら、出さんでいいはずの届けだったが」

建築確認は都市計画法の適用がある地域でしか必要とされない。日川村は市町村合併で西向原市になり、同時に都市計画法の適用が決定されていた。

確かに事件が合併前だったら、現れないはずの証拠だった。

「行くぞ、健。このまま逃げるのももう無駄だ」三塚氏は自分よりひと回り以上体の大きい息子を促し、先に立った。「……それに、ヨウちゃんにも悪いだろう」

健氏は鼻を鳴らして涙を拭いたが、のっそりと立ち上がった。

智は、三塚氏を見上げて言った。「奥様には、警察の方からお伝えしておきます」

「すまんな」

「いえ。それと、一つお願いがあるのですが」

智の発言に、ふすまの前に立つ三塚氏が振り返った。

智は元の位置に正座をしたまま、三塚氏を見上げた。「……桃を作っている方を、紹介していただけませんか?」

8

直ちゃんが同行させていた刑事の手によって三塚父子は逮捕され、旧日川村——現西向原市の事件は解決した。だが、俺の胸の中には未解決のもやもやが残っていた。事件解決の功が誰のものになったのかは分からないし、傷害致死や死体遺棄の各行為について、父子はあるいは庇《かば》いあうかもしれない。またトリック実行時の作業音に三塚夫人が気付かなかったはずがないということを考えると、彼女の関与も疑われるわけで、そうなると真相の詳細なところも分からずじまいである。

そしてそれ以上に、三塚氏の打ちひしがれた姿が目に焼きついていた。的場さんもそうだったらしく、街に帰る車内では俺も彼女も黙っていた。

だが、運転席の直ちゃんが智に言った。「各地点の線量測定、明日っすから」

「……直ちゃん、何のこと？」

俺が訊くと、後部座席の智が言った。「……兄さん、土曜日、手伝ってくれない？」

後ろを振り返る。智は何かを考えているようで、真っ暗な窓の外を見ている。

「そういえば、お前さっきも桃がなんとかとか言ってたけど」

「この町の線量について、佐藤さんたちに説明しようと思ってるんだ」智は外を見たまま言った。「早い方がいいから、今週末にしようと思う」


通常はリンゴなのだが、今回は桃である。今回はそこまでこだわらないらしい。出先であり勝手の分かったプリエールのキッチンではないし、時間も限られている。それにもともと、かなり雑《ざつ》な経緯で作られた鷹揚《おうよう》で素朴なお菓子だから、むしろそれが似つかわしいのかもしれない。もっとも俺は別室におり、以下の工程は後で智から聞いたものなのだが。

桃をキャラメリゼするのである。なにしろほぼ果実の塊《かたまり》を食べるようなものだから、桃はどっさり、けっこうな量が必要になる。砂糖を熱して溶かし、茶色のキャラメル状にする。理科の実験でやったことがある人も多いはずのあれである。そこにバターと白ワインを足し、焦げつかないよう転がしながら桃を煮る。桃が熱で縮み始め、キャラメルがとろりと絡《から》んでてらてらと光るようになり、色からして甘そうな飴色《あめいろ》の桃が完成する。

そして一方でタルト生地を作る。これは普通の生地だ。バターと砂糖を混ぜ、卵を混ぜ、薄力粉を振るいにかけて混ぜ、お菓子を作る際には必ずお目にかかるうす黄色のあいつを手早く作る。キャラメリゼした先の桃を型に隙間なく詰め、押し込み、重ねる。ここで隙間があると焼いた後に崩壊するからである。生地は型の形に合わせて切り、桃の上に被《かぶ》せる。本当は生地が柔らかいまま鍋に流し込んでみたいけど我慢した、とのことである。生地には何ヶ所か、空気抜き用の穴を開けておく。

それをオーブンに入れて焼く。今回は時間がないので200℃で30分、だったそうである。蓋役の生地がこんがりと色を変え、膨らんでいく。取り出したら粗熱をとり、冷蔵庫で時間の許す限り冷ます。

さて、ここからが緊張の瞬間であり、テープカット、点灯式、鏡割りのごときイベントの中核である。気合を入れ、呼吸を整え、「せえのっ！」で型をひっくり返す。もっとも智は慣れているのでそんなに気負うこともなく、さっと返したようなのであるが。

型を外すと「結果発表」である。タルト生地の上に飴色の桃がぎっちり固まって詰め込まれた桃の「タルト・タタン」が全貌を現す。タルトと言うがほぼ桃の塊であり、舌に絡まるキャラメルの香ばしさ甘さ、嚙みしめるとじゅっと出てくる桃の果汁が、これでもかというくらい我々を甘やかしてくれる。

その週の土曜日、市役所の隣にある西向原市公民館の小会議室に、西向原市の住民が集まった。とはいっても規模は小さなお茶会程度のもので、ニュータウンの佐藤さんと須之内さん、それに須之内さんの御主人の三人と、三塚氏の紹介があった石山さん一家の御主人。住民の参加者はその四人だけである。直ちゃんが科研調査センターという会社に市内の「ホットスポット」の線量調査を依頼し、その結果が出たので、それを伝える、ということで集まってもらったのだ。店の方は明日から開けるということにして、俺と智もほぼ仕事時の服装で参加した。ニュータウン住民に対しては一応今でも「法律事務所の事務員」で通しているので不審に思われる可能性もあったが、集まった人からは特に何も訊かれなかった。

午後三時。長机がロの字に並ぶ小さな会議室で、ニュータウン側の三名と石山さんは離れて座り、それぞれ居心地悪そうに沈黙していた。少しでも雰囲気を和らげるため長机にテーブルクロスをかけ、プリエールから持参した胡蝶蘭《こちょうらん》の鉢植えを置いてみた上、調査センターの人が登場するまでの間に紅茶を出していたので、見かけ上はなんとなくなごやかに見えなくもなかったのだが、それはあくまで見かけ上の話であり、紅茶のポットを持ってテーブル脇に控える俺は、早く始まってくれ、と胃が縮む思いだった。席の性質を考えてかスーツ姿である的場さんと一緒に科研調査センターの社員が入ってくると、つい安堵の息が漏れた。

「あ、みなさんお揃いですね」場の空気を読まないのか読みながら無視しているのか、眼鏡に作業服で、ひょいひょいと快活に動く社員の男性は、ホワイトボードの前に立つと明るい声で挨拶した。「はいみなさん、本日はお忙しいところお集まりいただいてありがとうございます。もう説明があったかと思いますが、科研調査センターの本田《ほんだ》と申します」

アシスタント役になっているらしい的場さんが、丸めて持ってきた町の地図をホワイトボードに貼った。

「はいそれじゃお時間もないことですし素早く本題に入りましょうか。私の話はすぐ本題に入るのが好評でして、いつも本田いいねーと褒められております。なんちゃいましてね」本田さんは駄洒落に誰一人反応しないことにも眉一つ動かさず、笑顔のまま喋った。「県警本部から調査依頼を受けまして、市内の各地点、とりわけそちらの佐藤さん・須之内さんから伺いました高線量地点を中心に放射線量の測定をさせていただいたわけですが」

的場さんがホワイトボードに貼った地図には、十数ヶ所のチェックが入り、各地点の放射線量がまとめられていた。測定方法と測定条件、シーベルト表示と物質ごとのベクレル表示でこと細かに書き込まれているが、綺麗に色分けされていて見やすくなっている。さすがプロの作る資料である。

「まず三塚さん宅の敷地内のここがシーベルト換算で毎時２・１６μＳｖとなっておりまして、これが今回最も高い数値なわけですが、線量の高い場所周辺を捜索しましたら塗料の缶が出てまいりましてね、どうやら放射性物質の入った塗料が不法投棄されていたのが原因のようなのですね。こうしたことは全国どこでもあるわけでして」

本田さんは各地点の線量とその原因、線量を下げるための方法をてきぱきとした早口で説明してゆく。すでに過去、同様の仕事をかなりこなしてきたらしく、説明には淀みがなかった。

石山さんは腕を組んで頷いていたが、ニュータウン側の佐藤さんと須之内さんは、本田さんの話を聞くうちに徐々に不満げな表情に変わっていった。その原因は想像がついた。これまでさんざん心配して騒いできたのに、それがすべて取り越し苦労だと言われては立つ瀬がない。

「あの、ちょっと」ついに佐藤さんが手を挙げた。「さっき、その２・１６μＳｖ／ｈの場所、問題ない、と言いましたけど」

「はい。もう原因のものは片付けたので線量は変わると思われますし、この程度ならば健康への影響はありませんので」

「そんなの分からないじゃないですか。低線量でも影響があるって調査結果があるでしょう」

佐藤さんは戦闘的な口調だったが、本田さんは慣れているのか、営業用の笑顔をいささかも崩さずに答えた。「普通に生活していても、世界平均で年間2・4mSvは被曝しています。神経質になる数値ではありませんよ」

「でも2・16μSv／hって日本の平均値の何十倍じゃないですか」須之内さんも言った。「子供にどんな影響が出るかも分かってないいんでしょう。癌になったら責任取れるんですか」

「これは最も高い地点でして、毎時2・16μSvというのは、一時間ずっとこの地点に居続けてようやくこの数値になる、という意味です」本田さんはやはり明るい調子のまま答える。「たとえば毎日この地点を通るとしても、ここにピンポイントでいる時間は一日当たり一分間をはるかに下回りますね。そうしますと年間で考えても約13μSvをはるかに下回ることになります。三百六十五日欠かさず、忠犬みたいにきっちり一分ずつここに立ち止まった場合でも、日本の基準である年間1mSvの七十七分の一しか被曝しないわけですね」

「年間1mSvだって、それなら安全だという根拠はないでしょう」須之内さんはさらに言った。

「よくご存じですね」本田さんはあくまで快活だった。「日本の年間1mSvというのは、日本にいて被曝する自然放射線の平均値が年1・4mSvで、世界平均の2・4mSvより1mSv低いことも根拠の一つなんです。たとえばイランのラムサール地域などは年10mSvを超しますし、世界各地では何もせずに生活していてももっと多く被曝している地域があるわけですね。もちろん日本国内でも、花崗岩由来のガンマ線などはコンクリート建造物から出ますので、コンクリートの建物の多い地域などは数値が上がったりします。つまり、この程度の差は日常的にあることなので『気にしても仕方がないレベル』だということですね」

「そんなこと、どうして分かるのよ」佐藤さんが声を荒らげた。「あなた大体、安全だ安全だしか言わないじゃないの。警察っていうことは県からお金もらってるんでしょう。元から結論出てるんじゃないの」

さすがに気になったか、的場さんが言った。「警察が科学鑑定を依頼している、という意味です。つまり、裁判で用いられる程度に信頼のある調査ができるということです」

「裁判に使うから信用できるとは限らないでしょ」

「客観的な数値に関しましては、信用していただいて結構ですよ」本田さんは相手の苛立ちを全く気にしていない様子で言った。図太い人だ。「影響がゼロではない、ということですが、今回の場合、実質的にはゼロと言ってしまってよい数値です。たとえば先にご説明しました数値は年間13μSvですね。胸部X線撮影は一回当たり50μSv程度被曝しますし、胃部X線ですと600μSvになります。飛行機に乗ると東京―ニューヨーク間の一往復で200μSv、国内線でも一往復で30μSv程度は自然放射線にさらされます。それらよりはるかに低いわけですから」

「だから安全ってどうして言えるの。うちは小さい子供がいるの。何かあったら責任取れるの？」

「問題ないと説明しているじゃないですか」今度は本田さんではなく、的場さんが言い返した。「気になるのは分かりますが、限度というものがあります」

相手のあまりの頑迷さにしびれを切らしたらしい。的場さんは大きな声で言った。

「たとえ100mSv浴びたって発がん率は1・06倍にしかならないんです。その何百分の一だと思ってるんですか」それから佐藤さんをぎらりと見た。「においで分かりましたけど、あなたは煙草を吸いますね。喫煙者の発がんリスクは非喫煙者の1・5倍、年間

1000〜20000mSv相当だって知ってるんですか？　受動喫煙ですら100mSv以上なんです。それも発がんリスクだけでです。喫煙はそれ以外にも心筋梗塞リスク2倍、脳卒中リスク4倍、糖尿病リスク1・4倍、乳幼児突然死症候群《SIDS》も4倍以上にするんです。今挙げた他にも、リスクが上がる病気はいくらでもありますよ。しかもそれですら発病リスクだけの話で、発病した場合にはあらゆる病気を増悪させ治療薬の効果を減殺させるんです。そういうこと分かってるんですか？」

ううむ言っていること自体は合っているのだが、と俺は天井を見た。

案の定、佐藤さんと須之内さんはますます声を荒らげた。

「あなた何？　煙草と一緒にしないでよ」

「何かあったら責任取れるのかっていう話をしているんですけど」

「自然放射線と原発のを一緒にしないでよ。自然のよりずっと危険なんだから」

二人の大声が小会議室の壁にぎんぎんと反響する。俺はどうしたものかと身を縮めていた。本田さんと須之内さんの御主人も困った顔でおろおろしている。

「いいかげんにしてくれ」

それまでと違う場所から怒鳴り声が響き、長机の上のティーカップがかたかたと揺れた。見ると、さっきまで黙っていた石山さんが、俯いて震えていた。

「もう……もう、やめてくれ」石山さんは拳を握っている。「大丈夫だって分かったんだろう。もういいじゃないか」

「よくないのよ」

「これ以上、農家をいじめないでくれんか」石山さんは下を向いたまま、怖々《こわごわ》という様子で言った。「うちの桃だってちゃんと検査してるんだ。一年間、手をかけて育てて、やっと出荷する時に、高い数字が出たらどうしようかと、怖い思いをして検査してるんだ。大丈夫だったんだから、もう言わんでくれ」

「政府の基準が信用できないから言ってるんです」

「こっちの迷惑を考えてくれんか」石山さんは息苦しそうな顔で、しかし途切れずに話した。「……あんたたちみたいなのがインターネットで話題にするから、裏の倉持《くらもち》さんとこはもうだいぶ前に直売してるレストランから契約を切られちまって、かわりに契約してくれるとこはまだ見つかってない。他の家でも、似たような話がいくつもあったんだ。……検査も通っているし、何も問題はないのに……」

「そんなの、契約なんだから自由でしょう」

「ふざけるな」石山さんはついに、だん、と音をさせて長机を殴った。「あんたらが無責任に騒いだおかげで、こっちがどれだけ迷惑したと思ってる！」

カップに残った紅茶が揺れてこぼれた。
「桃も、ニンジンも、ホウレンソウも」石山さんは震える声で言った。「ずっと真面目に作ってきた。毎日世話して、天気を気にして、肥料も農法も試して、買う方が嫌がるからと、せっかく収穫しても、少し形の悪いものは捨てて。……それなのに、あんたらみたいなのが騒いだせいで買い手が減った。あの時、俺たちがどれだけ苦労したと思ってる！　福島の人たちはこんなもんじゃないんだぞ。今でも会津のブランドはボロボロで、米だって業務用のブレンド米にしなきゃ売れない。あの会津米がだぞ！　うちだって当時は投げ売りみたいな値段をつけなきゃいけないこともあったんだ。何年もかけて、ようやく少しずつ風評被害をなくしてきたっていうのに、まだやるのか。苦労して出荷した作物が汚いものみたいに言われるんだぞ。この気持ちがあんたらに分かるか！」

俺には農業をやった経験はない。だが店を構え、食べ物を出している立場だから、少しだけ、石山さんをはじめとする農家の人たちの怒りが理解できた。もしプリエールに知らない人間たちがどかどかと入ってきて、この店は放射線が出ている、と言われたら。

この西向原市がまだ「日川村」であった時代からいた農家の人間からすれば、長い間自分たちが耕してきた土地に対する気持ちは、「愛着」などといった通り一遍の言葉では表せないほどのものだろう。それを「後から来た」数人がホットスポットだ何だと勝手に呼んで騒いだら、どんな気持ちになるか。そしてそれはただ気分の問題ではない。農業をやっている以上、線量の程度や真偽にかかわらず、「放射能」という単語は生産物のイメージを大きく損なうことになる。普通の消費者からすれば、野菜など他の産地のものがいくらでもあるのだ。わざわざ「放射能の話がある」ような産地のものを選ぶ必要はないと、誰でも考えるだろう。

もちろん住民の側にとっても、自分の住む土地なのだから、高い線量を黙って受け入れなければならない道理などない。子供がいれば尚更だろう。だがこの町で出た数値は、普通に暮らしている限り健康に影響はないとされる数値だったのだ。農産物にしてもきちんと基準値をクリアしているだろう。

それなのに騒がれ、せっかく作ったものを、皆が嫌がるようになったら。

「……出ていってくれ」石山さんは声を震わせて言った。「そんなに嫌なら、日川村から出ていってくれ。俺たちの邪魔をしないでくれ」

石山さんはそう言いながら、シャツの袖で顔を拭った。

「……ここは俺たちの村だ。爺さんが開墾して、親父が受け継いで、俺が耕してきた土地だ……」石山さんの声が強くなった。「……日川は俺たちの村だ。後から来て汚さないでくれ」

「今は」言い返しかけた佐藤さんは、石山さんが泣いているのを見て声を萎ませた。「……とっくに合併したじゃない。西向原市よ」

小会議室が静かになった。子供のように弱々しくしゃくりあげている石山さんを前に、主婦たちも俺たちも、何も言えなくなってしまった。

須之内さんの御主人は、ばつが悪そうに妻をちらちらと見ていた。本田さんは困り顔で腰に手を当てている。的場さんも今の状況に責任を感じているらしく、両手で頭を抱えていた。俺も何か言えることはないかと言葉を探したが、どうにもならなかった。

沈黙が続き、窓から日差しが差し込む小会議室の空気が生暖かく淀む。

不意にかちゃりと音がし、会議室のドアが開いた。ドアの横にいた俺が振り返ると、エプロンをした智が、大きなパイ皿を両手で持って入ってきた。

「お待たせいたしました。……桃のタルト・タタンが焼き上がりましたので、お持ちしました」

そういえば弟は調理室にいたのだった。お、と思って見ると、智はこちらに囁いた。

「兄さん、お茶のおかわりを」

言われた俺は長机の周囲を回り、魔法瓶に入れていた紅茶を一人一人に注いで回った。石山さんのカップのまわりを持っていた布巾でさりげなく拭くと、石山さんは顔を上げた。

その間に智はナイフを出し、隅の机に積んであった取り皿にタルト・タタンを切り分けていく。

「こちら、桃のタルト・タタンでございます。桃は鮮度第一に考え、地場産のものを使用いたしました」智は皿を配りながら、プリエールでお客さんに説明を求められた時のように話した。「こちらの石山さんのご厚意で、もぎたてのものを使用することができました。焼きたてをお召し上がりください」

俺は智の説明の邪魔にならないよう気をつけながらおかわりの紅茶を注ぎ、ホワイトボードの前に立っていた本田さんと的場さんに席をすすめた。

本田さんは単純に喜んだ。「おいしそうですねえ。僕もいただいていいんですか」

智は笑顔で頷いた。「はい。どうぞお召し上がりください」

「ちょっと、これ」佐藤さんは目の前に皿が置かれても、フォークに手を伸ばそうともしない。「やめてよ。ここの桃なんて」

智は笑顔で言った。「検査を通過したものですので、ご安心ください」

「でも」須之内さんも何か言いかけたが、智の笑顔を見てばつが悪そうに俯き、ちらりと隣の佐藤さんを窺った。

「うわ、おいしいですねこれ」いち早く頬張った本田さんが満面の笑みを見せて言う。

「この桃がまた、うまい」

「酸味強めで、甘い生地に合いますね」的場さんも笑顔で頷く。「タルト用の品種なんでしょうか」

「滝の沢ゴールドという品種だそうです。タルトのレシピをご説明して、そちらの石山さんに選んでいただきました」

智が石山さんを手で示す。石山さんはややあたふたと的場さんの方を見て、ああ、と言った。「……今年は日当たりがよかったから」

俺も失礼して自分の分を切り分けると、席に着いてフォークを持った。桃のタルトは普段出していないが、ここが智の勘のよさなのか、甘さと酸味のバランスは絶妙だった。焼きたての生地のサクサク感と、桃のジューシーな柔らかさもいい。「……うん。うまい」

食べながら佐藤さんらの方を窺うと、佐藤さんも須之内さんも手をつけていなかった。だが、隣にいた須之内さんの御主人が横の妻を気にしながらも、ひょい、と手を伸ばしてフォークを取り、タルト・タタンを一口頬張った。「……ん、うまいなこれ」

隣の須之内さんが、ちょっと、と言ってつついたが、本人も目の前のタルトが気になるらしく、ちらちら見ている。須之内さんは困ったように視線を上げ、智を見たが、智は真剣な眼差しで彼女を見つめていた。

たちまち須之内さんは顔を赤らめ、おずおずとフォークを取り、タルトの切れ端を口に入れた。最初は桃の乗っていない生地の部分だけだったが、そのうち我慢できなくなったのか、桃ごと切って頬張った。

「……ほんと、おいしいわ」

それで隣の佐藤さんも陥落したらしい。わざとやけっぱちな風を装って、ピースにフォークを刺してそのままかぶりついた。

それを見ていた石山さんがフォークを静かに置き、また目元を拭った。

タルト・タタン

砂糖とバターで炒めてキャラメリゼした果物の上から、タルト生地を被せて作る焼き菓子。リンゴのものが主流だが、桃で作られることもある。通常のタルトと違い、焼いた後にひっくり返し、果物が上に出る形になる。

このお菓子の発祥は少し変わっており、一八九〇年頃、フランスのラモット・ブーヴロンという町でホテル兼食堂の「オテル・タタン」を営んでいた姉妹の失敗から発明されたお菓子であるとされる。慌て者の姉ステファニーが忙しさのあまり、リンゴのタルトを作る時に、型に生地を入れるのを忘れてリンゴだけをオーブンに入れてしまった。リンゴが煮え始めたところでそのことに気付いた妹のカロリーヌが機転を利かせ、上から生地を被せてひっくり返し、客に出した。これが思いのほか好評で、以後この店の看板商品になったのだという。「タタン」の名はこのエピソードに由来する。

9

招いた四名と科研調査センターの本田さんが帰った夕方の会議室で、俺たちはどっかりと椅子に座っていた。緊張から解き放たれた反動で、まだしばらくは動く気になれない。

傾いた日差しが窓から入り、空の皿とティーカップが並んだ会議室を黄色く染めている。

「……これで、よかったのかな」智が、自問するふうに呟く。

「……やれやれだな」

結局、佐藤さんや須之内さんは、石山さんと一言も言葉を交わさなかったし、目を合わせようともしなかった。まあ、あれほど揉めていて、そもそも根本的に考え方が違う両者が、タルト一つですっぱりと仲直り、とはいかないだろう。佐藤さんと須之内さんだって、智が懇願する目で見ていなければ……あるいは智が美形でなかったら、そもそもタルト自体に手をつけてはくれなかっただろうな、と思う。弟に言うつもりはないが。

だが、須之内さんの御主人は部屋を出る時、こっそり石山さんに会釈していたし、なんだかんだ言って佐藤さんと須之内さんも、タルトは全部平らげているのだ。石山さんの方も須之内さんの御主人に会釈を返していた。

「……でもきっと、少しくらいは対話の余地ができたかもしれません」的場さんが言う。まあ、決して希望的観測ではないだろう。「タルト、おいしかったなあ」

「プリエールに戻れば、いつでもお出しします」智は彼女を見た。

「ありがとうございます」的場さんは微笑んだ。

雲が通りすぎたのか、静かな会議室がふっと暗くなり、また明るくなった。

「……智さん、こんなことを考えていたんですね。桃、と言うから、何かと思いましたけど」的場さんはぽつりと言った。「私は事件のことしか考えてなかったのに。……優しいんですね」

智はそれを聞くと、いえ、ともごもご言って俯いた。

「そうですよう。惣司警部なら、何を話しても受け止めてくれるっすよ」

いきなり声がした。入口の方を振り返ると、スーツ姿の直ちゃんがドアを開けて入ってきたところだった。また音を殺して登場したらしい。

「直ちゃん、どこ行ってたの」そういえば彼女は、公民館に着いたあたりで何やら電話をしながらいなくなってしまったのだった。

「警察庁経由でちょっと、調べものをしてたんすよ。過去の、ある事件について」笑顔で入ってきた直ちゃんは、的場さんの座る椅子の横に来ると、すっと真剣な顔になり、彼女を見た。

「……ですからもう、遠慮しないでいいと思いますよ」

直ちゃんの言っていることが分からず、俺は智を見た。智も分からないようで、訝しげに彼女を見ている。

的場さんも困惑している様子で直ちゃんを見上げた。「……あの、直井さん？」

「莉子さん、惣司警部に話したいことがあるっすよね？　ずっと前から」

的場さんは、はっとした顔になって目をそらした。「いえ、そんな……」

直ちゃんは一歩、横に動き、陽だまりの中に入った。

「そろそろ、話してみてはいかがですか？　的場莉子さん。いえ……」直ちゃんは陽だまりの中で微笑み、言った。「……御法川《みのりかわ》、莉子さん」

第4話

最後は、甘い解決を

1

直ちゃんが何と言ったのか、最初は聞き取れなかった。的場さんを、違う名前で呼んだのだろうか。どういうことだろう。

「直井さん、状況を説明して」俺より先に智が訊いた。

「言った通りっすよ。莉子さんの本名は的場じゃなくて、御法川なんです。『的場』は母方の姓ですね」直ちゃんは的場さんを一瞥した。責めているような視線ではなかった。

「ただ、別にやましいことがあって本名を隠していたわけじゃないんです。むしろ、無理もない、って感じでして」

「直井さん」

的場さんは直ちゃんを見上げたが、それだけで、何も言わずにまた視線を落とした。

「莉子さん。私は別に、怒ってるわけじゃないすよ」直ちゃんは的場さん（いや、御法川さんなのか？）の隣の椅子に腰を下ろした。「ただ、もどかしいだけです。いいかげん遠慮するのはやめて、惣司警部に打ち明けたらどうですか？」

的場さんは直ちゃんの方を見ない。「……何のことですか」

直ちゃんは彼女を見てなんとなく、期待はずれ、というような表情になった。

「直ちゃん、どういうこと？」的場さんからすれば隠しておきたい何かがあるらしいが、俺は訊かずにはいられなかった。「的場さんの本名が……『御法川』？　なんでそれ知ってるの？」

「なんとなく気になってたんで」直ちゃんはテーブルクロスのかかった長机に肘を置き、頬杖をついた。「まあ調べたっていうか、調べてもらったんすよ。県警本部では分からなかったっスけど、警察庁《サッチョウ》経由で他県警の記録見てもらったら、残ってたんで」

智の表情が厳しくなった。警察庁ということは、何か事件絡みなのだ。それも、おそらくは重大な。

「前から、ちょっと気になってたんすよね。例えば、手嶋慎也の事件の時」直ちゃんは目の前に置かれていたカップの縁を指でくるくる撫で始めた。「莉子さん、きっちりした性格なのに、あの事件の時はどうしてあんなにすんなりと、関わっている事件のこと話したのかなって。それに、惣司警部が動くとなったら、妙に素直に頼ったな、って」

そう言われ、俺も手嶋慎也の事件の時を思い出した。確かに普段の彼女は、そうすんなりと他人に頼るふうには見えないが。

「でも智のあれ見せられたら、誰でもつい当てにしたくなるだろ？」君のとこの本部長だってそうじゃないか、と言いかけてやめる。

「そうなんすけどね。でも今回、傍《はた》から見ててちょっと」直ちゃんはカップに視線を落としたまま言った。「……莉子さん、惣司警部に何を遠慮してるんすか？」

「いえ……そんな」的場さんは身を守るように体を縮めた。

「それで、なんとなく思ったんすよ。莉子さんはなんか事情があって、惣司警部のこと、迷ってるんじゃないかって」

西向原《ここ》に来た日の夜にも直ちゃんがそんなことを言っていたな、と思い出す。的場さんは迷っている。では、一体何に迷っているのか。

智を見ると、俺同様に何かを思い出しているような顔をしていた。心当たりがあるのだろうか。

「プライバシーですから、本当は私が勝手にばらしちゃいけないんですけどね」

直ちゃんはそう言ったが、あまり気にしてはいないらしい。的場さんがそちらを見て言いかけるのにかぶせて続けた。「でも、黙っててもしんどい時間が続くだけだから言っちゃいますよ。莉子さんの本名は御法川莉子。二十年前に起こった『御法川法律事務所強盗殺人事件』の被害者御法川美佐子の娘です。父親は弁護士の御法川久雄。いわゆる町弁で、地元ではわりと顔の知れた人だったようですね」

智はそう言われても特に反応せず、注意深く観察するような目で直ちゃんを見ている。

直ちゃんの方はそこで一拍置き、喋る許可を求める様子で的場さんに視線を送った。だが的場さんが俯いたまま動かないのを見ると、俺と智の方を向いて再び話しだした。

「二十年前の九月七日夜八時五十分頃、弁護士・御法川久雄氏の経営する御法川法律事務所に拳銃を持った強盗が押し入ったんです。犯人は事務処理のため残っていた御法川弁護士の妻・美佐子さんに拳銃をつきつけ、事務所内の金庫を開けるよう要求。美佐子さんがそれを拒み、犯人に摑みかかったため犯人は発砲、美佐子さんはその場で死亡していま す」

「おい直ちゃん、ちょっと待った」俺は的場さんを見たが、彼女は沈黙している。話の内容を聞いてショックを受けたような様子はなく、どちらかというと叱られながら弁解を考えている子供のような様子だった。

「犯人はその後、金庫には手を出していませんが、机の中にあった現金約二十万円を盗《と》って逃走しています。現場には当時六歳になる娘の莉子さんもいましたが、保護された時、彼女は無傷でした。御法川家の自宅は事務所のあるビルの向かいだったので、美佐子さんは仕事の間、娘を事務所に連れてきていたんですね。ここまでの話は、事件からしばらくして、回復した莉子さんが証言してくれたものです」

手持ち無沙汰なのか、直ちゃんはカップの縁を撫でたり、人差し指でとんとんと叩いたりしている。「現場に残された彼女を保護したのは隣に住む主婦の葛西和江《かさいかずえ》さんで、隣から妙な物音が聞こえてきたため様子を見にきたとのことです。ご近所さんなので、それまでも美佐子さんと、道端で立ち話程度はしていたそうですけど」

俺は直ちゃんの話を反芻《はんすう》して、はっとした。「現場にいた」――ということは、彼女は自分の母親が射殺されるところを目の前で見ていたのだ。

「直ちゃん、その話……」

「大丈夫っすよ」直ちゃんはカップの縁に、とん、と人差し指を置いた。「本当は莉子さんから惣司警部に、直接するつもりだったはずの話なんで」

「いや、でも」的場さんを見る。彼女は俯いたままだった。

直ちゃんは撫でていたカップを取った。当然それは空であり、彼女もそれに気付いて手を引っ込めた。俺はそれを見ても、立ち上がる気が起こらなかった。

「この事件の捜査は結局うまくいかなかったようです。葛西和江さんは犯人を見ていなかったということですし」直ちゃんは的場さんを見た。「莉子さんも後に証言していますが、犯人の外見的特徴については何も情報がありませんでした。覆面をしていて体格や年齢は不明。言葉を一言も発しなかったということからすると、外国人であった可能性もある。残った弾丸から、使用された拳銃は中国製のトカレフと分かったんですが、まあ当時、中国製のトカレフというのは暴力団経由でやたらと出回っていたんすよね。ヤクザでもないただのチンピラが持っていたり、その筋の人間が集まる場所に行って人待ち顔で立っている男に声をかければ、百万以内ですぐ調達してもらえたっていう状況でして。そうなると、拳銃から犯人を絞るのも難しかったみたいなんです」

的場さんは黙っていた。辛い話ではないのか、と思ったが、特に苦痛を覚えている様子はない。二十年も前の話であるからなのか、あるいは警察に何度も話をして、麻痺してしまっているのか。

だが俺には、黙って座っている的場さんの姿がなんだか、額縁の中にでも入ってしまったかのように遠く感じられた。彼女は生き残りだった。二十年前の強盗殺人事件の。

「……ただ、問題なのは、ここまででやっと半分、ってことです」

直ちゃんがそう言うと、的場さんは初めて反応した。「直井さん」

「本命はそちらじゃないですよね？」直ちゃんは的場さんの反応を予期していたようで、落ち着いて彼女に尋ねた。「七年前の方は、自分で説明しますか？」

的場さんは黙ったまま、直ちゃんの視線から逃げるように顔をそむけた。

「七年前の方……？」智が訊いた。

「二十年前の事件の後、御法川家は葛西家と一緒に引っ越しています。近所の人間も証言していますが、葛西和江さんは母親を亡くした莉子さんを心配し、身のまわりの世話をしたり夕食に招いたりして、自分の子供たちと同じように可愛がっていたとのことです。それで自分たちが転居する際、一緒に近所に来てはどうか、と話しあったようですね。御法川法律事務所の方はそう簡単には移転できなかったということらしく、父親である御法川久雄氏は、三十分ほどかけて新しい自宅から以前のままの場所にある事務所に通うようになったのですが、御法川・葛西両家は事件のあった町から少し離れたところで、新しい生活を始めた」

直ちゃんは、少しだけ厳しい表情になった。「それから十三年後……七年前に、二度目の事件が起きたんです」

「二度目……？」

どういうことだ、と思い、思わず訊き返した俺は、俯いている的場さんを見て、正体の分からないぞっとする感触が背中を走るのを感じた。……まさか。

「七年前のちょうど今頃です。当時、北海道の大学にいた莉子さんは帰省していて、その他にも御法川氏と葛西夫婦の他に、和江さんの息子の誠也《せいや》さんと、その娘の瑞希《みずき》ちゃんも、葛西家に集まって庭で花火をしていたそうです。そこで事件が起こった」

本心を言えば、俺は「もうやめてくれ」と言いたかった。二十年前に母親を殺された的場さんの身に、また事件が起こったというのだろうか。だが口には出せなかった。話すのをやめてもらったところで、起こったことが変わるわけではないのだ。

直ちゃんは俺と智と、俯いている的場さんを交互に見た。話してもいいですね、と確かめる様子だった。

「他の五人が庭に出て花火をしている間、一人で台所に残って夕食の準備をしていた葛西和江さんが、何者かに殺害されたんです。いえ……」直ちゃんは長机の上に置いている手を握った。「何者か、というほど犯人の正体が分からないわけではないです。凶器は拳銃で、現場に残っていた弾丸は、二十年前、御法川美佐子さんを殺害した銃から発射されたことが判明しました。近所の側溝から発見された拳銃とそれぞれの弾丸の線条痕《せんじょうこん》が一致したので、間違いのない事実です」

直ちゃんは、そこで言葉を切った。

それまではひと仕事終わった後の心地よい弛緩《しかん》に満たされていたはずの小会議室には、いつの間にか薄暗く停止する空気が流れていた。空のカップと皿も、フォークとナイフも、かちかちと遠慮がちに動く壁の時計も、沈痛な雰囲気で窓からの日差しに照らされている。

俺は直ちゃんの話から受けた衝撃で息苦しくなりながら、なんとかそれを咀嚼《そしゃく》しようと考えていた。

……同一犯。二十年前に強盗に入り、的場さんの母親を殺した犯人がその十三年の後、再びやってきた。そして今度は葛西和江さんを殺した。葛西和江さんは、母親を亡くした莉子さんを心配し、自分の子供たちと同じように可愛がっていた。

……つまり的場さんは、可愛がってくれる人をまた殺された。

「そんな」ひどい、とか、あんまりだ、とかいう台詞が出かかったが、息が詰まったようになって、声にはならなかった。どんな言い方をしても軽すぎる気がした。「……なんで、そんな」

的場さんが俯いたまま、しかし、しっかりとした声で言った。

「七年前の事件では、盗られた物は何もありませんでした。つまり犯人は、和江おばさんを狙っていた、ということになります」

的場さんは顔を上げた。表情はなかったが、顔色を悪くしているわけでもなかった。

「理由はよく分かりません。動機としてあり得るのは二十年前の強殺事件だけ。……だとすれば、その関連で何か、和江おばさんにあったのかもしれません。たとえば強殺事件の時、最初に現場に駆けつけたおばさんは、何かを見ていたのかもしれません」

俺は的場さん本人が説明を引き継いだことに驚いていたが、彼女はどうやら、俺たちのことを気遣って自分から口を開いたのだ、ということが、表情から分かった。他人事《ひとごと》のように、感情を交えずに話しているのもわざとだろう。

「でも、その『何か』が何なのかは分からないままです。二十年前も七年前も、現場の周辺はくまなく捜索されたそうですが、凶器以外には遺留品も目撃情報も出なかった。指紋もです」直ちゃんが言い、智に視線を送った。「どちらの事件も未解決のままなんですよ」

智は直ちゃんの視線を受け止め、それから、ゆっくりと的場さんに視線を移した。直ちゃんが言わんとしていること、的場さんが言いだしたくても言いだせなかったらしきことが、弟にはすでに察しがついているらしい。

「でも、智さん」的場さんは智を見たが、まともに目を合わせることはできないのか、すぐに少し、顔を俯けた。「私は……私はただ、プリエールでお茶を飲んで、のんびりしたかっただけです」

ただそれだけ――的場さんはそう言った。ただそれだけであって、智に事件の解決を期待していたわけではない、と。

俺は彼女の迷いが分かった気がした。春に香田沙穂さんから依頼された事件を、智がプリエールに居ながらにして解いたことは、俺も直ちゃんも彼女に伝えている。その時点で、的場さんはもしかしたら、と思ったのだろう。そしてそこで手嶋慎也の事件が起こった。彼女は心のどこかで期待したのだ。智なら解決してくれるのではないか、と。いや、期待したというほどではなかったのかもしれない。手嶋慎也の事件に関しては、直ちゃんの方がかなり強引に智を絡ませたところがあるから、的場さんとしては、普段よりついガードが緩くなってしまって、事件の話をしてしまった、という程度だっただろう。

だが智は本当に解決してしまった。香田沙穂の事件同様、店から動かずに。

未解決の事件――それも母親と、「母親のように可愛がってくれた人」を死なせた事件を抱えている彼女は、考えずにはいられなかっただろう。智なら、もしかしたらこの事件も解決してくれるのではないか、と。

だが的場さんには、そのことを智に話す踏ん切りがつかなかったのだろう。もともと真面目な人であるし、他人に頼るのは得意でないようにも見える。それに。

「事件のことで惣司警部を頼る――というのが、ずるく思えたんですよね」

直ちゃんがそう言うと、的場さんは俯いたまま何か呟いた。声が小さすぎて、何と言ったのかは聞き取れなかった。

おそらくは、直ちゃんの言った通りだ。俺から見ても、的場さんが智のことを憎からず思っているのは分かる。それと同時に、その洞察力に感嘆していることも。

だからかえって、彼女は動けなかったのだろう。事件の相談をして、それをきっかけに智と親しくなる、というのは、ずるいような気がしたのかもしれない。事件を口実にして親しくなる。あるいは、親しくなりたいから、という気持ちを言い訳にして事件解決を頼む。確かに、どちらであっても、どことなくずるい気はする。

「真面目っすねえ」直ちゃんはいつもの軽い言い方に戻った。「県警《ウチ》の捜査課に早瀬《はやせ》さんって人がいるんすけど、この人、交番勤務時代にストーカーの相談してきた人と結婚しちゃってますよ？　しかも二回目以降の相談は全部狂言で、話しかけたくて嘘ついたんですって、嫁さんが披露宴で話してました」

「ひどいなそれ」しかし、本人たちが納得しているならいいのかもしれない。

「事件を解決したいって気持ちも、惣司警部への気持ちも」言い方が恥ずかしいのか、直ちゃんはなぜか自分が赤くなっている。「どっちも真剣だからそうやって悩むんじゃないすか。やましいことじゃないっすよ別に」

「そんな」的場さんはか細い声で、抗議らしきものをした。「そんな、そういうわけじゃ……」

「いえ、分かりました」

はっきりとそう言ったのは智だった。俯いていた的場さんが窺うように視線を上げる。

智はそれをまっすぐに受け止めて、彼女に言った。

「どちらも迷宮入りしている事件です。僕一人が関わったところでどうにかなる可能性は低い。……でも、調べてみます」

的場さんは困ったように言った。「……いいんですか?」

「難しい事件かもしれません。でも……」智は彼女を見た。

それから、普段からは考えられないような、しっかりとした口調で言った。

「……解決します。あなたのために」

2

子供の頃から、智は安請け合いというものをしなかった。能力はあるくせに「自分ならできる」という言い方は絶対にせず、「だめかもしれないけど」と断ってから動く性格だった。もともと臆病で、他人の期待を裏切ることをひどく恐れていたせいでもあるのだが、不確実なことは不確実だとはっきり言うべきだ、という頑《かたく》なところがあったのである。

その智が「解決します」と言った。「あなたのために」とも。

そうなれば、俺も黙っているわけにはいかなかった。もとより俺はただの喫茶店の店主であり、智や直ちゃんは言うに及ばず、的場さんと比べても完全な素人なのだが、それでも智の手伝いぐらいはできるだろう。そう思って、俺も手伝うと伝えた。それから、どうせならと思い、「今日はまだ仕事中なんで」と言って退散する直ちゃんを、送る、と言って追いかけた。的場さんと智を二人きりで残すと空気が固くなりそうなので少し気がかりではあったのだが、直ちゃんに話しておかなければならないこともあった。

コミュニティセンターの玄関から出ると、八月の大気はまだ息苦しいほどに暑かった。日が傾きかけているとはいえ、アスファルトから立ちのぼる熱気で、立ち止まると汗が出た。

捜査車両に向かう直ちゃんに声をかける。「ずいぶん、急いで帰るね」

秘書室勤務は通常の公務員同様に土日が休みだと聞いているが、彼女の場合は平日でもプリエールでぐったりしていることがある一方、土日でもスーツで現れたりするから、一体いつ休んでいつ働いているのかはっきりしない。

「今日、まだ仕事あるんで」直ちゃんは乗ってきた捜査車両のドアを開け、中の熱気を出すつもりなのか、ばたばたと扇ぐように開閉させている。「……ただ見送りに来てくれたわけじゃないっすよね。何の話っすか？」

「さっきの話だよ」暑いので、襟元のボタンをもう一つ外した。「当然だけど、君にも手伝ってもらうから」

直ちゃんはそう聞くとドアを動かすのをやめ、くい、と首をかしげた。

「今回は、そこがちょっと……」

「他県の事件だから、警察官として首をつっこむわけにはいかない？」

「すいません」直ちゃんはドアの縁《へり》につかまって肩を落とした。「他県に旅行にいくだけでも届出が必要なくらいなんすよ。私、今回は管轄外だし、たいしたお手伝いはできないっすよ」

その事情は分かる。彼女はあくまでこの県の地方公務員なのだし、これまで事件を持ってきたのは、それが県警の仕事だったからだ。今こうしてここに来ているのも西向原市の事件の後処理ということになるが、それ以降のあれこれは私用で、ただ単に個人的に的場さんにハッパをかけたかっただけなのだろう。だから彼女が的場さんの事件に関わるとしたら、当然それも完全なる私用になる。だが。

「悪いけど、無理にでも手伝ってもらいたいところなんだ。事件を調べるとなると、鑑識結果とか、いろいろ警察の捜査情報が必要になる」いくら智でも、それすらなしに事件を解決することは難しいはずだった。「それに、直ちゃんがいると捜査のやり易さが段違いだし」

「うおっ、そう……っすか」直ちゃんは背筋を伸ばしてのけぞり、なぜか非常に照れた様子で顔を赤くし、手で払う仕草をした。「いやあ、そんな……そんなふうに言っていただけると。へっへっへ。嬉しいっすね。むへへへへ」

もう少し可愛らしく笑えないのかと思うが、直ちゃんは本当に嬉しがっているらしく、車の屋根を撫でまわし「あちっ」などと一人でやっている。

「しかしっすねえ、嬉しいんすけど……」

「本部長に言っておいてよ。西向原市の件に関しては報酬はいらない。そのかわり警察庁経由で的場さんの事件について情報が欲しいし、解決するまでの間は適宜、直井巡査を貸してほしいって」

「……ううむ、いや、それは」直ちゃんは車のドアに額を当てて唸った。「嬉しいんすけど無理です。嬉しいんすけど」

「その無理を言ってるんだ」俺は財布を出し、この間もらった偽名刺を抜いて彼女に見せた。「それなら、本部長にこう伝えて。『拒否しても構わないが、その場合、これまで退職者をいいように使い、捜査官に偽造名刺まで持たせて非合法の捜査をしたことに関し説明を求めるため、警察庁に行くことになる』

「うわ」直ちゃんはびくりとして背筋を伸ばし、気をつけの姿勢になった。「……県警本部長を脅迫するつもりっすか」

「脅迫？ 何のことか分からないね」俺は名刺をしまった。「いち納税者として、説明を求めるだけだよ」

直ちゃんは面食らったような顔で口を開けていたが、少しすると斜め下を見て唸り始め、最後には、くくく、と肩を震わせて笑った。「……悪っすねえ。みのるさん」

「お互い様だろ」

「本部長には、今言った通りに伝えていいんすね？」直ちゃんはまだ、くくく、と笑っている。「……まあ、もしかしたらうちの本部長、大喜びするかもしれないっすけどね」

直ちゃんの話を聞く限りでは、どちらかというとその可能性の方が大きい気がした。

西向原市からプリエールに戻った後、夜に直ちゃんから電話があった。本部長に話をしたら、思った通り、うははいい度胸じゃ祈り屋[*11]そちも悪よのう、という顔で笑った（彼女の説明では）とのことであるが、とにかくこちらの要求は通ったようだった。

捜査を急ぐべき事件ではなかったが、のらりくらりと片手間にやることもできない。智が「まず的場さんのお父さんに会いたい」と言うので、的場さんに相談し、プリエールの定休日に御法川久雄弁護士にアポイントをとってもらった。彼女によれば、父・久雄氏の他、夜であれば叔父の靖男《やすお》氏も来てくれるとのことである。靖男氏は事件発生後に現場に着いたらしいが、七年前の現場を見ている。久雄氏と同時に会えるのは好都合だった。隣の県であるから会いにいくのにさほどの手間はかからなかったが、彼女は実家にはほとんど帰っていなかったようで、一晩くらい泊まっていけと強く言われ、そうすることにしたらしい。

御法川家と葛西家は一人の人間によって二度転居を迫られた、ということになるのだろう。二十年前の強盗殺人の後、事件の記憶を遠ざけるべく転居した両家の人間は、転居した先で葛西和江さんを殺害され、再び転居を余儀なくされた。事件後、和江さんの夫である龍之介《りゅうのすけ》氏は、息子夫婦と孫の住む家に呼び寄せられ一緒に暮らしているという。こちらにもいずれ訪ねる必要があったが、飛行機で行く必要のある遠方であり、店のことを考えるとスケジュール調整が難儀しそうだった。一方、御法川久雄氏は再び事務所に通える

＊11　プリエール（priere）＝「（仏語）祈り」。

範囲で転居しただけで、まだ隣県にいるので、訪問するのはそう大変ではない。

三番目の御法川家となっているのはまだ築年数の浅いマンションだった。駅から遠い分広さがあり、オートロックやEV充電設備つきの駐車場が揃った現代的な建物である。俺は直ちゃんの運転する車の助手席から、おもちゃのようなキューブ状をしたそのマンションを見上げ、なんとなく納得した。このマンションには「過去」がない。指向しているのは未来だ。妻を喪《うしな》い、親身になってくれた近所の女性も殺されてしまった久雄氏は、そういう場所に移りたかったのかもしれない。

御法川家は最上階にあり、的場さんが玄関のチャイムを押すと、すぐにドアが開いて初老の男性が出てきた。顔かたちのどこが似ているというわけではなかったが、全体に纏《まと》った知的な雰囲気と、眉間に刻まれた皺が的場さんを見てすっと消えたところから、すぐにこの人が御法川久雄氏だと分かった。

「ただいま」この家にはさほど馴染みがないであろう的場さんは父親にそう言った。久雄氏も「おかえり」と微笑んで、それから神妙な顔で後ろの俺たち三人に会釈した。「莉子から話は聞いています。わざわざ、ありがとうございます」

「おお、莉子ちゃん久しぶり」開け放されたままのリビングのドアから、久雄氏によく似た男性がひょい、と顔をのぞかせた。「あれ、また背が伸びたかい」

「もうそんな歳じゃないよ」

「ああ、後ろのが例の彼氏か。どっちだい」

「そうじゃないってば」

　的場さんは苦笑しつつも、智を気にしてちらりと振り返った。

「ああ、そっちかい」靖男氏は智を見て腕を組み、頷いた。「おおっ。イケメンだなあ。うん。そっちの方が背が高いな」

「叔父さん、もう」的場さんは困った様子で肩をすくめる。そういえば、敬語でなく話す彼女を見たのは初めてだった。

　隣の智を見ると、なんとなく居心地悪そうにしていた。俺が弟に身長で抜かれたのは、弟が高校一年の時だった。その当時は正直なところかなり悔しかったのだが、今ではもう慣れてしまい、逆に智の方がすまなさそうな顔をする。

「まあ、上がってもらいなさい」久雄氏はスリッパを並べてくれる。「夕飯は食べてきたんだね？　冷蔵庫にお前の好きなモンブランがあるから、出してきなさい」

「ありがと」

　家族の会話だな、と思いながら、的場さんに続いて玄関に上がった。奥の部屋のドアが開いていて、カバーのかけてあるアップライトピアノが置いてあるのが見えた。的場さんが以前、プリエールでピアノを弾いた時、実家にピアノがあると言っていたことを思い出す。

それと同時にもう一つ思い出した。的場さんはあの後、「父が喜ぶので」弾く、と言っていた。その意味がようやく分かった。あのピアノはたぶん、亡くなった母の美佐子さんも弾いていたのだろう。

ピアノを見ながら突っ立っていると、後ろから直ちゃんにつつかれた。「みのるさん、どうしたんスか」

「……いや、何でもない」

あまり感傷的になってもいいことがない。俺は深呼吸した。他人の家のにおいがした。

飾り気のないダイニングには椅子四脚の他に書斎から出してきたらしき肘掛《ひじかけ》椅子も並んでおり、そういえば独り暮らしの家に四人で訪ねたらこうなるよな、と俺は少し反省した。

しかし失礼とは知りつつもつい部屋を見回してしまう。

ダイニングテーブルはいわゆるホームセンターなら全国どこにでも置いてあるようなものので、閉じられているカーテンも、続くリビングに敷かれたカーペットもそうだった。家具調度を厳選した様子はなく、ただ単に「必要だから一式揃えた」だけなのだとすぐに分かる家だったが、実質的に独居であるにもかかわらず、部屋数だけは家族向けに2LDK

ある、ということがなんとなく切なかった。リビングの隅に仏壇があり、俺は持参した花を示し、皆で先に線香をあげさせてもらった。ちり一つなく掃除された仏壇の中で笑う御法川美佐子さんは、なるほど親子だ、と一目で分かるほど的場さんによく似ていた。

その間に久雄氏と靖男氏がモンブランとコーヒーを出してくれていた。直ちゃんが「惣司兄弟とは逆っすね」と呟いたのは、兄の久雄氏がお菓子を、弟の靖男氏が飲み物を出したからだろう。

しかし智は、それらには挨拶程度に手をつけただけで、すぐに切りだした。

「せっかくお時間をいただいたのに、こんな話をして申し訳ありませんが、七年前の事件について、事件時の状況をお話しいただきたいのですが」

智の雰囲気が変化した。普段は雪景色のように静かで儚《はかな》げな空気を纏っているところに、すらりと日本刀の刃《やいば》が現れる。これまでの事件でも、弟がこういう鋭い表情をすることはあったが、それは推理をし、最終的な判断を下す時だけだった。だが今回は最初からこれだ。あるいはこれが、弟の本気か。

俺たち兄弟と御法川両氏の間をとりもつように斜め前に座った的場さんも、そのことに気付いたらしい。驚くべきことにすでに三分の二ほども欠けているモンブランにフォークを刺したまま智の顔を見て、恐れるように動きを止めていた。そういえば彼女は、この状態の智をしっかりと見るのは初めてかもしれない。

「警察にも何度も話したからね。まだ、わりと細かく覚えている」

先に口を開いたのは叔父の靖男氏だった。

「あの家にいた頃は、葛西さん家《ち》は兄貴の家のすぐ近くだったからね。毎年、お盆には俺と、葛西さんとこの息子の誠也君と、孫の瑞希ちゃんが来ていた。瑞希ちゃんは莉子お姉ちゃんと一緒に庭で花火をするのを楽しみにしていてね」

当時の瑞希ちゃんを思い出したのか、的場さんがかすかに口許を緩めた。

靖男氏は言う。

「和江さんは皆が花火をしている間、一人で家の中にいた。だいたい毎年そうだったが、夕食の準備をしてくれていてね……」靖男氏は本人に気付かれない程度の一瞬、的場さんの表情を確かめるように窺った。「俺は仕事で遅くなって、着いたのは事件発生のすぐ後だった。莉子ちゃんと、誠也君と、葛西さん――和江さんとこの御主人の、龍之介さんだが――三人が、何か話しながら、庭の掃き出し窓から中に上がったところだった。俺もついていって、最初は台所に和江さんがいないから、おかしいと思ったんだが……」

靖男氏はそこで続けるのを躊躇ったようだったが、的場さんがあとを継いで話した。

「和江おばさんの遺体はなぜか、お風呂場にありました。後ろから、頭部と背中を撃たれていて……浴槽の栓が抜かれていて、水が少し残っていました。血で真っ赤で……」

「ああ」靖男氏は的場さんが落ち着いて話したことに少し驚いた様子で眉を上げたが、すぐに当時のことを思い出したようで、彼女に言った。「……あの時は莉子ちゃんが、一番落ち着いていたな。混乱する誠也君をリビングに戻して、龍之介さんにも、中には入るな、と」

「靖男叔父さんが警察を呼んでくれたんだよね」

「……そうだったな。莉子ちゃんは、龍之介さんが『風呂場を見せろ』と言うのを押さえてくれていた」

的場さんが頷き、続きを言った。「靖男叔父さんはリビングで、誠也さんと龍之介さんを見ていてくれて……私は二階に行きました。物音がした気がしたんです」

靖男氏は頭を掻いた。「いま思うと、ついていかなきゃいけなかったなあ、って思うんだけど」

本当に二階から物音がしたなら、銃を持った犯人と鉢合わせする可能性があった。だが、いきなり殺人事件を目の当たりにしたような状況では、そこまで冷静な判断は求めえなかっただろう。一人で上がっていったあたり、的場さんもあまり冷静ではなかったといえる。

智は的場さんに視線を移して訊いた。「二階には？」

「誰もいませんでした」的場さんは首を振った。「ただ、なぜか寝室の窓が開いていて……網戸も開いていました。私は、犯人がここにいた、と思うと怖くなって、すぐ一階に戻りました」

「俺も動転していたな。莉子ちゃんの下りてくる足音を聞いた時、犯人か、と思って震え上がったくらいだ」靖男氏はその時の自分を思い出したか、軽く苦笑してみせた。「莉子ちゃんは勇気があるな。落ち着いていて、救急車の誘導をしに出ていったくらいだ」

「ううん。あれ、違うの」的場さんは首を振った。「私も怖かったの。まだ家のまわりに犯人がいる気がした。……たぶん、現場から離れる口実が欲しかったんだと思う」

本人はああ言っているが、おそらく彼女は、その場の誰よりも落ち着いていたのだろう。そうは思ったが、口には出さなかった。的場さんが落ち着いていられたのは明らかに、以前、母親を殺された経験があるからなのだ。

的場さんと靖男氏が黙ると、智は直ちゃんを見た。「犯人は、二階にも侵入していた？」

「そうみたいっすね」直ちゃんが手帳のページをめくった。「寝室のカーペットからは靴痕が出てます。お風呂場のマットに残ったものと一緒で、間違いなく犯人のものです。ただ、痕が薄くてサイズやメーカーまで分からなかったのが残念なんすけど」

「逃走経路は二階から？」

「いえ、逃走の痕跡は二階にはなかったみたいっすね。隣の家は距離的にはまあ接近してるんすけど、飛び移るのはジャッキー・チェンレベルでないと不可能だそうで」まさか報告書にそんな表現で書かれていたわけではあるまいが、直ちゃんは手帳を見ながら言った。「物色した跡もなかったらしいので、『二階から逃走しようとしたけど、隣が遠すぎて諦めた』ってことらしいっすね。犯人は一旦二階に上がり、窓を開けてからまた一階に降りて、最初に侵入した台所の勝手口からまた出ていったものとみられるそうです」

「なんか妙だな」

俺はついそう言ってしまい、全員の視線がさっと集まって少し焦った。「いえ、なんとなく」

だが智も言った。「僕もそう思う。勝手口から入った犯人が一度、二階の窓から逃げようとした、というのは……」

直ちゃんは手帳と智を見比べる。「変っすか？　裏の道んとこに通行人がいたのかもしれないっすけど」

常識的に考えればそうなる。犯人は勝手口から侵入して風呂場で和江さんを殺害、再び勝手口から逃走しようとしたが、通行人がいたか何かの理由で、二階の窓から出られないかと考えて二階に上がった。だが二階からの脱出は困難と分かり、結局勝手口から出る機会を窺って、そこから逃走した。

だが智は、視線をテーブルのケーキ皿あたりに据えて黙っている。

沈黙が続いたので、とりあえず俺は、モンブランにフォークを入れた。サツマイモのクリームを用いているが、舌に乗せると刺激の少ない上品な甘さが心地よかった。

智の方はフォークを持っただけで、今度は久雄氏に尋ねている。「現場には久雄さんもいましたね？　その時はどこに？」

「私は銃声は一つも聞いていない。ワインがあるのを忘れていてね。何分か前に葛西家を出て、自宅に戻っていたんだ。近くだったからすぐ戻れるはずだったが、玄関で近所の人に声をかけられて、つい話し込んでしまった」久雄氏は頭痛を覚えたような表情になった。「……サイレンが近付くのを聞いて、なんとなく嫌な予感がして戻ったんだ。結局、現場には警察とほぼ同時に着いた。何かあったのは分かったが、瑞希ちゃんと外にいてくれ、と言われて……」

靖男氏があぁ、と頷く。

久雄氏はふう、と溜め息をついて目を伏せた。「……靖男と莉子がしっかりしていたから、私の方が子供扱いだったよ。……私は、大事な時にいつも、その場にいない」

久雄氏はそう言い、痛みに耐えるような顔で沈黙した。

ダイニングは静かになった。的場さんは無表情でフォークを動かし、モンブランを平らげてコーヒーを飲んだ。

智が何やら黙ってしまったので、その後は俺が靖男氏と久雄氏に質問していたが、とりたてて手がかりになるような話はなかった。直ちゃんも当時の捜査資料をすでに集めてくれていて、手帳を繰りながら説明してくれたが、凶器は出たものの指紋なし、足跡痕は不鮮明、近所に不審者の目撃情報なし、という、運の悪い結果しか聞けなかった。

俺たちは泊まっていくという的場さんを残して御法川家を辞したが、久雄氏にはあらかじめ話しておいた通り、一緒に出てきてもらった。せっかくの定休日、これだけで帰るつもりはなく、二十年前の現場になった御法川法律事務所に行く予定だった。本当は的場さんにも同行してもらうべきだったのだろうが、直ちゃんによると父親の久雄氏が「それだけはやめてくれ」と反対したらしく、また智も、できればそれはしたくない、と言ったので、やめておいたのである。的場さん本人には二十年前の現場に行くことは伝えていなかったが、御法川家を辞する時の彼女の表情からすれば、俺たちが父親と一緒にどこに行くつもりなのかは、だいたい察しがついているだろう。久雄氏は、娘には自分が説明しておく、と言ってくれた。

七年前の事件の概要は聞けた。次は、二十年前の方だ。

御法川法律事務所は繁華街からやや離れた、商業用ビルと住宅の交じりあう地域にあった。ネオンサインなどが周囲にないため、光は時折通る車のヘッドライトと、ぽつぽつと灯る街路灯の明かりだけで、周囲の暗さと静けさに、車を降りた俺たちはなんとなく小声になった。それほど高級とも思えない三階建てのビルの二階。窓には「御法川法律事務所」の文字と電話番号だけが表示されており、その普通さと「事件現場」という言葉の組み合わせが妙に生々しい。

「……事件後、事務所を引っ越そうとは思いませんでしたか」今は明かりのついていない二階の窓を見上げ、智が久雄氏に尋ねた。

「しばらくは、仕事をどうしよう、などとは考えられませんでした。ここも放置したままでしたが」久雄氏も同じようにして、自分の事務所を見上げた。「……この仕事は、簡単に地域を移るわけにはいかないんです。その地域の顧客、その地域の仕事、というのがありますから」

久雄氏はそう言い、先に階段を上がっていった。一拍置いて智も続いた。

階段を上がってすぐのドアを開け、久雄氏が明かりをつけると、どこにでもある「ビルに入っている事務所」の光景が現れた。グレーの絨毯《じゅうたん》とアイボリーホワイトの壁。入ってすぐ横に傘立てがあり、受付のカウンターがある。当然ながら今は、事件のにおいは綺麗に掃除されている。

「受付横のそちらが待合室と相談室、カウンターの奥が執務《しつむ》スペースです」久雄氏は玄関に並んでいたスリッパをさっと履くと、ぱたぱたと音をたててカウンターの横を抜け、奥の執務スペースに入った。「考えてみれば、ここのレイアウトは当時のままです。この狭い物件ではこれ以外の配置ができないのでね」

久雄氏の後に続いてスリッパを借り、奥に入る。胸ぐらいの高さのパーティションで隠されたむこうに事務机とコピー機、デスクトップパソコンといった事務用品が配置されている。すべて新調されたもののように見えるが、当時のままのものも交じっているのだろうか。

俺は室内をぐるりと見回した。無機質な印象を与える室内だが、壁にかかっているカレンダーは大判の、子猫の写真が入っているもので、事務机の奥にあるテーブルにはユリの鉢植えが置かれている。隅の事務机の一つにもサボテンの鉢植えが置かれているから、おそらくこの席の人が気を遣って揃えたのだろう、と思った。

直ちゃんが玄関ドアを振り返った。「強盗は玄関から入ってきたんすよね」

「ええ」

久雄氏は静かな表情で事務所の備品を眺めている。

俺は玄関ドアを振り返り、それからカウンターの奥に金庫を見つけて少し緊張した。あの金庫も、当時の場所のままなのだろうか。絨毯や床材は新しくしているだろうが、的場さんの母親——美佐子さんが倒れていたのはどのあたりだろうか。

「事件のあった午後八時五十分頃、事務所には美佐子さんと莉子さんだけだった。事務員たちは帰っている時間ですけど、美佐子さんは事務作業でよく最後になることがあった」

直ちゃんを見ると、彼女は手帳を出していた。「……犯人がそれを知っていたのか、それとも複数人残っていても構わずに強盗をするつもりだったのかは、不明のままです。拳銃を持っていましたから、人が残っている可能性は考えていたと思われるんですけど」

「大金を置いていたわけではなかった」久雄氏は奥の金庫を見る。「あるいは、係争中の事件に関する証拠でも強奪に来たのかもしれません。そういうことがありそうな事件にもいくつか関わってはいましたので。……ですが、守秘義務を破ってまで警察に話したのに、捜査に進展はなかったようですね。まあ、どの事件かも分からないのでは仕方がなかったかもしれんが」

「申し訳ありません」直ちゃんが頭を下げた。私用であることは伝えてあったはずだが、それでも警察官としては、そうしないわけにはいかないのだろう。

「現金が盗られていたんだよね」俺は直ちゃんに訊いた。「警察は、ただの強盗だと考えたの？」

「一応、両方の線で捜査を進めたらしいですね。確かに現金もなくなっていたので」直ちゃんは傍の事務机を見下ろした。「机の引き出しがいくつか開けられていたようです。犯人はそのうちの一つから現金約二十万円を盗ってすぐに逃走。現場には莉子さんが残され、不審な物音を聞いたという和江さんが来たのはしばらく経ってからだそうです」

「私は警察から電話をもらって戻った。何があったのか、その電話では教えてくれなかったから、泥棒か何かに入られたかと思ったが……」久雄氏は横の事務机の椅子を引き、ぎし、と音をたてて座った。「下の、階段のところで話を聞いて……玄関に上がると、莉子がいた。手と服が真っ赤だったから、最初はぞっとした」

「莉子さんには、怪我《けが》はなかったそうですね」

「ああ。和江さんから、事件直後の様子を聞いた。……和江さんが入っていった時、すでに美佐子は死んでいた。左胸を撃たれて、即死だったということだからな。あの子は黙って、その傍らに膝をついていたそうだ。和江さんによれば、最初は何をしているのか分からなかったらしいが……」久雄氏は目を閉じた。「美佐子の状態を見てようやく分かった、と言っていた。……あの子はずっと、母親の傷口を押さえて止血しようとしていたらしい」

俺も思わず目を閉じた。だが目を閉じると、瞼《まぶた》の裏に、血まみれの母親と小さな女の子が浮かんだ。泣きもせず、唇を引き結んで、必死で血を止めようとしている、まだ六歳の女の子。

直ちゃんが呟いた。「……強い子だったんですね」

「今でも強い」久雄氏が目を開けて言った。「……私よりずっと強いだろうな、あの子は。母親譲りだ」

久雄氏はそこまで言うと、壁のどこかに視線を据えたまま、沈黙した。

「当時の和江さんの家は、隣だったね」智が口を開いた。「犯人の姿は見ていないんだね？」

「そのようで」直ちゃんは窓の方を振り返った。「事件当時は窓が開いていたんで、外に物音が聞こえたでしょうね。派手に銃声がしたはずですから、犯人が焦っていたのもわかります」

「その『物音』というのが気になる」智は床の一角に視線を落とした。あるいはそのあたりに美佐子さんが倒れていたのだろうか。「和江さんが聞いたのは、どんな音だった？」

直ちゃんは何か言いたそうに智を見たが、黙って手帳をめくった。「『最初は花火の音だと思ったが、その後、がたがたと何かを動かす音がして、普通ではない雰囲気だった』

……とのことですね。おそらく後の方の音は、犯人が事務所内を物色していた時の音かと」

「和江さんはそれを、どこにいて聞いたの?」

「庭だそうです。雨が降りそうだったので、鉢植えを中に入れようとしていたとのことで」答えた直ちゃんは手帳のページから視線を上げ、智を窺うように見た。

少し、間があった。外の道をトラックが通り過ぎたようで、エンジンの音が事務所の中に響いて、消えた。

「……莉子には、辛いことばかりがある」久雄氏は壁を見たまま言った。「あれ以来和江さんは、よく面倒を見てくれていた。私がいない時は葛西さんの家に莉子を置いてくれたし、誠也君と一緒に遊園地に連れていったり、運動会に弁当を作って持ってきてくれたこともある。莉子もよくなついていた。母親の代わりだったんだろう」

久雄氏はそこまで言うと、長く息を吐いた。

沈黙していた智がするりと踵を返し、大股で玄関に向かった。「失礼。少し、外を見てきます」

俺はとっさに後に続いた。靴を履きなおして玄関を出ると、智はばたばたと足音をたてて階段を下っていく。

「智」

「出入口はここしかない。犯人はこの階段から逃走した」

暗い階段に智の声が響く。俺は後を追って下に降り、智に続いて道に出た。

「おい」

智は隣の家を振り仰いだ。隣にあるのは以前、葛西家だった家だ。夜なのではっきりとは分からないが、ブロック塀越しに見える建物は新しいもののようで、おそらくは持ち主が代わる前後に建て替えられているのだろう。

智は手を伸ばし、隣の家のブロック塀に触れた。

「葛西和江さんは、この庭にいて物音を聞いた。そして、不審に思って事務所に行った」

それから俺を振り返った。「……兄さん、おかしいと思わない？」

「何が」

「犯人は事務所内を物色した。その音が外に漏れて、葛西和江さんが『がたがたと何かを動かす音』を聞いて不審に思った――というなら、和江さんは聞いた瞬間からずっと、事務所の方を注意して、窺っていたはずなんだ」智は首をめぐらせ、道の前後を見渡す。

「しかも犯人はすぐそこの出口から出て逃げていった。なのに和江さんは、どうして犯人の姿を見ていなかったんだろう？」

俺は今出てきたビルの入口を振り返り、それから隣の家を見た。ビルの入口から隣の家の門までは、十メートルといったところだろうか。

「反対側に逃げていったのかもしれない」俺はビルのむこうを見た。道の見通しはいいが、すぐ先に路地がある。「……目を離したちょっとの隙に出ていったなら、ありえないことじゃないだろう」

「本当にそうかな？……もし、そうじゃないとしたら？」智は言った。「いいか兄さん。葛西和江さんはここの事件の十三年後、家に押し入ってきた犯人に殺されてるんだ。事件後、すぐに引っ越したにもかかわらず、だよ」

「そういえば……」

俺もようやく気付いた。七年前の事件が葛西和江を狙ったものだとしたら、犯人は彼女の現住所をどうやって知ったのだ？　赤の他人の転居先など調べるのは困難だし、まして葛西和江は事件関係者だ。興信所などに依頼すれば断られるかもしれないし、それ以前に怪しまれて、警察に通報されてしまうかもしれない。

では、葛西和江の転居先を知っていて不自然でないのは。

それに気付いた俺は、さっきの智の発言の意味がようやく分かった。「おい、まさか」

「葛西和江さんは間違いなく、二十年前のここの事件が原因で殺されている」智はビルの二階を見上げた。今は白い光が窓から漏れている。「だとすれば、あの人は二十年前、ここで何かを見たんじゃないのか？　犯人にとって、非常に都合の悪い何かを」

「それって、つまり……」

「ご名答っすね。惣司警部」

ビルの玄関から声がして、手帳を広げた直ちゃんがひょい、と現れた。「やっぱり、惣司警部もそうお考えになるんですね」

「直ちゃん……」

「当時の捜査本部でも、一部の人間はそう考えたらしいんです」直ちゃんはこちらに来ると、手帳をぱたん、と閉じた。街路灯の光が逆光になり、シルエットになった彼女の表情は窺えない。「つまり二十年前の事件の時、葛西和江は、本当は犯人を見ていたのではないか。見ていたのに、そのことを警察には黙っていたのではないか」

「それなら、辻褄《つじつま》が合う」智が言った。「二十年前、葛西和江さんがそうしたのは、犯人が身近な人間だったから。……もしそうであるならば、犯人が十三年後、和江さんの居場所を知っていたことも説明がつく」

「まさか……」

俺は否定する理由を探そうとしたが、何も浮かばなかった。

智は直ちゃんを見た。「直井さん」

「はい」直ちゃんは心得た様子で頷いた。「惣司警部、みのるさん。葛西家の人間に会っていただきますよ。あと、七年前の現場も見ておくべきっすね。……お店のスケジュール、教えてくれますか」

※

教室中のみんなの目が、ぼくを見ていた。武田《たけだ》の横にはモリやんとイチノがいて、その横に学級委員の藤堂《とうどう》さんがいて、そのまわりにも白木《しらき》さんとか勝呂《すぐろ》君がいる。それから武田の側に担任の加田《かだ》先生がいる。みんながぼくを見ている。他の、席についている人もたぶん、みんなぼくを見ている。さっきから誰も喋らないし、騒ぐ人もいないから、教室は静かで、隣の一組が騒ぐ声や、がたがた椅子を動かす音が壁のむこうから聞こえてくる。

空気が固くて重い。誰も喋らない。みんな、ぼくが喋るのを待っている。たぶんぼくが一言「いいよ」と言うのを待っているのだと思う。ぼくがそう言って犯人の武田を許せば、この問題は終わりになるから。加田先生は帰りの会を始められるし、それが終われればみんな帰れるし、何よりこの重苦しい空気がなくなって、みんな好きに喋れるから。

でもぼくは、どうしても武田に「いいよ」と言うのが嫌だった。武田は絶対にわざとやったのに、ちゃんと謝ってない。さっき「ごめんなさい」って言ったのだって、こう言えばチャラだよね、っていう言い方だった。ぼくにはそれが分かった。それだけで済まされるなんて、許せない。ぼくの「SOL−I」はもう二度と動かないのに。

夏休みの自由研究で、ぼくはロボットを作った。背負った太陽電池で動く、エコロジーなロボット。本当はちゃんと一本ずつ足を上げて歩くようにしたかったけど、兄ちゃんに訊いたら、それはすごく大変で、大人の科学者が最新のコンピュータを使って作らないと絶対無理だと言われたから、仕方なくローラースケートを履かせて、右足と左足を別々のスイッチで動かすようにした。歩かせるのはけっこう難しくて、地面が傾いていたりするとすぐ転んでしまうのだけど、足の裏をうんと大きくしたら、机の端から端くらいまでなら転ばずに歩かせられるようになった。足と一緒に手もちゃんと動く。これはすごく難しかったけど、本を読んで研究して、兄ちゃんに手伝ってもらったら、なんとかできた。七月に設計図を書いたのに、何度も失敗して、結局、完成したのは夏祭りが終わって、明後日《あさって》から学校、という日になってからだった。

大変だったけど、その分、自信作だったのだ。手の動きはみんなも加田先生も「すごい」と褒めてくれた。兄ちゃんに「余計なものをつけると転びやすくなる」と言われたから、最初つける予定だったウイングとビームキャノンはやめて、そのかわりに顔を間抜けな感じにしてみた。ウケるだろうと思ったけど、女子は笑うよりも「かわいい」と言ってくれた。

朝、持っていって机で動かしていたら人が集まってきて、ぼくの席のまわりに人の輪ができた。女子とか、ふだん話をしない勝呂君とか君島《きみしま》君まで集まってきて、しまいには加田先生まで入った。大盛況だった。自由研究の発表では、みんなは自分の席でしていたのに、加田先生に「前に来て歩かせてみせて」と言われて、クラス全員の前で披露した。拍手になった。しなきゃいけない拍手じゃなくて、自然に起こった拍手だった。ぼくはこれが本物の拍手なのだ、と思って誇らしかった。発表会が終わった後、ぼくの「ＳＯＬ－Ｉ」は大人気で、みんながぼくの机のまわりに集まって、次々に「操縦させて」と言ってきた。ぼくはもちろんＯＫした。だけど、製作者としては、ちゃんと注意事項を言っていたのだ。この後、全校の発表会に出すまで壊れたらいけないから、机から落とさないように気をつけて、と。

みんなはそれを守って、「ＳＯＬ－Ｉ」を慎重に動かしてくれた。だけど、武田は乱暴に動かした。横でぼくが「もっとそっと動かして」と何度も頼んだのに、聞いてくれなかった。そのせいで武田の動かす「SOLーI」は転んで、しかも慌てた武田がコントローラーを引っぱったせいでコードが外れて、机から落ちた。

「SOLーI」は壊れてしまった。腕が外れて飛んで、ギヤの調子がおかしくなった。すぐには直りそうもなかったし、家に持って帰って兄ちゃんに手伝ってもらっても、元通りになるかどうか分からなかった。

せっかく作ったのに。

だから怒ったのだ。どうしてくれるんだ、って。あんなに何度も「そっと動かして」って言ったのに。ひどいと思った。

武田は手を合わせて「ごめんごめん」と言った。それから外れて飛んだ「SOLーI」の腕を持ってきて、取れた関節部に無理矢理押し込んだ。そんなので直るわけがなくて、ぼくは「謝れ」と怒鳴った。武田はまた「ごめんごめん」と言った。でも、それだけだった。言い方が適当だったし、目が笑っていた。

だからぼくは言った。態度が悪い、もっとちゃんと謝れ、って。

そうしたら、武田は不機嫌になった。謝ってるじゃん、って言い返してきた。

ぼくたちの雰囲気がおかしくなったのに気付いて、教室中のみんなが黙ってこちらを見た。加田先生が来て、どうしたの、と訊いてきたから、ぼくは言った。武田がぼくの「ＳＯＬ−Ｉ」をこわした。

加田先生は武田に、わざとやったの、と訊いた。武田は、ちがう、と答えた。

加田先生は頷いて、じゃあ、どうしなきゃいけないの、と武田に言った。

武田は、もう謝った、と言ったけど、加田先生は、もう一度ちゃんと謝りなさい、と言った。

武田はそれを聞いて、不満げに「ごめんなさあい」と言った。本当は謝る気なんかないけど、言わないと先生に怒られるから仕方なく言いました、というのが分かる言い方だった。

なのに加田先生は、今度はぼくに言った。謝ってるから、許してあげよう、と。わざとやったんじゃないんだから、と言った。

ぼくは納得できなかった。謝っているのは口だけで、心から謝っていない。それに武田は半分くらい、わざとやったみたいなものだった。そこで気付いた。武田はきっとぼくの「ＳＯＬ−Ｉ」が人気なのがねたましくて、本当は壊すつもりでやったんだ。

そう言ったら、なぜかぼくの方が叱られた。そんなことはありません。謝っているんだから、許してあげなくちゃ。

それで今、みんなの視線がぼくに集まっている。ぼくはまだ、「いいよ」なんて言いたくない。

だって、とぼくは繰り返した。半分わざとだったし、心から謝ってないじゃないか。ぼくは正しいことを言っているはずなのに、なぜか大きな声で言えなかった。加田先生がぼくを責める目で見ていたし、なぜかまわりの友達は一人もぼくに味方してくれなかった。

加田先生が言った。どうして許してあげられないの、と、叱る声で。

だって。

加田先生は言った。あなたが辛いのはわかるけど、相手が謝ってきたら、許してあげる心の広さがないとだめよ。

納得がいかなかった。だから下を向いたまま言い返した。じゃあぼくは、心が狭いっていうんですか。ぼくは一ヶ月かけて作ったものを壊されたのに、壊した方は適当に「ごめん」って言うだけでいいんですか。

加田先生の声が、いらいらしている時の声になった。しょうがないでしょう。武田君はもう謝ってるのに、これ以上どうしろって言うの。

ちゃんと謝ってない。

ぼくはそう言って顔を上げて、武田を指さした。

そうしたら、加田先生はぼくの方を叱った。聞き分けなさい、と。まるで、ぼくの方が悪いことをしたみたいに言った。どうして許してあげられないの、と怒鳴られた。

学級委員の藤堂さんが先生に続いて、許してあげなよ、と言った。謝ってるじゃん。私ならもう許してあげるよ。

藤堂さんが言うと、モリやんとかまで同じことを言い始めた。そうだよ。許してあげろよ。わざとじゃないのに、これだけ謝ったじゃん。

みんなから口々に言われた。まわりを見ると、みんながぼくを非難する目で見ていた。

ぼくは信じられなかった。なんで、と思った。ぼくは「ＳＯＬ‐Ｉ」を壊された。それも半分わざと壊された。なのに、なんで被害者のぼくの方がみんなから責められなきゃいけないんだ。

武田を見た。武田は余裕の顔をしていた。みんなが味方についたのを知って勝ち誇っていた。

ぼくはすぐそれを指さした。ほら、反省してない顔をしてるじゃないか。

次の瞬間、ぼくはまわりじゅうから一斉に非難された。

謝ってるだろ。

偉そうに言うなよ。

なんで許してあげないの。

ぼくは叫んだ。泣きながら叫んだ。なんでぼくが悪者なんだ。悪いのはあいつなのに。被害者はぼくなのに。気をつけてって言ったのに。一ヶ月かけたのに。一生懸命作ったのに。

3

智は眠るのが苦手だ。寝つきが悪くすぐ不眠になり、夜中にもけっこう一人で目を覚ます。二段ベッドで寝ていた頃は、わざわざ梯子を下りてきて「兄ちゃん、起きてる?」と俺をつついてくることがあった。俺はそのたびに起こされていたのだが、智には、兄ちゃんは起こしてもすぐまた眠ってしまう、と恨めしげに言われたことがある。そんなことを言われてもなあ、と思った。

その傾向は今でもそのままである。眠りが浅くてすぐに起きるくせに寝起きが悪く、布団を剝いで叩き起こしても、むにゃむにゃいいながら丸くなるだけでなかなかベッドから出てこない。出てきたら出てきたでドアにフラフラとぶつかるし、朝は食欲がないとのことで、トーストもサラダもじつにまずそうに、もそもそと食べる。食べながら半分目を閉じており、頭の上から「ぼー……」という効果音が出ているかのようだ。朝の智は、プリエールにいる時のてきぱきした所作からは信じられない落差の妖怪《ようかい》寝太郎である。まあ、プリエールの開店は朝七時半だから俺たちの起床は毎朝六時前。そのことは少々、可哀想ではあるのだが。

今朝も例の通り、俺は起きてこない智をベッドから叩き起こすため、弟の部屋の前に来た。そうしたら、中から何か叫ぶ声がした。

「おい、どうした？」

ドアを開けると、寝癖をつけた智がベッドから上体を起こし、ぼけっとしていた。

智はこちらを向いた。「……ああ、起きてるよ。もう」

「寝言かよ。叫んでたぞ」何か笑える。「……あと、なんか涙の跡ついてるぞ」

言われた智は顔をごしごしこすり、ぼそぼそと言った。「……なんか、子供の頃の夢見てた」

「何でもいいが早く起きろ。飛行機に遅れるぞ。直ちゃんたち、もう来ちゃうぞ」

御法川家と事務所を訪ねた約二週間後、俺と智は、今度は直ちゃんと一緒に葛西家へ行くことにしていた。本来ならば的場さんも同行するはずだったが、直ちゃんがうまく説明してくれて、俺たち三人だけでも行けることになった。今の葛西家は北海道という遠方にあり、飛行機を使って日帰りする弾丸ツアーだったから、勤め人の的場さんには（まあ、直ちゃんも勤め人なのだが）少々辛かったし、何より、的場さんの前では捜査が進めにくい情況になりつつあった。犯人が葛西和江さんの身近な人……しかも彼女の転居先を知っていた人、となると、それは当然、的場さんにとっても身近な人、ということになる可能性が大きいからだ。

日曜日だった。プリエールにとっては定休日でないが、お客さんが少なめになる日である。普段は俺か智が隔週で交互に休み、かわりにバイトの山崎君に入ってもらっているのだが、今日は特別に、智が来る前まで働いていた千尋《ちひろ》叔母さんと山崎君で回してもらうことにした。無理を言ってすまない、と言ったが、山崎君は「こっちは心配いりません。それより、用事がうまくいくといいすね」と言ってくれた。普段は必要なこと以外ほとんど喋らない子だが、なんとなく俺たちの抱えている事情を察して言ってくれたのだろう。ありがたいことだ。

「先に飯、食ってるぞ」

「うん。……すぐ行く」

智は答えながら本棚にぶつかった。布団を剝ぐ前に自分から起きてきただけでも、普段よりましなのである。

葛西和江さんの息子である誠也氏は就職後、北海道支社勤務になり、事件時は的場さん同様、飛行機で帰省していた。事件後、和江さんの夫で彼の父である龍之介氏は誠也氏に呼ばれて北海道に移り、以後葛西家は三世代で一緒に暮らしている。誠也氏のいる現・葛西家は札幌や新千歳《しんちとせ》空港から遠く離れた平野部にあり、なるほど事件の記憶から離れて精神を休めるにはこの方がよいだろうと納得した。羽田から飛行機で一時間半、特急で一時間半の道のりを移動した俺は正直なところそこに辿り着くだけでひと仕事終えたような気になってしまったのだが、そうもいかない。今日は葛西家の龍之介氏と誠也氏、それとできれば事件現場にいた瑞希ちゃんにも話を聞いて、その後飛行機でとんぼ返りした上、現場になった旧・葛西家を見てくるつもりなのである。正直なところ、いささかしんどく感じるスケジュールであり、北海道の軽くて爽やかな空気がなければこの時点でげっそりしていたところである。

事前に話していた通り、葛西誠也氏は在宅で、直ちゃんが自己紹介と俺たちの紹介をすると、「こんな地の果てまでわざわざ、ありがとうございます」と言って迎えてくれた。地球は丸いのだから実際には果ても何もないのだが、自分の学生時代を思い出すに、釧路《くしろ》出身である俺の友人某も自分の地元をこう表現していたから、あるいはこの言い方は北海道の、札幌・函館《はこだて》以外に住む人が謙遜して言う時の常套句なのかもしれない。

「家内は今、買い物に出かけておりますが、よろしいですか」俺たちを玄関に上げ、先にたって廊下を歩きながら誠也氏は言う。「まあ、事件時もおりませんでしたし」

誠也氏の奥さんは事件時、仕事の都合でまだ義両親の家に来ていなかったことは確認されている。直ちゃんははいと頷き、かわりに訊いた。「瑞希ちゃんは」

「おりますが、呼びますか」誠也氏は応接間のドアを開けた姿勢のままこちらを振り返った。部屋の中では龍之介氏とみられる初老の男性が、リモコンでテレビを消したところだった。「事件時、瑞希はまだ六歳でしたが」

誠也氏としては、和江さんが死んだ時の話を娘の前でしたくなくて当然だろう。しかし直ちゃんは躊躇わずに言った。「ぜひお願いします」

誠也氏はこちらに見せるようにはっきりと溜め息をつき、俺たちに龍之介氏の向かいのソファをすすめると、お待ちください、と言って出ていった。

向かいに座る俺たちを、龍之介氏はまっすぐに見た。挨拶を交わした時の表情と喋り方で、この人は七年前の妻の死について、詳細に語る心の準備ができていると分かった。

「もちろんあまり、思い出したいことではありませんがね」線の細い印象だったが、龍之介氏はそれに似合わない低音で言った。「ですが、今でもまだ捜査を続けてくださっていることは、感謝します。わざわざこんな地の果てまで来ていただいて、ありがとうございました」

誠也氏と同じ言い回しだな、と思った。

「事件発生時ですが」御法川家の時と同様、智が最初に口を開いた。「和江さんは一人で台所にいた。御法川久雄さんは少し離れた自宅のマンションにワインを取りにいっていた。靖男さんはまだ来ていなかった。……間違いありませんね？」

「ああ。……そうだったね」龍之介氏は上に視線を逃がし、部屋の電灯を見ながら記憶を探る顔になった。

「現場にいたのはあなたと誠也さんと、瑞希さんの三人ですか」

「莉子ちゃんもいたな。誠也と瑞希は、前の道で花火をしていた」

智が龍之介氏に向ける視線が鋭くなる。「……銃声がした時は？」

「私は庭にいた。……物置に折り畳み椅子があるのを思い出して、探していました。最初は銃声とは思わなかった。近所の他の家でも花火はしていたからな」龍之介氏は正面に視線を戻した。「……しかし、いま思えば確かにあの音は、家の中から聞こえた」

かさり、と音がし、気がつくと直ちゃんが隣で手帳を出し、めくっていた。当時、御法川家と葛西家の人間は何度も事情聴取をされて、記録が残っているのだろう。

「銃声は二度あった、とのことですが」龍之介氏の記憶を促すためか、直ちゃんが言った。

「ああ。一つ目を聞いた後、私は前の道に出て、誠也や瑞希と一緒にいた。おかしいと思ったのは、二つ目の銃声があってからだ」

直ちゃんは一度、手帳のページに目を落とし、また視線を上げた。「二つ目の銃声は続けて聞こえていましたか？」

「いや……どのくらいか分からないが、かなり間があいていたと思う。そう感じただけかもしれないが」龍之介氏は楽な姿勢をとることにしたらしく、ソファの肘掛けに腕を乗せた。「最初に、異変に気付いたのは莉子ちゃんだ。あの子は父親を呼びに自宅に行っていたが、うちの方から変な音がしたから、と言って戻ってきた」

龍之介氏がさっき言っていた通り、ここは日本なのだ。拳銃の発射音など、普通なら爆《ばく》竹《ちく》か何かだと考えるところである。だが的場さんは戻ってきた。幼い頃に聞いた忌《い》まわしい音の記憶が残っていて、もしかして、と思ったのだろう。

龍之介氏は俺を見て、その通りだ、と言うように小さく頷いてみせた。

「莉子ちゃんは私と誠也に、今の音は何、と訊いた。私は『花火だろう』と答えたが、あの子は納得していない様子で、そわそわと家の中を見ていた」龍之介氏は顔をしかめた。

「どこから聞こえてきたのか何度も訊かれた。その時は気付かなかった。あの子がどんな気持ちだったか……」

後ろから足音がして、振り返ると、誠也氏が入ってきたところだった。その後ろから中学生くらいの女の子が、盆にアイスティーを載せて入ってきた。この子が瑞希ちゃんだろう。事件当時六歳だったという話だから、今は十三歳だ。はたして、当時のことをどれほど覚えているだろうか。

瑞希ちゃんは硬い表情のまま俺たちに小さく会釈して、グラスを並べてくれた。誠也氏は龍之介氏の隣に座ると、瑞希ちゃんの持っていたお盆に触れ、「それ、片付けなさい。それから台所も片付けて」と言った。何でもいいから理由をつけて、娘が同席する時間を後回しにしようとしているのだろう。無理もないことだった。

瑞希ちゃんは頷いたが、部屋のドアのところで立ち止まった。

「……あの」

俺たちが振り返ると、彼女は直ちゃんを見た。

「……莉子お姉ちゃん、元気ですか」

直ちゃんと俺が何か言おうとするより早く、智が微笑んで答えた。「元気ですよ。この間、ピアノを聴かせてもらいました。とても上手ですね」

瑞希ちゃんはそれを聞いて智を見たが、すぐ照れたように顔を伏せ、会釈して出ていった。顔かたちが似ているわけではないが、その姿は何か、中学生の頃の的場さんを連想させるものがあった。あるいはそれは、境遇が似ている、ということをこちらが意識するゆえだろうか。

「あの子はずっと前の道で、僕と一緒にいました」誠也氏が話し始めた。「父が物置に行っていなくなり、それから銃声がしました。もっとも、莉子ちゃんが戻ってくるまでは特に不審に思ったわけではありませんが。……莉子ちゃんが妙に切迫した表情で戻ってきて、あの音は何だ、どこからしたのか、と、何度も訊いてきた。それでようやく不審に思ったんです。そうしたら、しばらくしてまた同じ音がした。……まさか、と思ったが」

口を湿らすためか、誠也氏はアイスティーのグラスを手にとって一口飲むと、小さく息をついた。「莉子ちゃんに続いて、僕と父が掃き出し窓から入りました。台所に母の姿はなくて、ただ、風呂場からなぜか水の流れる音がしていて……」

誠也氏がそこで言葉を切って、視線を落とした。それを気遣ってか、龍之介氏が両手を組み、続きを言った。

「……誠也が風呂場を覗いたが、すぐに莉子ちゃんに押されて出てきた。私は嫌な予感がして、とにかく風呂場を見たかったが、あの子が止めてくれてね」龍之介氏は組んだ手にぐっと力を入れた。「結局、私は家内の姿を最後まで見ていない。……いや、あの子のおかげで見ずに済んだ、ということかもしれんが」

部屋が静かになり、唸るような低い音が聞こえてきた。見ると、続きのリビングに、グッピーの泳ぐ水槽が置いてあった。表を通る車もなく、そのポンプがたてる音以外には物音がない。

「瑞希は」俺たちがまた口を開くのに先んずるように、誠也氏が言った。「ずっと僕と一緒にいました。事件現場を見たわけではないし、小さかったから、僕が覚えている以上のことは覚えていないでしょう」

誠也氏はそう言って俺たちを順番に見た。娘を関わらせるな、ということであり、それと同時にその視線には、何とはなしに敵意めいたものが交じっていた。龍之介氏は感謝を示してくれたが、誠也氏にとってみれば俺たちは、忘れたい事件を掘り起こしにくる上に、家族を疑う外敵なのだろう。当然のことだった。

一時間ほど話を聞いて、葛西家を辞した。龍之介氏と誠也氏の顔からは、重苦しい雰囲気が最後まで消えなかった。殺された和江さんは彼らにとって妻と母だ。拒絶せずに会ってくれただけでもありがたいのかもしれなかった。

「……で、当時の警察の見立てはどうだったの」

俺が訊くと、隣の直ちゃんはぱらぱらと手帳をめくりながら答えた。

「本当のところは管理官の脳内っすから、分かんないっすけど。……捜査過程を見る限りでは、結局二正面作戦だったみたいっすね。外部の第三者が運よく犯行を成功させて誰にも見られなかったか、それとも関係者の誰かが犯人で、証言の記憶違いとか当事者同士の庇いあいがあって、なぜかこういう状況になったか」

「どっちも、ちょっとなあ」

俺は座席のヘッドレストに後頭部をあずけた。機内ではエンジン音がごうごうと響いているから直ちゃんには聞こえなかったかもしれないと思ったが、彼女は「そうっすよねえ」と呟き、俺と同じようにした。

「当時の捜査本部も、どっちの線にも首をかしげたままの捜査だったみたいっすね」

溜め息をついて腕を組み、窓側を見る。智は肘掛けに腕を乗せて頬杖をつき、すやすやと眠っていた。ここまでの道中でも、何かが閃《ひらめ》いたという様子はない。

葛西家からの帰り道は、飛行機に乗る前からずっと言葉が少なかった。せっかく北海道まで来ておいしいものの一つも食べずにとんぼ返りする、という徒労感《とろうかん》もさることながら、そこまでしておいて捜査に進展がみられなかった、という点も大きい。仕事時の癖なのか直ちゃんに促されて窓側の席に納まった智は、離陸準備の間に早々と寝てしまった。席順からすると、直ちゃんの中では、完全に俺の方が格下ということらしい。まあ、この中で一番「いらない子」なのは確かに俺なのだが。

いらない子なりに何か思いつけないかと思って考えてみるのだが、犯人が誰か、という問題には全く見当がつかなかった。その原因はこれまでの捜査結果にある。

先日、御法川法律事務所で考えたところによれば、犯人は葛西和江さんの身近な人間であるはずだった。犯行のためにはまず彼女の転居先を知っていなければならないからだ。それだけではない。事件時、犯人は明らかに、和江さんが一人で台所にいたことを知っていた。そうでなければわざわざ人の集まるあんなタイミングを狙うはずがないし、夫の龍之介氏をはじめ、他に何人の人間がいるかも分からない家の中を、風呂場までわざわざ移動するはずがない。勝手口は台所にあるのだから、さっと侵入してぱっと射殺し、すぐ走って逃げるのが普通だ。

だが犯行時に、和江さんが台所で一人である、ということを知っているのは、葛西家と御法川家の毎年の行動パターンをよく知っている人間だけだ。事件時は屋内に明かりがつき、庭に人（龍之介氏）がいて、前の道で花火をやっているような状況だったのだ。葛西家には明らかに普段より人が多かったし、そのうちの誰が屋内にいるかも分からなかったはずなのである。

前の席の男性がトイレに立ったので、俺はなんとなく体を縮めて通り過ぎるのを待つ。それからまた考える。

……かといって、あの場にいた御法川・葛西両家の誰かが犯人、というのも考えにくいのだ。直ちゃんによれば、両家の人間たちが和江さんを殺す動機らしきものは、警察がいくら調べても出てこなかったという。それに事件時の状況を考えれば、全員にアリバイがあるのだ。

何しろ誠也氏と瑞希ちゃんと龍之介氏は、的場さんと一緒に、家の前で二発目の銃声を聞いている。久雄氏はそうではないが、彼については自宅のマンションに戻る途中で近所の主婦に声をかけられ、その主婦と一緒にパトカーのサイレンを聞いている。一見アリバイがないように思えるのは的場さんの叔父である靖男氏だが、彼は会社から帰ってきたところで、前の道に現れたのは二発目の銃声の後だ。つまり彼は、葛西家の屋内に誰がいて誰がいないのかを把握していなかったことになり、外部の人間と同じ理由で犯人性が否定されてしまう。

つまり、犯行可能だった人間が一人もいないのである。

「……誠也さんがずっと瑞希ちゃんと一緒だったの、間違いないんだよね？」

「莉子さんと龍之介氏はそう証言してるっすね。彼らがいない間は、瑞希ちゃんの証言だけっすけど……」

「となると、娘に口裏を合わせるよう言ったとか」

直ちゃんは横目で俺を見た。「みのるさんが犯人だとして、そうしようと思いますか？」

「思わない」

六歳の娘が警察の追及に対し、ばれずに嘘をつき通すことを期待するなどというのはあまりに非常識だし、現実にできるとも思えない。

「それなら、久雄さんと話していたっていう主婦は、いつから話してたの？　つまり、もしかしたら久雄さんは、自宅に帰るふりをして犯行。その後、自宅に向かったところを話しかけられたのかも」

「最初の銃声のしばらく前にいなくなったそうなんで、時間的には可能っちゃ可能なんすけど」直ちゃんは手帳をばららら、とめくって指でページを探した。「……主婦の証言によれば、息も乱れてなく、ぜんぜんのんびりした様子で歩いてきたそうです。これから現場で確認してもらうっすけど、そんなペースで歩いてたら時間がかかりすぎる距離なんすよね」

「……ううむ、くそう」俺の思考はそこで行き詰まってしまう。犯人は誰で、どうやって犯行をしたのだろう。動機は何だろう。

唸ってみたが、何も出ない。俺の脳内にはエンジン音がごうごうと続くだけである。

「仕方ないっすよ。迷宮《おみや》入りする事件には、それなりの理由があるもんすから」直ちゃんは、ぱた、と手帳を閉じた。「腰を据えて、じっくりかかるべきかと」

「分かっちゃいるんだけどね」先程トイレに立った男性が戻ってきたので、俺はまた肘掛けに乗せていた腕をどかしてやり過ごした。「……でも的場さんのこと考えると、なるべく早く解決して、呪《のろ》いを解いてあげたい気がするんだよな」

直ちゃんがこちらを見た。「……呪い、っすか？」

「ん。……ああ」自分にしか通用しない言い方をしてしまったことに気付く。「うまく言えないんだけどね。なんていうか……事件のせいで、的場さんの『自己認識の中核』みたいなものが『事件の生き残り』になっちゃってるんじゃないか、って気がするんだ。たとえば君の『自己認識の中核』が、警察官としての自覚にあるように」

直ちゃんは俺の言葉を咀嚼しようとしてか、視線を上に向けた。「……そこまでじゃないっすよ？　私けっこう、内面は夢見る乙女っていうか」

「そうなの？」

「すいません嘘っす」

「その嘘、つく理由なくない？」俺は背もたれにつけた背筋に力を入れて伸ばした。

「……まあ、それと、智のこともあるしね。的場さんが智に近づけないのは、そのせいで不安だってこともあったんだろうから」

直ちゃんは少しの間沈黙したが、ヘッドレストからひょい、と頭を起こしてこちらを見た。「すいません。今の、意味分かんなかったんすけど。……そのせいってつまり、莉子さんは事件があったせいで惣司警部に対して遠慮してるってことすか？」

「ん？……ああ」さっきから分かりにくい話し方をしてしまっているらしい。気圧の関係で頭が冴えないせいだろうか。「まわりの人に続けて死なれると、そういう考えがつい浮かんじゃうんだよ。あの人が死んだのは自分のせいじゃないか、って」

「それって……」

「不合理なことは百も承知だよ、もちろん。だけど、ショックな事件に続けて遭うと、ついそういうふうに考えちゃうところがあるんだ。どうして自分の大切な人はみんな死んでしまうんだろう。もしかして、自分がいるからじゃないか。自分には、死を招き寄せる何かがあるんじゃないか――そういうふうに」

隣の直ちゃんは黙っていた。伝わらなかったかな、と思って横目で見ると、彼女は俺をじっと見ていた。

それで気付いた。俺は直ちゃんを見て手を振る。「いやいや、今の俺がそう思ってるわけじゃないよ?……親父が死んだ時に一瞬そう思ったことがあった、ってだけ」

確かに、惣司家《うち》だって両親が二人とも死んでいるのだ。智が小さい頃に母が死に、それから二十年くらいして父も死んだ。だから俺には、的場さんの気持ちが少し想像できる気がした。それだけのことだ。

「……みのるさん」

「いやいや、そんな顔しないでいいから。これ、うちの話じゃないから」

俺が急いで否定すると、直ちゃんは俺から視線を外して俯いた。

直ちゃんは膝の上で両手を握りしめ、それから何か呟いた。エンジン音にかき消され、何と言ったのかは分からなかった。

七年前の現場になった葛西家は事件後売り払われたのだが、もともと人が減っている地域だった上、殺人事件の現場ということになってしまったせいで全く買い手がつかなかったらしい。今は不動産会社が管理する塩漬け物件になり、警察の要請もあって、内装工事もされず更地にもされないまま、当時の建物が残っていた。

旧葛西家に着いた時はすでに夜だった。どこにでもある庭つき二階建ての建売り住宅だったが、住む人がおらず電気や水道が止められているため、真っ暗に沈み込んで近寄りがたい雰囲気になっている。ただの空き家なのに、明かりがついていないだけでそこだけ闇が深くなったように感じられるのが不思議だった。定期的に誰かが手入れしているのか、もともと草の生える余地があまりなかったのか、庭は雑草が伸び放題というわけではなく、建物本体もまだ廃屋というほどではないただの空き家の範囲に留まっていた。もっとも事件現場であるということは周辺住民も知っているだろうから、幽霊屋敷として怪談の一つや二つ、作られている可能性はあるのだが。

「ここが現場となった旧・葛西家」直ちゃんはそう言い、バスガイドか何かのように手で別の方向を示した。「で、あそこにあるのが当時の御法川家があったマンションっす」

俺は示された方を見た。路地の突き当たり、大きな道とぶつかっている角のところに、家庭の明かりをぽつぽつ灯らせながらそびえる大きな建物があった。マンションまでの距離を目で測ってみたが、確かにすぐそこである。「あそこの御法川家まで何分くらい？」

「二階の旧・御法川家まで全速力で三分、御法川久雄が主婦に声をかけられたのは玄関のとこなんで、そこまでなら一分で行けるっすね。のんびり歩くとその四倍ってとこでしょうか。ただ」直ちゃんは葛西家の屋根の方を見た。「犯人が葛西家への侵入に使った勝手口はこっちじゃなくて、裏の道から入らなきゃいけないんです。で、玄関前のここから裏まで行こうとすると、一旦むこうの角まで行かなきゃいけないんすよ。久雄氏がここからあっちまで歩いていったとこは誠也氏と瑞希ちゃんが見てるんで、彼が犯人だとすると、マンション前の道を通ってゆっくりあそこの角まで行って、裏側の路地に入って勝手口方面に戻って、犯行をした後、またマンションに向かった、っていうことになります」

マンションの方を見ていた智が、それに続けて言った。

「証言した主婦によれば、息一つ乱れていないのんびりした様子だったんだよね。……そんな感じで歩ける距離じゃない」

夜とはいえ夏場だ。ゆっくり歩いたとしても、どうしたって汗をかいたり呼吸が乱れたりはするはずである。それに、ゆっくり歩いたとすれば全部で十数分近く歩き続けることになる。犯人の心理としてはあまりにのんびりしすぎているだろう。

夜の風が、生暖かい空気をわずかに動かした。智はざり、と葛西家に向き直り、言った。

「……直井さん、鍵を」

「了解」

庭の門には立入禁止の札がかけられていたが、直ちゃんはひょい、とそれを外して簡単に中に入った。不動産会社と県警には話をつけてあるんで、と軽く言ったが、実際にはけっこう面倒な交渉だったのかもしれないと思うと頭が下がる。

「これ、どうぞ」直ちゃんは玄関ドアの前でこちらを振り返り、バッグから小型のＬＥＤライトを出して俺たちに渡した。「電気は止まってるんで。それと床板とか腐ってて穴があく可能性もあるんで、足元とか壁とか気をつけてくださいね」

俺は受け取ったライトを点けてみた。小型のわりに出る光はくっきりして強力である。

「……用意いいね」

「あと、これも」直ちゃんは続けてバッグをさぐり、白手袋を三つ出した。「もう指紋採取とかの段階じゃないんすけど、他県警の管轄なんで、礼儀ということで」

本当に用意がいい。

手袋をつけつつ、直ちゃんに続いて家に入る。なんだか本物の捜査員になった気分で、これまでだって警察官に化けたり検察官に化けたりしていたのにおかしなことだ、と思ったが、もちろんそんなお気楽な感想は言っていられない。今思い出してしまったが、店を山崎君と叔母に任せてまで来たのだ。現場を見て、何でもいいから智の手助けにならなければいけない。

直ちゃんは玄関に入るとまたバッグを探り、今度はスリッパを出してくれた。「荒れてはいませんが、何が落ちているかも分からないので」

「ありがとう」受け取って廊下に上がり、履く。「……もしかして廃屋みたいなとこ、入り慣れてる？」

「まあ、学生の頃は誰でもやってみるじゃないすか。廃墟探訪とか」

「やらないよ」この子がどんな学生時代を送ったのかには興味がある。

密閉されていたためか、旧葛西家の内部は特に荒れているわけでもなく、廊下も薄く埃が積もっているだけだった。ライトに照らされた玄関マットや傘立てなどは特に朽《く》ちるでもなくそのままで、入口すぐの障子の隙間から光を入れて照らすと、座卓と座布団が、おそらくは事件時の姿のまま浮かび上がった。まるで昨日まで人が住んでいたかのようで、メアリー・セレスト号だな、と思う。だが廊下の空気は確実に古びていて、埃っぽさと黴《かび》臭さが混じっている。

「まずは事件の通りに見てみましょう」直ちゃんはライトで前を照らしながらぎしぎしと床を鳴らして先に進み、洗面所はとりあえず素通りしてダイニングのドアを開けた。「犯人が侵入したのはこちらからです」

ダイニングとそれに続くリビングの中も、人が住んでいた時のままだった。ライトを動かすと、他人の家の生活がそっくりそのまま浮かび上がる。壁際のブラウン管テレビとその上に置かれた蛙の置物。縁に黴の生えているカーテン。ローテーブルの上に置かれた雑誌は当時のものだろうか。光を壁の方に動かすと、七年前の数字が書かれたカレンダーが、七月と八月を見せていた。使い古された言い方だが、事件時のまま時が止まっている、という表現は、確かに当てはまる。

台所の直ちゃんがこちらを振り返った。「被害者が最初いたのは、このあたりらしいっす。犯人が勝手口をぱっと開けて入ってきたら、声を上げる間もなく銃を突きつけられたでしょうね」

直ちゃんが立っているのは台所のシンクの前で、そのすぐ後ろに勝手口のドアがある。こういうところの鍵を、外出・就寝時以外開けっ放しにしておく家は多い。

「で、犯人は被害者に銃を突きつけ、風呂場に移動します。……ちょっと、やってみましょうか。みのるさん、いいすか？」

「ん？」

何が、と思ったが、直ちゃんはバッグの中をごそごそと探ると、黒光りする拳銃を出した。

「えっ、それ」

「モデルガンっすよ」直ちゃんは西部劇のガンマンのように、トリガーガードに指を入れてくるりと銃を回した。拳銃としてはかなり大型なもののようだが器用に扱う。「トカレフってヤクザが喧嘩《でいり》に使うイメージのせいで、あんまモデルガンないんすよね。一応これ、犯行に使われたのと同じTT-33っす」直ちゃんは銃を構えて俺に手招きした。「じゃ、みのるさんちょっと」

そちらに寄ると、直ちゃんは俺に背を向けさせて後頭部に銃口を押し当てた。「高さがだいぶ違うっすけど、こんな感じっすね。はいそれじゃ葛西和江さん、風呂場まで歩いてください」

俺は被害者らしい。まあ、智がそれを見て何か閃くかもしれない。

足元を照らしながら、ゆっくりと歩いて廊下へ戻る。横にどいた智はじっとこちらを見ていた。

「トカレフって銃はシングル・アクション[*12]のくせに安全装置《セーフティ》ついてないんすよね。こうやってると、ちょっとした弾みに発射しちゃいそうになります」

「ひとの後頭部にごりごりやりながら言わないでもらえるかな」

「二十年前の事件でも、犯人は最初から御法川美佐子さんを殺すつもりだったってわけじゃないと思うんすよ」直ちゃんは俺の後頭部に銃口を押し当てたまま言う。「たぶん、いきなり美佐子さんが掴みかかってきて、驚いて発砲しちゃったんでしょうね」

後ろで智が言った。「殺人は殺人だよ。結果は変わらない」

俺は後頭部をごりごりやられたまま風呂場のドアを開け、脱衣所に入った。屋内の空気の生暖かさと、モデルガンとはいえ後頭部に押しつけられている銃口の感触のせいで、俺は背中に汗をかいていた。ここが殺害現場だと思うと体中の皮膚がきゅっと締まる感じがする。

浴室のドアを開ける寸前、まさか当時の血痕がそのまま残って、という想像をしたが、むろんそんなことはなく、狭い浴室は埃を積もらせて乾いているだけだった。淀んだ空気にうっすらと得体の知れないにおいがついている気がするが、これはたぶん気のせいだ。

「惣司警部、どうっすか？」

直ちゃんが後ろの智に訊くと、智が答えた。

「おかしいよ。距離的にはたいしたことはないけど、すぐ外に家の人がいるのに、わざわざ時間をかけて移動する必要がない」

智の声が、乾いた風呂場のタイルにかすかに反響する。浴室がこの様子では、「防音のため」というわけでもなさそうだ。だとしたら、なぜ犯人はわざわざ移動したのだろう。

＊12　まず撃鉄を起こしてから引き金を引いて発射する、というタイプの銃のこと。引き金をひくだけで発射できる「ダブル・アクション」と比べて引き金が軽い。

「で、鑑識によりますと」直ちゃんは俺に銃口を突きつけたままライトを口にくわえ、開いた左手でポケットから出した手帳を開いて記述を確認し、またしまった。「被害者は床のタイルに両膝をつき、この浴槽にもたれかかるような姿勢になっていた……と。みのるさん、いいすか」

「……やるのか」

「兄さん、ごめん」智はすまなそうに言った。そんな声で言われると、やらないわけにいかなくなる。

後頭部をごりごりやられているということもあり、死体と同じ場所で同じ姿勢をする、というのはひどく嫌悪感があった。しかしここまで来た以上、やれることはすべてやるべきだろう。俺は両膝をつき、直ちゃんに細かく指示されながら死体と同じ姿勢をとった。浴槽の縁に両脇と顎を引っかけ、両腕を浴槽の中に投げ出す姿勢になった。

「この状態で、犯人は二発、撃っています。どっちが先かは分かりませんが、後頭部のこと」直ちゃんは銃口を俺の襟足に押しつけた。「背中のここ。ちょうど心臓っすね」

今度は背中にぐい、と硬いものが当たる。モデルガンだと分かっていても、ぞっとする感触だった。犯人に明確な殺意があったことは明らかだ。

俺はその姿勢のまま訊いた。「なんでこの姿勢なんだ？　風呂場に移動した上でこうさせたってことは、血がそこらじゅうに飛び散るのが嫌だった？」

「警察の見立てもそうでした。接射《せっしゃ》ですし、頭の方はかなり派手に血と脳漿《のうしょう》が飛び散ったはずなんすけど、大部分が溜まっている水の中に落ちたんで、栓を抜くだけでけっこう流れていったみたいっすね」直ちゃんは言う。どうでもいいがそろそろ銃口をどけてはくれまいか。「ただ、頭の方を撃った弾丸の弾頭も一緒に流れちゃったみたいです。下水も捜索したらしいすけど、結局、現場から回収できたのは一発だけでした。薬莢《やっきょう》の方は二つちゃんと、ここに残ってたんすけどね」

浴槽にもたれた姿勢のまま、手にしたライトで浴槽の内側を照らすと、ちょうど俺の目の前にくる部分にはっきりした傷がついていた。それを見つけた俺はまたぎょっとした。

「ただ、そこなんすけどね。捜査資料読んでて、ちょっと引っかかったんすよ」

「直ちゃん、俺もう立っていい？」

「あ、どうぞ」ようやく銃口の感触がなくなった。「実際に見てみると、ちょっと」

「何が？」

俺が体を起こして立ち上がると、直ちゃんは浴槽の中にライトの光を向けた。光の輪の中心に排水溝がある。

「浴槽の排水溝って意外と小さくて、たとえばここだと五〇ミリ程度なんすよね。トカレフ弾の弾頭は幅八ミリ弱で、長さは二〇ミリ近くになるんすよ。流れないサイズじゃないんすけど……」

「たまたま流れていった、っていうのが不自然だってこと？」

直ちゃんはモデルガンを見ながら頷いた。「まあ、一発だけわざと流すって理由もないでしょうけど」

「……でも、それも気になるな」

智を見ると、智は浴室のドアにもたれて腕を組み、浴槽をじっと見下ろしている。

「あと、もう一つ」俺は言った。「風呂場で水を流す音って、けっこう大きいよね？　犯人はそんな音をさせて怖くなかったのかな」

「それもそうっすね」直ちゃんは頷いた。「そうすると、犯人はどうしても何かを流したかったってことすか？……弾丸を？」

「でももう一発はちゃんと残ってるし、薬莢も残ってるんだよな……」

「……たぶん、そうだ」

声のした方を見ると、智は口許に手をやり、空の浴槽をじっと見ていた。

「智」

「ん。……ああ」智は呼ばれるとこちらを見た。さっき呟いたのは無意識であるらしい。

「直井さん、調べてもらいたいことがあるんだ」

智の発する空気を感じ取ったか、直ちゃんは黙って軽く敬礼した。「どうぞ」

「まず事件当時、この周辺に空き家がなかったかを知りたい。それとそのモデルガン、ちょっと貸してくれる？」

また意図不明のことを言いだしたな、と思う。だが、智の声には確信めいたものがあった。

智を見る。暗いのではっきりとは分からなかったが、弟は頭の中で何かを組み立てているようだった。

だがその表情には、何かの感情をこらえているような印象があった。

土台になるのはメレンゲである。卵白とグラニュー糖を、「立つ」レベルにまで混ぜに混ぜる。これだけでメレンゲであるが、智は粉砂糖とアーモンドパウダーを足してややブラウンに、香ばしく染めることを選んだようだ。絞り器に入れてチュ、チュ、と、簡単に見えてそうでもない鮮やかな手つきでメレンゲを絞っていく。絞られたメレンゲは小ぶりで丸っこく、目鼻をつければ何かのキャラクターのようだ。見落としてしまいがちだが当然のように同じサイズかつ等間隔に整列していて、うちの弟はやはりプロなのだとそれだけで分かる。並んだメレンゲたちは何かの儀式で祈っているようにも見える。それを150℃に加熱したオーブンに、無慈悲に投入する。しばらく焼き、100℃に下げ、ここからじっくりと、一時間程も焼く。

その間に主役を作る。通常は市販のマロンクリームを使うのだろうし、和栗の場合も出来上がっているマロンペーストがすでに売っている。だが今回の智はいつにも増して本気であり、車で出かけてどこからか栗を仕入れてきていた。知りあいの業者を当たって直接買い付けてきたのだと思うが、この時間にそんなことができるのか分からない。まさか山で拾ってきたのだろうか。

栗は中火で茹で、皮を割って中身を掻き出す。砂糖、牛乳、バニラエッセンスを加えてフードプロセッサにかける。栗をこういうふうに扱ったことはなく、横で見ていた俺は、新たな食材で新たなものを作る時特有の「さあもう後戻りできないぞ」という緊張感を覚える。だが智はまばたきすら忘れたように黙々と作業をしている。攪拌《かくはん》された材料はクリーム状にまとまり、すでにマロンクリームの色をしている。通常はここで裏ごしをするそうなのだが、より栗っぽさを出すため、そのまま使うことにしたらしい。この方が粒の残ったワイルドな食感になる。整備された畑や管理されたハウスでなく、山の中でそのまま育ったもの、というイメージのある栗なので、この方が似つかわしいのかもしれない。そこにラム酒を加えて混ぜると、マロンペーストが完成する。

焼き上がったメレンゲが登場する。その上にマロンペーストを絞る。智は素晴らしいバランス感覚で上へ上へ、ぐるぐるぐるぐる、と天高くペーストを盛った。仕上げにマロン本体をポンと載せても形は崩れない。

思えばシンプルな菓子である。ほとんどマロンペーストを食べるのだとも言っていい。そのため日本においては様々なアレンジがあるが、智が今回作ったのは純粋栗とでも言うべき直球の「モンブラン」だった。

完成させた智は、何かを決意した顔で一つ頷いた。

4

半分だけ明かりのついた閉店後のプリエール店内で、俺は智と向きあっていた。俺たちの間にはテーブルがあり、テーブルの上にはチェイサーの水と並んで三種類のモンブランが並んでいる。この場の主役は俺でも智でもなく、智がさっき作ったこれらである。

俺は皿の上にちょこんと鎮座している三つ目のモンブランにフォークを入れ、縦にさくりと切って断面を見てから口に入れた。口に入れると雲を食べているようなメレンゲの感触がまず舌に触れる。それから絞ったマロンクリームの心地よいでこぼこを感じ、一瞬の間をおいて栗の甘みが口の中に広がる。通常のモンブランより栗の香りは強く感じられるもののパンチのある甘みではなく、土台にスポンジもタルト生地も使っていないので若干味が大人しすぎるきらいがある。大人向け、あるいは栗そのものが本当に好きな人向けならいいが、一般受けはしなさそうなモンブランだ。

　智はさっきから俺の顔を凝視している。どうやらこちらの食べ方や表情の変化を観察しているらしい。

「……どう？」

「常識的に考えて、やっぱり二つ目のがいいだろ。これはちょっと甘みがマニアックすぎるし、栗が主張しすぎだよ。口の中、なかやま栗まつり[*13]になってる」水を飲んで口の中の栗っぽさを押し流す。「栗の妖精に呪いをかけられたみたいだ」

「栗っぽさはある？」

「ありすぎる。それに食感が弱すぎて満足感がないだろう。一般受けしない気がする」俺は断面を出した三つのモンブランを見比べる。「それに和栗のクリームってなるとなあ。味はいいけどコストかかるし、旬の時季にしか出せないんじゃちょっとなあ。それと、一般にはメレンゲで喜ぶ人より、『生地がない』ってがっかりする人の方がずっと多いぞ。

生地、やっぱりスポンジにして、クリームの主張を抑えようよ」

智は腕を組み、俺の話を聞いてもまだじっと沈黙していた。普段、お菓子の試作をして俺に食べさせる時は全面的に判断を俺に任せていて、俺が何か言うと一も二もなく頷き
「じゃあ、それでいこう」と言うのだが、今回はなぜかそうではないようだ。

「……やっぱり、これでいく」智は俺が今食べた、三つ目のモンブランを指した。

「おい、聞いてたのか」俺は少し慌てた。「一般受けしないってば」

「いや、違うんだ。……ごめん。言ってなかった」智は目をそらした。「兄さんに食べてもらったの、店で出すモンブランじゃないんだ。その……」

智は斜め下に視線をそらしたまま、悪戯を見つかった子供のようにごにょごにょと言った。「……あの人の好みに合わせて作ってみようか、って」

「あの人？……ああ、的場さん？」

智は目をそらしたまま頷いた。「……僕は、これくらいしかできないから」

そういえば今朝がた、店に直ちゃんから電話があったのだ。先週頼まれたことの調べが

＊13　毎年九月から愛媛県伊予市で開かれるイベント。特産の中山栗を食べたり投げたりする。

ついたから智に替わってほしい、と言っていた。

「直井さんが調べてくれたんだ。事件現場になった葛西家の周囲は建て込んでいて、空き地も空き家もない」

「ああ。電話でもそんなこと言ってたけど。……それ、何なんだ？」

智は答えない。まあ、こちらも無理に答えさせる気はなかったので、半分ずつ残っている三つのモンブランを一つ目から順番に食べた。強さの差はあれど、どれもべたつかない、さっぱりしたいい甘みである。

俺が食べるのを黙って見ていた智は、ぽつりと言った。「……明日、定休日だから」

「うん」

「的場さんを呼ぶ。事件のことを話さなきゃいけないから」

俺はフォークをくわえたまま智を見た。

が、解けたのか、とこちらが訊こうとするより先に、智が言った。「兄ちゃん、今回は僕が話す。そうしなきゃいけないと思う。……だから、黙って聞いててほしいんだ」

「ん。……おう」

智は俯いていたが、きちんと決意しているようで、言葉には迷いがなかった。

だが、その表情から、智が何かの感情をこらえているのが分かった。

察しがよかったり、洞察力があったり、というのは、本人にとっては必ずしも幸せなことではない。気付かなければ悩まなくてよかったはずのことで悩んだり、分かりすぎて嫌なものを見つけてしまうこともある。それにこの弟は、困難な状況にある他人に無条件で共感してしまうところがある。

そういう時、智は自分の気持ちを口に出さない。ただ黙って菓子を作る。

翌日の夜、直ちゃんと的場さんがプリエールのドアベルを鳴らしたのは午後七時過ぎである。平日だから二人とも仕事帰りの恰好であったが、定休日であるはずのこちらも仕事時の恰好でエプロンをしていたから、先にドアをくぐった直ちゃんが首をかしげた。「あれ。みのるさん、今日は定休日っすよね」

「ちょっとね。何ていうか……」俺は厨房の方を見た。智は昨夜試作したモンブランを作り、今は片付けのため厨房にいる。「気合いを入れるために？」

「気合いっすか」

「ま、とにかくいらっしゃいませ。こちらのお席にどうぞ」

俺は直ちゃんと、後から入ってきた的場さんの二人を窓際のテーブルに案内した。的場さんの方はこちらが予想していたより緊張していないようで、席に着くと窓から外を見て微笑んだ。

「……日が、短くなりましたね」

「ええ」俺は頷いて外を見た。すでに日没を一時間程度過ぎており、藍色《あいいろ》の影絵になった前庭の木々と、ガラスに映る俺たちの姿が二重写しになっている。

サービスするつもりではあったが、とりあえず形式的にドリンクの注文をとってカウンターに戻る。智はどこに行ったのか、と思ったが、弟は厨房でエプロンをつけたまま、舞台袖で出番を待つ役者のように、壁にもたれて沈黙していた。

「智」

「うん」

智はエプロンをつけたまま出てきて、黙って的場さんの正面に座った。智がそこに座るとは思っていなかったのか、的場さんの方は少し意外そうにして、座り直した。俺はその二人と、二人を窺いながらその間に座った直ちゃんにお茶を出した。香田沙穂の事件以来気に入ったのか直ちゃんはカモミールティーで、的場さんには紅茶を、とだけ言われたのでセイロンをストレートで勧めた。ヌワラエリヤの橙色とカモミールの黄緑色が綺麗な対比を見せながら、テーブルの上でそれぞれに湯気をたてる。

俺は直ちゃんと同じくカモミールティーをいただくことにして、空いた席に座った。智が話し始めるまで待つつもりだった。

智はセイロンを一口だけ飲み、音をさせずにカップを戻した。それから、静かに口を開いた。

「七年前の葛西和江殺害事件について、お話しします」

智は的場さんをまっすぐに見て、はっきりと言った。配慮の結果なのか、それともただ単に不器用なのか、弟はこういう時にまわりくどい言い方をしない。

的場さんは右手をカップの脇に、左手を膝の上に置いた姿勢のまま全く動かず、智が事件の概要を話すのを聞いていた。表情は静かなものだったが、智を見る視線がわずかに揺れていることから、なんとなく緊張が伝わってきた。もっとも、今回は俺もまだ智の推理を聞いていないから、俺自身も緊張していた。

智が最初、話したのは、葛西龍之介・誠也両氏と話した帰り、飛行機の中で俺と直ちゃんがまとめたことと一緒だった。無関係の誰かが犯人なら、和江さんの所在や、犯行時、屋内に彼女一人だったことを知っていたはずはない。だがそれ以外の現場にいた人間にはアリバイがある……。

普通ならここまで聞いて、関係者の誰かが犯人だと言うのか、と訊き返してもおかしくない。だが的場さんは何も言わず、智の言葉を待っていた。あるいは彼女自身も、あの時にいた誰かが犯人なのではないか——と、一度ならず考えたことがあるのかもしれない。理屈から言えば、そう考えて当然の状況だからだ。

「ただ、この事件にはいくつか奇妙な点がありました。この犯人は、明らかに不合理な行動をとっている。それも、犯行時の動揺からではなく、明らかに意図してとっています」

それから智は話した。犯人の行動の不合理な点。なぜ被害者を台所ですぐに殺害せず、時間をかけ、誰かに出くわす危険を冒《おか》してまでわざわざ浴室に移動したのか。なぜ浴室で被害者にあの姿勢をとらせたのか。なぜ殺害後に音をたててまで、浴槽の水を抜いたのか。なぜ弾丸が一発しか見つからなかったのか。なぜ犯行後、犯人は一度二階に上がったのか。

こうしてまとめてみると、確かに犯人の行動はおかしな点だらけだった。これらすべてを偶然や「混乱していたから」で片付けるのはあまりに無理がある。そもそもこの犯人は、被害者が一人でいるところを狙い、かなり計画的に、落ち着いて行動しているように思えるのだ。だとすればこれらの不審点にも、何かちゃんとした理由があるはずだった。

「これらのことと、事件時、葛西家にいた全員にアリバイがあったこととは無関係ではありません。いえ」智は的場さんをまっすぐ見たまま、言い直した。「……正確に言うべきでしたね。事件時、葛西家にいた人間にはアリバイがあるわけではありません。確認されているのは、以下のことです」

智は教え諭すようにゆっくりと話した。的場さんはまばたきもせずに、じっと智を見ている。

「事件時、どうやら確からしいと言えるのはここまでです。葛西龍之介さんと誠也さん、それに瑞希ちゃんとあなたは、二発目の銃声を前の道で一緒に聞いていること。それから、御法川久雄さんが銃声の数分前から席を外し、その後、近所の主婦に声をかけられ、サイレンが聞こえるまで自宅マンション前にいたこと」

それはつまりアリバイがあるということとどこが違うのか。そう思ったが、智がそこで話を終えるわけがないので、俺は黙って聞いていた。

「ですが、二発目の銃声が聞こえた時に外にいた、というだけでは、犯人ではない、ということになりません。もし二発目の銃声が、遠隔操作のスピーカーで鳴らしただけの偽物だったとしたらどうでしょうか？」智は言った。「たとえば、犯人は一発目の銃声で葛西和江を殺害し、二階の寝室にスピーカーを仕掛けた後、外に出て、皆と一緒に二発目の銃声を聞く――といったことが考えられます。犯人が一度二階に上がったのは、スピーカーを仕掛けるためではなかったでしょうか。家の中から響き、しかも咄嗟に聞いただけの音なら、音源が一階の浴室なのか二階の寝室なのか、分かる人間はまずいませんから」

思わず、おい、と言いそうになった。随分と突飛な印象の話だったし、それに、おかしい。

「もちろん、葛西和江は確かに二発の銃撃を受けて死んでいます」智は俺に目配せした。おかしいことは分かっている、ということだろう。「ですが、銃撃が二発で、銃声は一つだった、という可能性は充分に考えられます。つまり犯人が二丁の拳銃を用意し、一つを葛西和江の後頭部に、もう一つを背中に当てて同時に発射したとすれば？」

直ちゃんが智を見て口を開きかけ、それから口許に手をやって眉をひそめた。同時に俺も考えていた。それは可能だろうか。

だが智の口調には迷いがなかった。

「僕は死体所見を聞いた時からおかしいと思っていました。犯人は葛西和江を浴槽の縁にもたれさせてから射撃している。つまり、最初に撃ったのは明らかに頭部です。だとするなら、それ一発で葛西和江は確実に死んでいます。それなのになぜ犯人は現場に留まり、余計な銃声を響かせてまで背中にもう一発撃っているのか」智はテーブルの上に置いた両手を組み、少し体を乗り出すようにした。「それは、『二発撃った』という事実が必要だったからです。二発撃ったという事実はイコール『銃声が二つあった』という事実になり、その結果犯人は、二発目の銃声の時に他人と一緒にいることで、アリバイを得ることができます」

……だとすると。

俺は考える。犯人は「一発目の銃声」ですでに二発を撃ち、犯行を終えていた。そして二階に行ってスピーカーを設置し、何食わぬ顔で外に戻って、他の人間と一緒にスピーカーから流れる「二発目の銃声」を聞いた。だとすると、犯人は。

「犯人はおそらく葛西和江が、常に浴槽に水を溜めておく習慣があったのを知っていた。そこで彼女を浴室で射殺し、頭部を貫通して浴槽内に落ちた一発目の弾丸を回収した。一発目の弾丸だけは回収しなければならなかったんです。弾丸が両方回収されてしまえば、双方の線条痕が違うこと——つまり、二つの拳銃が使用されたことが、容易に分かってしまう。だから犯人は葛西和江をわざわざ浴室まで連れていって殺害したし、殺害後に音をさせてまで浴槽の水を抜いた。これは『一発目の弾丸は流されてしまった』と思わせるためだったんです」

そういえば、一発目の弾丸が見つからなかったことに関しては、直ちゃんも少し気にしていた。実際、このような場合なら、警察は下水をさらってでもなくなった弾丸を探す。それでも見つからなかったというのは、確かに少しおかしいのだ。

「だとすると、犯人が誰なのかが分かります。外部の人間と同様、屋内に誰がいるのかを知りえなかった御法川靖男さんは除外されますし、当時六歳だった葛西瑞希ちゃんも除外されるでしょう。六歳児が両手で二丁のトカレフを、同時に発射するなどというのは無理です」

当然のことだったが、智は丁寧な口調を崩さずに言う。

「もちろん、一発目の銃声の前から瑞希ちゃんと一緒にいた葛西誠也さんも除外されます。瑞希ちゃんの証言がありますし、仮に彼女が父親から嘘をつくよう言われたとしても、六歳児が警察の調べに対し、嘘をつき通すことを計算に入れて犯行に出るのは無謀すぎます。加えて御法川久雄さんも除外されます。一発目の銃声の時にすでにいなかった彼がこんなトリックを使う必要はないし、近所の主婦の証言によれば、声をかけた時、久雄さんは汗もかかない状態でのんびり歩いてきた、とのことです。路地に出て勝手口に回って犯行をして、また路地に出てマンションに行くためには十分以上かかる。犯人なら、心理的に、ゆっくり歩いていられるはずがありません。主婦に声をかけられたのは偶然ですから、声をかけられることを見越して、アリバイ作りのためにゆっくり歩いていった、ということもありえない」

俺は頷いた。直ちゃんも頷いている。久雄氏は除外された。だとすれば。

「そして確認したところによれば、事件当時、周囲は建て込んだ住宅街であり、空き家もなかった。つまり、このトリックを用いた場合、犯人は『二つ目の銃』を隠す場所がなかったということになります。ＴＴ－３３トカレフは隠し持てるサイズではありませんし、分解したところでトイレに流せるサイズでもありません。なのに銃は出てきていません。周辺区域はくまなく捜索されたのに。……だとすると、龍之介さんも除外されます。彼が犯人であった場合、銃を隠す場所がないからです」

「おい」俺は思わず腰を浮かしかけた。では誰が犯人だというのか。

「一方、犯行後、銃の隠し場所を確保していた人間も存在します。現場から走ればわずか三分のところに、当時の御法川家があった。そして犯人は死体発見後、『救急車の誘導をする』と言って一人で外に出ていっている」

一瞬、俺には智の言っていることが理解できなかった。犯人が御法川家に銃を隠した、ということは。……それに死体発見後、救急車を誘導すると言って出ていったのは。

「犯人はあなたです。的場莉子さん」

智はあっさりと言った。本日のパスタは鮭のクリームパスタです、と言うのと同じように。「あなたは『救急車の誘導をする』と言って一人で外に出て、自宅に二つ目の拳銃を隠した。犯人に拳銃を隠すチャンスがあったとしたら、ここしか考えられません」

智があまりに平静な口調で言うので、俺は弟の言っていることを危うく聞き流してしまうところだった。

だが二、三秒してようやく、俺は智の言っている内容を理解した。

「……智」

「二階のことについてもそうです。犯人は二階に仕掛けたスピーカーを犯行後に回収しなければならなかった。あなたは死体発見後、『二階から物音がした気がする』と言って、一人で二階に上がっている」智は的場さんを見ている。「最初に『銃声だ』と気付いたのもあなたなら、進んで現場に踏み込んで主導権を握り、そこにいた人間たちの位置を操作したのもあなたです。証言を聞いて客観的に分析すれば、それらのことが分かります。ですが、あなたの経歴が――この事件の十三年前に母親を射殺されている、という経歴が隠《かく》れ蓑《みの》になっていた。そういう辛い過去を持ったあなたなら、悲しいことに、こういう時でも積極的に行動できてしまうのではないか――最初、僕はそう思わされていた」

智の言葉が切れても、俺は何を言っていいのか分からないまま沈黙していた。直ちゃんも黙っていた。

どう扱ってよいか分からない沈黙をなんとかしようとして、俺は的場さんを見た。彼女は怒るでも反駁《はんばく》するでもなく、驚いている様子すらなく、ただ、すっと目を伏せた。

智は言う。

「僕は最初から、おかしいと思っていました。犯人が葛西和江の周囲の人間であるなら、なぜお盆の、家に家族の集まるこんなタイミングを狙ったのか。葛西和江は専業主婦です。日中は自宅に一人きりになる。拳銃があれば、人に見られずに殺害するチャンスはいくらでもあったはずなんです。それなのに犯人がそうしなかったのは、お盆の時しかチャンスがなかったからではないでしょうか。現実にそうだったんです。北海道の大学にいるあなたには、こちらに戻っているお盆の時にしか機会がなかった。葛西和江が殺されれば、あなたの所在はすぐに警察が確認しますから」

「……おい、智」

ようやく口を開くことができた俺は、喉に何かが詰まったような息苦しさをこらえ、声を出した。「ちょっと待ってくれ。なんで的場さんが犯人なんだよ。被害者は葛西和江さんなんだぞ。和江さんは、的場さんを子供のように……って、言ってたのに」

「動機は考えていた通りだよ。二十年前の御法川法律事務所強盗殺人事件」

「だから、葛西……」

言いかけた俺は、なぜかそこから先の言葉が出なくなっていることに気付いた。

俺の脳内にいるもう一人の俺が、俺より先に、その可能性に気付いていた。

「まさか……」

それしか言えなかったが、智は俺が言おうとしたことを了解している様子で頷いた。

「そうだよ、兄さん。……二十年前の御法川法律事務所強盗殺人事件。あれを起こした『強盗』は七年前の犯人とは別人――おそらく、七年前の事件で殺された葛西和江本人だったんだ」

「それは……」直ちゃんが何か言いかけたが、そのまま口を閉じた。

思い返してみれば、二十年前の強盗犯は覆面をしていたし、体格も分かっていなかったのだ。そして何より犯行の間、一言も喋っていない。つまり、葛西和江のような中年女性であっても全く矛盾はないのだ。毎年、検挙される強盗犯の中にも、数パーセントは女性がいると聞いている。

的場さんを見た。彼女は何も言わず、ぴくりとも動かず、ただ目を伏せていた。否定しないどころか、何の反応も返さない。彼女は智の言葉を予期していたのだ。

それはつまり、智が言った結論が事実であるということだった。

5

葛西和江はそれまで、何の不満もない人生を送ってきた。

和江は専業主婦だった。夫の龍之介は普通の会社員で、世間的には何一つ問題のない、よい夫だった。マスコミや商社といった当時の花形産業ではなかったが、仕事は安定していたし、酒や賭け事に溺れることもなく、堅実で真面目な性格だった。家庭内で横暴なところもなく、やや世間知らずの風はあったものの、恥ずかしくなるような非常識はなかった。結婚する時も、一緒になるなら結局はああいう男がいい、と言われた。二十歳そこそこでの結婚だったから、当時は「そんなものなのだろうか」という冷めた気持ちもあったが、結婚後、古い友人や近所の主婦仲間から夫に関する愚痴を聞かされるたび、「そういうこと」が全くない自分の夫の貴重さが分かった。家庭ではあまり話さず、特に育児熱心というわけでもなかったが、誠也が生まれてからは、休みの日にはそれなりに父親としての役目を果たしてくれていた。

和江はその時でも、時々感じていた。人生とはこんなものなのだろうか、と。人並みに幸せな子供時代を過ごし、素晴らしくはないが不満もない相手と結婚をし、子供を産んで育てて、子供がいつか巣立ったら老後。そんなものなのだろうか、と。

だが、誠也が小さいうちはまだ、それほど気にならなかった。誠也は手がかかる子で、そして可愛かった。あまり体が強くなく、よく熱を出し、小学校のうちに肺炎と虫垂炎《ちゅうすいえん》をやって二度入院した。誠也自身もそのことを自覚していたからか、聞き分けがよく、反抗期らしきものも特になかった。よその子供が母親に汚い言葉を浴びせて自室に閉じこもるような年頃になっても、誠也は母親の誕生日のため、小遣いからプレゼントを買ってくれていた。そんな子だったから、和江は夢中で育てた。彼女の関心の中心はいつでも誠也のことであり、それ以外のたいていのことは「誠也の成長にとってプラスになるかマイナスになるか」という観点から考える癖がついていた。

誠也は特に問題を起こすこともなく素直に成長した。そして十八になると大学に受かり、家を出ていった。

和江は誠也が出ていった日の午後を、まだはっきりと覚えている。十八年間、自分の関心を一身に集めていた息子は、特に泣くでもなく寂しがるでもなく、あっさりと出ていった。それを駅まで送り、自宅に戻ると、二十年も住んでいたはずの自宅が、急に広く感じられた。カーテンが開けられたままで西日が差し込む息子の部屋は空っぽで、静かだった。生活の中心である息子が出ていき、昼の時間がぽっかりと空洞になった。夫との会話は気付かないうちに減っていたし、今更、二人でいることを楽しむといったようなものでもなかった。

息子を送りだしたことで何か、自分も育児から卒業したような気になっていた。やるべきことが急に減り、これからは自由だ、と思っても、その自由を何に使えばよいのか分からなかった。

それである日の昼、「自分への卒業祝い」ということにして、久しぶりに百貨店の婦人服売り場をはしごした。思えばここ数年、お洒落のための服など買っていなかったから、今日ぐらいはいいだろうと思い、散財する覚悟で店に入った。

何年ぶりかにする自分のためだけの買い物は楽しかった。こうした店に数年入っていなかっただけで、自分の知識がいかに古くなっているかを思い知らされた。そのために最初は恥ずかしく思ったが、店員は自分を笑ったりせず、次々と服を勧めてきた。勧められるままに試着すると、店員は「お似合いです」「お綺麗です」と褒めてくれた。浮いた気になり、ついでに美容院に行って髪もセットしてもらった。流行《はや》りの髪型は恥ずかしかったが、若い美容師には「二十七、八に見える」と言われた。まさか、と笑って返したが、嬉しかった。

家に帰って鏡でじっくりと自分の姿を見た。あの美容師の言葉は世辞だと分かっていたが、それでも、意外なほどにまだ、自分が若く見えた。とても大学生の息子がいる女とは思えない。考えてみれば、もともと自分は同世代の子供がいる母親の平均より若かったのだ。誠也を産んだのはまだ二十歳そこそこだった。自分は早く母親になりすぎたのかもしれない。そう思った。

あの電話がかかってきたのは、ちょうどその時だった。もしこの電話がなければ、あるいは、かかってくる時期がもう少し早いか遅いかしていれば、その後の葛西和江の運命はまるで違ったものになっていたかもしれない。

電話をしてきたのは江橋昌子《えはししようこ》という、高校時代の同窓生だった。昌子は昔から派手な性格で、和江は彼女を「頭の悪い女」「下品な女」として、密《ひそ》かに馬鹿にしていた。だから、彼女から「同窓会というほどでもないささやかな飲み会」を誘われても、普段なら断っているはずだった。お互いの家が近かったため、それまでも誘いはあったのだが、「家のことがあるから」と断ってきた。

その日、誘いに乗ったのはなんとなくだった。昌子と会ったのは六本木にある雰囲気のいいカフェで、それまでの和江であれば、仮に行ったとしても「こんな店でお茶をするだけでいくらかかるのだろう」ということばかり気になってしまうような店だった。だが、その日の和江は自分でも驚くほどあっさりと場に馴染んだ。

昌子の他に二人の同窓生が来ていたが、昌子も含め、他三人はひどく派手な格好をしていた。三人は、それまでの和江だったら「派手な人たち」「ちゃらちゃらした人たち」と言い、夫と一緒に「年甲斐《としがい》もなく」などと言って見下しているはずのカテゴリーに属する女たちだった。だが、その日は和江自身も、「卒業」の日に買った最新流行の装いをしていた。派手で、こうした店に入り慣れている様子の他三人に対し、最初は気後れしていたが、彼女らから服を褒められ、「綺麗」「若い」と言われているうちに、いつの間にか打ち解けて陽気になっていた。頭の中では、あの日美容師に言われた「二十七、八に見える」という言葉がちらついていた。

和江の服装や、彼女が楽しんでいる様子を見て、昌子ら三人は和江を「仲間に入れられる相手」と認識したらしかった。昌子からはそれからも、よく誘いがかかるようになった。彼女たちは遊ぶ場所を実によく知っており、最初はお茶を飲むだけだったのが、そのうちにバーやクラブなどにも連れだって行くようになった。そういった場所に縁がなかった和江は最初こそ不安を感じていたが、昌子は「私たちぐらいの客だってよくいるのよ」と軽く言い、実際に顔見知りであるらしいバーテンダーと慣れた様子で会話をしたりしていたから、和江もじきに慣れた。ちょうど夫の帰りが遅い日が増え、夕食の準備がいらなくなることが多くなっていたし、夕食の準備は先に片付けてしまい、遊んで帰ってから電子レンジで温め直す、ということも覚えていた。

夫は和江のささやかな夜遊びについて、何も気付いていないようだった。髪や化粧を変え、服や小物が増えても何も言わなかった。和江はそのことで、ささやかな解放感と、非日常の感覚を得た。夫に黙って夜遊びをしている、という自覚にはかすかな後ろめたさと、それよりずっと大きな高揚感があった。夫の知らない自分。くたびれた主婦のおばさんではない、もう一人の自分。私は変身する。普段はありふれた主婦に見えるけど、夫の知らないもう一つの世界では、流行の服を着て、顔見知りのバーテンダーと軽く言葉を交わし、「二十七、八」に見える「別の自分」に変身する——その感覚が楽しくて仕方がなかった。

客観的に見れば、この後、彼女がどの方向に向かうかは誰にでも予想できることだった。

葛西和江は昌子に連れられて初めて入ったホストクラブで、俳優を目指している、というホストの一人に夢中になった。免疫のない和江は、二度目の恋だ、と思っていた。夫ではなく、学生時代の淡い初恋以来の、二度目の恋愛。おかしいこととは思わなかった。店にいる時は軽い男だったが、和江と二人の時は誠実に見えたし、昌子にもそういう相手がいるようだったし、和江だって「二十七、八」に見えるのだから、そう不釣り合いではない、と思っていた。

和江は慎重な性格だった。浮気がばれるようなことがないよう、夫に対して完璧な嘘がつける時しか男とは会わなかったし、他の常連と競争で金を使いすぎるということもなく、定期預金や夫の株式には手をつけず、男とは自由になる範囲の金でつきあっていた。昌子とは一緒に店に行くこともあったし、それぞれ一人で行くこともあった。互いに相手の男のことは知っていて、「どうだった?」と意味深に探りあうようなこともあった。

だが和江はもちろんのこと、昌子すら知らないことがあった。その店は暴力団絡みの男が出入りしており、その界隈をよく知る者なら「あそこはやめておけ」と言うような店だった。事実、和江の男も昌子の男も、暴力団の末端《まったん》、あるいはその使い走り、という顔を持っていた。

ある日、バーで昌子が耳打ちしてきた。「すごいもの預かっちゃった」と、笑いながら。昌子のバッグに入っていたのは本物の拳銃だった。「トカレフだって」と言い、昌子は笑った。バッグの中にはずしりとした重みをもって、二丁の拳銃と数十発の実包《じっぽう》が入っていた。和江が「どうしたの」と訊くと、昌子は「彼に『やばいから処分してくれ』って頼まれちゃった」と答えた。

昌子は「こんなもの家に置けないし」と言って困った顔をみせた。

それで和江には見当がついた。昌子は男から処分を頼まれ、よく考えずに引き受けたものの、自宅には隠しておけないことに気付き、自分を呼んだのだろう。

しかし、和江はそれを受け取った。昌子は本当に困っているようだったし、すでに二人の間には、共犯者のような関係があった。ここで和江が常識論をたてに断れば、昌子も和江の「常識的でない部分」をたてに、報復に出てくるだろうと思われた。和江は「一つ貸しね」とだけ言ったが、一方でこの新たな秘密を楽しむところもあった。昼間の自分は平凡な主婦。でも「別の自分」は若い愛人を持ち、拳銃まで持っている——子供じみた満足感だったが、和江はそれを楽しんだ。そのしばらく後にそれを使う時が来るということは、全く予想していなかった。

つきあっている男からそれほど大事にされていない、という不満はそれまでもあった。男には若い恋人がいるようだったし、店に行っても、和江より明らかに醜く、肥《ふと》っていて、よくもこんな歳で恥ずかしくないのか、という女に対し彼が最上級のおべっかを使っているのを見せられることがあって、それが辛かった。和江の金の使い方では仕方のないことだったが、どうにかして彼を自分一人のものにしたい、という願望はあった。空想だけならよくしていた。男が和江に夢中になって店を辞めるとか、何かに追われるようになった男が和江の手を引いて逃避行に出る、といった、埒《らち》もないものだった。

だから男が、自宅に電話をしてきて「助けてくれ。あなたにしか頼れない」と言ってきた時には、空想が現実になった、と思った。

客観的には、それは男自身の問題ではなかった。男が「世話になっている」数人の暴力団関係者が詐欺《さぎ》まがいのことをやっており、すでに警察の捜査の手が伸び、民事でも、告訴が迫っている状況だった。その事件は、地元で最も顔の売れた御法川久雄弁護士が担当していた。

彼らのいわば舎弟《しゃてい》であった男は、「つきあっている主婦の一人」が御法川法律事務所の隣に住んでいることに思い当たり、「兄貴」に申し出たのだ。自分はその弁護士を知っている。その弁護士が保管している証拠書類をなんとかして盗れるかもしれない、と。

もともと、まともに生活している男ではなかった。「兄貴」に恩を売り、彼らのしている商売にもっと深く関わらせてもらって金を儲ける、というのが、男のさしあたりの目標だった。男は和江に電話をかけ、悪い奴に嵌《は》められている。御法川弁護士とぐるになって訴訟を起こされそうだ、と泣きついた。

男の側からすれば、和江が自ら強盗に入ることまでは期待していなかっただろう。だが、金銭面で男を繫ぎ止められないことを自覚していた和江は、男の方がたじろぐほどの勢いで承諾した。彼女の頭の中には、御法川家の裕福な暮らしと、お嬢様育ちでお人よしに見える御法川美佐子の笑顔と、「別の自分」が持っている二丁の拳銃があった。

何度か訪ねたこともあったから、「お隣」の状況はおおよそ把握していた。御法川美佐子が何曜日のどの時間帯、事務所で一人になるかも知っていた。書類は金庫の中だろうが、こちらには拳銃がある。突きつけて脅し、開けさせればよかった。御法川法律事務所の前の道は人通りが少なく、さっと出てすぐに自宅に逃げ込めば、誰にも見られないまま犯行が済ませられそうに思った。葛西和江は考えた。「お隣」をちょっと訪ねるだけ。何気なく訪ね、銃を出して脅し、書類を手に入れたらさっと出ればいい。自宅はすぐ隣なのだ。

自宅に入りさえすれば、あとは気持ちが落ち着くまで、何も知らないふりをして大人しくしていればいい。まさか隣の主婦が犯人だとは誰も思わないだろう。自分が拳銃を持ち、若い男と関係を持ち、別の顔を持っていることなど、近所の誰も知らない。唯一知っている昌子には「貸し」がある。そもそもこの拳銃は、彼女が持ってきたものなのだ。

葛西和江は極めてあっさりと犯行を決意した。深く考えてしまえば、自分のやろうとしていることが何なのかが客観的に見えてしまい、恐ろしくなって行動を起こせなくなってしまうだろう。そうなる前に行動を起こせるように、つとめて軽く考えた。「お隣」に行ってちょっと銃を出し、書類を盗ってくるだけ。彼女はそう考えた。

だが、実際にはそうはいかなかった。覆面をして事務所に入ると、その日に限ってなぜか、御法川美佐子の他に、いつもは家で留守番をしているはずの娘の莉子がいた。それでもう、和江は平静でいられなくなった。

葛西和江のもう一つの誤算は、おっとりしたお嬢様育ち、と思っていた御法川美佐子が頑強に抵抗してきたことだった。御法川美佐子がもともとそういう性格だったのか、娘が横にいたからそうなったのかは定かではない。だが彼女は和江の拳銃を取り上げようとし、摑みかかってきた。

正確には、和江には殺意はなかった。ただ、突然摑みかかってきた御法川美佐子に驚き、トリガーにかけていた指に力が入ってしまっただけだった。トカレフには基本的に安全装置がなく、それ以前にそもそも拳銃の安全装置というものの存在すら知らなかった和江は発砲し、気がつくと御法川美佐子は胸から大量の血を流し、仰向けに倒れていた。

和江はしまったと思い、それでも強盗の仕業に見せかけるため机から金を盗ることはし、事務所から逃げた。自宅に飛び込み、寝室に鍵をかけてうずくまり、長い間震えていた。ようやく気持ちが落ち着いてくると、夢から覚めたように感じられた。自分は何をしてしまったのか。だが夢ではない証拠に、まだかすかに硝煙のにおいをさせるトカレフと、ぐしゃぐしゃに握りつぶされた二十枚ほどの紙幣と、夢中で脱ぎ捨てた覆面がそこにあった。それらのものは避けようもなく現実的にそこに存在し、目を閉じてみても消えてはくれなかった。

葛西和江は呟いた。こんなものは知らない。これは私のしたことではない。

もし、この時の彼女の顔を間近で見ている者がいたら、人格が変わったようだ、と評しただろう。葛西和江は一呼吸か二呼吸の間に「別の自分」のことを記憶の奥底に沈め、普段の、主婦としての自分に戻った。そして「普通の主婦」なら縁がないはずの拳銃や覆面がそこにあることに困惑し、拳銃を押し入れの天袋に隠し、覆面は裁ち鋏でずたずたにして捨てた。まるで和江自身、そこになぜ拳銃や覆面があるのか分からない、とでも言うような表情でそうした後、彼女は「どこでついたのか分からないが、何か変なにおいがする」服を着替え、いつもの恰好に戻った。

そして「普通の主婦」ならまずそうするように、隣の小さな子供のことを思い出し、考えた。さっきお隣で変な音がしたが、何があったのだろうか。あの子供は大丈夫だろうか、と。奇妙なことだが、この瞬間の彼女は本気でそう考えていた。

葛西和江は隣の物音を「不審に思い」、庭から顔を出した。警察も救急車も呼ばれた気配がなく、付近の住民はまだ、御法川法律事務所で起こったことに気付いていないようだった。そこで、様子を見に階段を上っていった。

ドアを開けると、「お隣の奥さん」が血まみれで倒れていた。「娘の莉子ちゃん」は泣きもせず、黙って彼女の傍らに膝をついていた。最初は何をしているのか分からなかったが、すぐに気付いた。莉子は小さな手で母親の傷口を押さえ、必死で止血しようとしていた。

和江は莉子を抱きしめた。そしてこの、強くて不幸で、とても小さい女の子のために、自分の残りの一生をすべて捧げる、と誓った。

だがその誓いは果たして「犯人」としてのものなのか、それとも「隣の何も知らない主婦」としてのものだったのか。それは誰も知らない。

そして翌日から葛西和江はまた「平凡な主婦」に戻った。夜遊びもやめた。昌子からは何度か電話があったが、男からはもう何の連絡もなかった。

6

「……当時六歳だった私は、そこまで論理的に考えていたわけではありませんでした」

的場さんは手を伸ばし、もう湯気をたてるのをやめているセイロンのカップに触れた。

「でも、なんとなくおかしいとは思っていたんです。『どうして和江おばさんはあの時、あんなにさっと助けにきてくれたんだろう』『和江おばさんはなんだか、今、初めて来た感じじゃない』……」

的場さんはカップを取り、唇を湿らせる程度にセイロンを飲んだ。

「それでも八年前、引っ越した先のおばさんの家で、大掃除を手伝いながらあの拳銃を見つけた時は、頭の中が真っ白になりました。どうしてこれがここにあるんだろう、って」

俺は混乱する頭をなんとか整理しながら考えていた。大掃除の最中に見つけてしまったということは、拳銃はそれほど厳重には隠されていなかったのだ。そもそも犯罪の証拠品を自宅内に隠し持っている人間が、大掃除で事件の関係者を家に入れるというのはどういうことだろうか？

しかし、智は落ち着いた声で言った。

「おそらく葛西和江自身、事件のこと……というより、『犯人である』自分を忘れたがっていたんでしょう。自分は何も知らない、と、本気で思い込もうとしていた。だから拳銃を改めて隠し直すことはしなかったし、事件関係者のあなたを家に上げた。拳銃を改めて隠し直すとか、家に人を入れたがらない、というのは、犯人である人間のすることですから」智は目を細める。目の前の的場さんではなく、そこにいない誰かを見ているようだった。「……葛西和江本人に銃を見せて問いただしても、本気で『知らない』と答えたかもしれませんね」

「でも、事実はそうじゃありません。あの女がお母さんを殺した。それなのに、何も知らないみたいな顔をして、笑っていた」的場さんは、膝の上で握っていた左手に力を入れた。「『殺す気はなかった』なんて言い訳になりません。だってお母さんは殺されたんです。私の目の前で」

「それで、銃を持ち出した……？」直ちゃんは、まだ信じられないという顔をしていた。

「莉子さん、私、やっぱり分かりません。どうして警察に通報してくれなかったんですか？　どうして……」

的場さんは、無表情になって直ちゃんを見た。「警察に言って、どうなるんですか？」

「通報してくれてたら、すぐ逮捕できてました。時効は廃止されましたし、証拠だって完璧だったじゃないですか」直ちゃんはテーブルに手を置いて、身を乗り出した。「どうして自分でやろうなんて思ったんですか！……私たちに、言ってくれてれば、ちゃんと……」

「……ちゃんと、どうだったって言うんですか？」

的場さんの方は、背筋を伸ばして座ったまま直ちゃんを見ている。「警察に通報して、あの女は起訴される。それで、どうなるって言うんですか？　法廷に立たせたところで、あの女には弁護人がつくんです。『殺意はなかった』って、最後まで言い張るに決まっているじゃないですか。もし殺意が認められても、死刑になるかどうかなんて分からないじゃないですか。あの女は……」

的場さんは言葉を切った。

それから俯いて、テーブルの表面に向かって言葉を吐き出した。

「……法廷であの女が、どういう扱いをされるか分かりますか？　殺意が認められたら、あの女の弁護人は、今度は情状について延々と言いたてるに決まっています。『被告人は深く反省をしています。どうか刑を軽くしてください』って」

そこまで言われて、俺もようやく気付いた。

葛西和江は残された御法川美佐子の子供を不憫《ふびん》に思い、自分の子供のように面倒を見てきた。

明らかに反省の念を示すこの事実は、法廷では確実に、刑を軽くすべき事情として考慮される。そうなれば、葛西和江は無期懲役で終わる可能性が大きい。

だが、的場さんにとってはどうだろうか？

「私は十三年間ずっと、あの女を親切な人だと思わされてきました。優しい近所のおばさん。お母さんの代わりだと思ったことすら……」的場さんの膝の上で、握られた左手が震えている。「私はそう思って、あの女に笑顔を見せてきた」

テーブルの上のカップがかちかちと音をたてた。彼女の体が震え、それがテーブルに伝わっている。「……十三年間も、私はずっと騙し取られてきたんです。何を、と訊かれても、言葉では表せません。でも、確かに騙し取られてきた」

こうして聞いている俺には、彼女の気持ちが理解できる気がする。葛西和江が自分の罪悪感を消すためにそうしてきたとすれば、なおのこと許せない。

だが、法廷でも同じように理解されるだろうか？　彼女の気持ちを理解して「刑を軽くするべきではない」と発言できる人間がどれだけいるだろうか。葛西和江は十三年もの間、的場莉子から「騙し取って」きた。それなのに、その事実が法廷で無視されるどころか、刑を軽くするべき事情として扱われるとしたら。

「……被告人は法廷では、守られているんです。『自分がやったんじゃない』と言い訳をしてもいいし、そう言い訳をしたくせに、有罪が決まったら今度は『反省しているから刑を軽くしてくれ』と言うことも許されているんです。お母さんは」的場さんの声が強くなった。「……お母さんは何も悪いことをしてないのに殺されたんです。なのに殺した方は、反省すれば許されるんですか？　お母さんはもう、何もできない。映画を観ることも、旅行に行くことも、おいしいものを食べることも……ピアノを弾くことも、二度とできないんです。なのに殺した方は、刑務所に行くだけ。時々ならおいしい食事も出るし、家族と面会もできる。大人しくしていれば出てこられて、死ぬまで幸せに暮らせるかもしれない。そんなの不公平です。そんなの……許せない」

冷めたセイロンの水面が、彼女の言葉で小さく揺れている。

「『一人の生命は、全地球よりも重い』っていうなら、一人の生命を奪った罪だって、地球を壊すより重いはずじゃないですか。それなのにどうして、加害者だけが許されるんですか？　どうして加害者だけ言い訳をする権利がもらえて、やり直すチャンスがもらえて、死刑になる時だって、苦痛の少ない方法を選んでもらえるんですか? 殺された人の命は、殺した人の命より軽いって言うんですか」

俺は何も言えなかった。俺だって、たとえばもし智が誰かに殺されたら、そう思うに決まっている。法廷で弁解なんかさせたくないし、苦しめながらなぶり殺しにするのでなければ不公平だ、と思うだろう。

「法廷になんか、任せたくありませんでした。法廷に任せれば、きっとみんな、言います。被告人はこんなに反省しているじゃないか、許してあげるべきだ、って。弁護人も、判決でも、きっとそんなふうに言われます。許さなければならない、って」

法廷で遺族に対し、直接、そういう言葉が投げつけられることはまずないだろう。だが、裁判がそういう流れになった時に、遺族に対してそのような視線が向けられることは、考えられないことではなかった。無言のまま威圧されるかもしれないのだ。

――どうして許してあげないの?

俺にだって覚えがある。傍で見ている人間は皆そうだ。公平に、と言いながら、実際には誰もが「許してあげようよ」と言う役をしたがる。その方が自分は「優しい人」の立ち位置でいられるし、「物分かりのいい人」になれるからだ。「許さなくていいよ」なんて、わざわざ言う人間はいない。

「……でも」直ちゃんが、まだ納得していない、という顔で口を開いた。「それなら、どうして惣司警部に依頼したんですか？　七年前の事件、警察はもう迷宮《おみや》入り扱いにしていたんです。黙っていれば、そのまま逃げられたのに」

警察官とは思えない言い方だったが、本心なのだろう。的場さんは彼女を見て、少し表情を緩めた。

「……私は、一度も智さんに依頼していません。したのは直井さん、あなたですよ」

確かに、振り返ってみれば、的場さんは最後まで智を頼ろうとしなかった。彼女の過去を調べ、智を動かしたのは直ちゃんだ。

その時はてっきり、智を頼るのがずるく思えたからだろう、と思っていた。だが、本当の理由はもっと単純なものだったのだ。智が関わると、事件が解決されてしまうかもしれない。

「……でも、でも」直ちゃんは的場さんに取りすがるように言う。「それならそもそも、この店に来なきゃよかったじゃないですか。惣司警部とみのるさんのこと、知ってたでしょう？　なんでそんな、危ないところにわざわざ寄ってきたんですか」

直ちゃんは、まるで的場さんに逃げおおせてほしかったかのように言う。

だが的場さんは、妹を諭すような口調で静かに言った。

「最初から、言っていますよ。……私はただ、プリエールでお茶を飲んで、のんびりしたかっただけです」

それでは説明になっていないことははっきりしている。だが的場さんはそれ以上、何も言わなかった。彼女自身も、自分がどうしてこの店に来ていたのか、きちんと説明はできないのだろう。

だが、おそらくは。

「……智さんになら、解決されてしまってもよかったんです。きっと」

たぶん、そうなのだろう。あるいは、殺人をして逃げ続けている、という状況にもう疲れていたのではないか、とも思う。疲れきった人間は、誰かに話を聞いてもらいたがる。

俺は以前から不思議に思っていた。性格的にみれば、的場さんは検察官か、でなければ法廷に出る弁護士を選ぶ気がする。なのに彼女は企業内弁護士として、一般企業に勤めていた。

その理由も、今になれば分かるのだ。彼女は刑事事件の弁護をしたくなかったのだ。だが殺人犯の自分が、正義の味方になりきって検察官を志望することもできない――おそらく、そう思っていた。

「……私はきっと、智さんに解決してもらいたかったんです。智さんなら、分かってくれるような気がしていたんです。解決してもらって、話を聞いてもらって……」

「的場莉子さん」智が彼女を遮って言った。「僕がこれから言うことは、一般常識から外れているかもしれません。身内をひいきしている、と言われれば、そうかもしれません。でも」

的場さんが智を見た。

智は言った。

「あなたは、許さなくていいです。葛西和江は殺してよかったんです」

ずっと冷めた目をしていた的場さんが、初めて目を見開いた。

「……ありがとう、ございます」

的場さんは俯いた。「私はきっと、誰かにそう言ってもらいたかったんです。ずっと……『許さなくてもいいよ』って、誰かに……」

智が、すっと立ち上がった。直ちゃんと俺は視線で追ったが、的場さんはテーブルの上のカップを見たまま動かなかった。

厨房の中に消えた智は、トレーを持って戻ってきた。自分の前に置かれたものを見て、的場さんは顔を上げて智を見た。

「……特製のモンブランです」智はテーブルの横に立ち、彼女に言った。「当店では通常、スポンジ生地をベースにしたものをお出ししておりますが、今回は本場フランスの伝統通り、メレンゲを土台にしたものをご用意させていただきました。マロンクリームの方も、より風味の深い和栗のクリームを使用しております。こちらの方がお好みに合うかと思いましたので」

的場さんは目元をぬぐい、目の前のモンブランと智を見比べる。「これって……」

「……的場莉子さん」智は微笑んでみせた。「あなたのために作りました」

俺は急いで立って、カウンターから新しいカップを取ってくると、彼女の前にあった、冷めてしまったセイロンと取り替えて、ポットの温かいセイロンを注いだ。的場さんは俺を見上げて、かすかに頭を下げ、フォークを取った。

メレンゲをベースに作った柔らかいモンブランは、彼女のフォークを抵抗なく受け入れ、きれいに割れた。

午後十時を回り、表の道が静かになる頃、的場さんはゆっくりと席を立った。直ちゃんがそれに寄り添い、俺と智に頷いてみせた。的場さんが自首した後、面会の便宜をはかってくれる、ということだろう。「綺麗な顔になってから行きましょう」と言って彼女を洗面所に連れていった直ちゃんは、警察官の顔に戻っていた。

ドアベルがからん、と鳴る。

「ありがとうございました。またのお越しを、お待ちしております」

去っていく彼女に、智が言った。「……ずっと、ここで」

的場さんはゆっくりと振り返り、静かに頭を下げて出ていった。俺たちにとっての救いは、彼女がかすかに微笑んでいたことだった。

閉じられたドアを見て立ったまま、俺はどうしても考えずにはいられなかった。彼女がもし、七年前に智に出会っていたら、彼女の怒りを受け止め、「許さなくていい」と言ってくれる誰かに出会っていたら、きっと同じ結果にはならなかった。

俺はゆっくりと深呼吸して、ドアに背を向けた。お客さんがいなくなったプリエールで、空になったケーキの皿が、にぶく光っていた。

モンブラン

直訳すると「白い山」の意。土台の上にマロンペーストを絞った菓子だが、安価なサツマイモや、かぼちゃのペーストで作られることもある。また日本では、栗きんとんのようにくちなしで染めた黄色いものも見られる。

日本では土台にスポンジやタルト生地を使ったものが多いが、元々、フランスでは土台はメレンゲで作るものとされ、ケーキではなくメレンゲ菓子に分類されている。フランスのものはサイズも大きく、かなり甘い。

日本においては愛好者が多く、苺のクリームを用いた「苺のモンブラン」や、マロンペーストをケーキ上に盛った「モンブランケーキ」など、バリエーションも豊富なお菓子である。

俺はケーキの皿を集め、洗い場に持っていった。明日は店を開けなくてはならない。秋の食材がそろそろ出ている頃だし、出始めたスルメイカやサンマを使って新しいメニューを準備しなければならないし、店の内装も秋めいたものに直さなければならない。

プリエールは明日からまた、平常営業でお客さんを迎えなければならない。

7

壊れた「ＳＯＬ－Ｉ」を抱いて、ぼくは泣きながら帰った。家に着くと二階に上って、ベッドでシーツをかぶってまた泣いた。悔しくて悔しくて仕方がなかった。

兄ちゃんが帰ってきた音がして、部屋のドアがノックされた。

入ってきた兄ちゃんが、どうした、と訊いてきた。ぼくは壊れた「SOL－I」を抱いたまま、学校でのことを訴えた。

本当は怖かった。兄ちゃんまで「許してやれよ」と言うんじゃないか、と思っていた。

でも兄ちゃんは、話を聞くと怒って言った。「なんだよそいつ。ひでえな」

ぼくは訴えた。「許さなきゃ駄目って言われた」

「それは先生がおかしいんだよ」兄ちゃんは言った。「そんなの許さなくていいよ。それよりそいつ、どうする？　一緒に殴りにいくか？」

ぼくはそれを聞いて、本気で泣いた。

※

「はい智こっち、エリンギのクリームパスタ二つな。あと三番テーブルは？」

「了解。三番はオーダーまだ。それと二番テーブルのお客様、オムライスとミートソース、それぞれサラダセットで。……お会計でよろしいでしょうか？　ありがとうございました」

「はいよ了解。あと日替わりのＢ、あと一食でなくなるから注意な」

「うん。……九百七十円になります。一万円お預かりいたしましたので、お先に九千円と」

「ええと、オムライスとミートソースか。……いらっしゃいませ。お二人様ですか？　申し訳ございませんただいま中のテーブルの方が満席になっておりまして、外のテラス席かカウンターになってしまいますが、よろしいでしょうか。はい。でしたらこちらで」

「ありがとうございました。……ただいまお伺いいたします」

「あー、混んでるっすねえ」

「ああ、いらっしゃいませ。お一人様？　じゃ、カウンターで」

「……みのるさん、混んでる時はなんか冷たいっすよね」

　他のお客様がいる時は常連さんと派手に喋らないことにしているのである。というより、この忙しさで喋ってなどいられるものか。

　天気がいいせいか、今日のプリエールは昼前からずっとフル稼働で、すでに満席のため四組ほどお断りしてしまっている。この分だと一時前にパスタのネタがなくなりそうだが、たいてい一時過ぎに日替わりパスタを頼んでくれる常連さんがいらっしゃる曜日なので、そこがちょっと気がかりである。

直ちゃんは俺の案内を待たずに勝手にカウンターに腰かけ、隣の常連さんに「おや直ちゃん」などと話しかけられている。「あっ、こんちはっす。アメリカンっすか？　はい。……みのるさん、カウンター二番、アメリカンっす」

「勝手にオーダー取らないでもらえるかな」席の番号をなぜ知っている。

しかし俺はまずオムライスとミートソースをやらなければならない。智が三番テーブルの方に行っているから、そちらからもオーダーが入るだろう。アメリカンは智に任せ、三番テーブルがサラダセットだったらサラダもやらせよう、と思いながら、俺は厨房に戻る。後ろからは、レジを打つ弟の声と、それに横から何か言う直ちゃんの声と、テーブルで会話するお客さんたちの声が混ざりあって、急流のように賑やかに聞こえてくる。

戦場だったランチタイムが終わり空席が目立つようになっても、直ちゃんはまだカウンターに陣取っていて、食後のブレンドコーヒーを堪能していた。俺は嫌な予感がしたので、そっと彼女の前に立って訊く。

「……まだいるってことは、もしかしてまた何か事件？」

「ご明察っす」直ちゃんはコーヒーをぐい、とあおると、にやりと笑った。「……実は先週、市場《いちば》町の方で変な窃盗事件があったんすよ」

「……それで」

「あ、その前に私ミルフィーユと、あとブレンドおかわりっす」

「……ミルフィーユとブレンドおかわりで。かしこまりました」

俺は余裕の表情でにやにやする直ちゃんから視線を上げ、店内を見た。

午後のプリエールは窓から差し込む日差しでゆったりと暖かく、座っているとそのまま眠ってしまいそうな、静かな空気がたゆたっている。


初めて訪れた人には祠のように見えるかもしれない。Priere——仏語で「祈り」という意味の名を持つこの店は、確かにどこか魔的な雰囲気をそなえている。だがお客さんは毎日けっこう多く、そのうち何割かは弟の智と、智の作るお菓子を目当てにやってくる。お菓子の一部は日替わりだが、ヴィクトリアン・サンドウィッチケーキや桃のタルト・タタンなど、曜日や季節によっては珍しいものも提供している。カモミールティーと新メニューの「リッチなはちみつレモン」もわりと好評である。

この店には時折、事件を抱えた奇妙なお客様が来店する。もしそれがお客様自身の手に余るものであり、しかも捜査と推理で解決可能なものならば、店主が話を伺うことになるかもしれない。常連客の警察官が横から入ってきて、話してくださいと促すかもしれない。

そしてもし必要があるなら、店主の弟であるパティシエが、あなたのために解決とケーキを用意してくれるだろう。

三角屋根の不思議なお店は、今日も悩めるお客様の来店を待っている。

あとがき

お読みいただきましてまことにありがとうございました。この本は幻冬舎文庫『パティシエの秘密推理　お召し上がりは容疑者から』を加筆修正してタイトルを『難事件カフェ』にしたものです。紛《まぎ》らわしいのでなるべく色々なところでお断りしておこうかと思います。私もその昔『ダ・ヴィンチ・コード』の上下巻*1や『1Q84』のBOOK 1〜3*2を間違えて買ったくちです。漫画も『寄生獣』*3の9巻と『聖《セイント》☆お兄さん』*4の11巻が二冊ずつあります。どこまで買ったか忘れて持っている巻をもう一度買ってしまうという、よくあるやつです。『老人と海』は昔、福田恆存《ふくだつねあり》訳（新潮文庫）で読んだ後になくしてしまい、新訳が出たというので小川高義《おがわたかよし》訳（光文社古典新訳文庫）を読み、やっぱり昔の福田恆存版も欲しくなって都合三冊買いましたし、『どくとるマンボウ昆虫記』（北杜夫《きたもりお》／新潮文庫）も一冊目をなくし、二冊目を読み潰したため結局三冊目です。本をなくしすぎという気もしますが、よく読み返す本に限ってなくすものなのです。そういう世の中ですので幻冬舎文庫版をお持ちの方もこちらを買って頂いて全く問題ありません。装幀《そうてい》が違いますし、珍しくシーン単位で加筆修正してありますし、どうでもいいことですがあとがきも違います。

本作の設定については制作段階から大きく変更した部分がありました。表紙になっている惣司《そうじ》兄弟ですが、最初は兄弟ではなく、相棒《あいぼう》となる「パティシエ」は主人公の家に図々《ずうずう》しく上がりこんで同居している友人、という設定でした。しかも金髪碧眼《きんぱつへきがん》でポワロなみにフラン

＊1　ダン・ブラウン作、世界四十四言語で七千万部の売上を記録した大ベストセラー。日本語版は越前敏弥《えちぜんとしや》訳、KADOKAWA刊。表紙が上下巻いずれも「モナリザ」であり、そのインパクトのせいか買い間違える人が多かった（単にたくさん売れたから、とも言える）。後に出た角川文庫版は上中下三巻であり、間違える人がさらに多かったらしい。

＊2　村上春樹《むらかみはるき》作、新潮社刊。毎日出版文化賞（文学・芸術部門）受賞。三巻すべてがミリオンセラーとなり、村上春樹の代表作に推《お》す人もいる。シンプルな白い表紙なので巻数を間違えて買いやすい。ここでは全三巻のハードカバー版のこと。文庫版は全六巻だが、こちらを買い間違えたという話はなぜかあまり聞かない。

＊3　岩明均《いわあきひとし》作、講談社刊。人間に寄生し人間を食う「パラサイト」の出現した日本を描くSF。ここでは全八巻の完全版ではなく全十巻の通常版の方。

＊4　中村光《なかむらひかる》作、講談社刊。東京・立川でルームシェアするイエスとブッダの日常を描くギャグ漫画。

ス語が交じる女好きの変人でした。しかし金髪碧眼の西洋人はすぐ甘い言葉を垂れ流してナンパする、というステレオタイプに疑問を持ったのと、フランス語の台詞をいちいち用意するのがめんどくさかったのと、プロット中でモテすぎて妬《ねた》ましくなってきたため、兄弟という設定になりました。ステレオタイプというものには気をつけなくてはなりません。よく知らない人種に対するステレオタイプの決めつけがたくさんの人を苦しめているのです。金髪碧眼の美男子だけど一途《いちず》で誠実なフランス人からしたら前出のイメージはいい迷惑ですし、大学院時代、大阪出身の友人は初対面の人に「何か面白いこと言うんでしょ？」という目で見られるのが悩みだと言っていました。スキーの苦手な道産子《どさんこ》、カナヅチの琉球民《ウチナンチュ》、陰気なアフリカ人（そもそも「アフリカ」でひとまとめにするのがあまりに雑なような……）、日本語しか喋れないハーフ、とんこつ味が特に好きじゃない九州人など、この手の被害者は枚挙に遑《いとま》がありません。千葉県民だって実際は、落花生の品種なんか「千葉半立《ちばはんだち》」とか「郷《さと》の香《か》」ぐらいしか知りません。よく言われる「千葉県民は怒らせると口から落花生を吐く」も「血管を落花生が流れている」も嘘です。指先から飛ばすだけですし、髪の毛に落花生が生《な》るだけです。そもそも千葉で落花生と言ったら「中手豊《なかてゆたか》」とか「Q《きゅー》なっつ」のことであり、これらは大変香《こう》ばしく栄養たっぷりで、「『柿の種』に入っているやつ」みたいなのをイメージしているならば完全に別物で[*5]、まあ「柿の種」のあれはあれでくせになるのですが、千葉のブランド落花生は柿の種の助けなしでも永久に食べ続けられるほどの業物であり、

「高級落花生」というものはどんなものなのか、一度食べてみてください。サイトはたとえばこちらです↓（https://www.yachi-peanut.com/）。もちろん大粒なので、血管の中などに詰め込んだら落花生塞栓《そくせん》で即死に決まっています。もう少し科学的に考えていただきたいものです。

つい興奮してしまいました。兄弟の話でした。なぜプロット段階でジャン＝フランソワが惣司智《さとる》になったかというと、実は一番の問題は「ジャン＝フランソワが想像できない」ことでした。運悪く周囲に金髪碧眼の美フランス人男性がいなかったせいもあり、頭の中で全く動いてくれないのです。これが日本人の惣司智になった途端にどんどん話ができてきたのですから不思議なものです。

もっとも実のところ、「フランス人だから金髪碧眼」という時点で現実的ではないのです。実際のフランスは多くの移民を抱える移民国家であり、そもそも現在の「フランス共和国」自体が様々な民族が集って形成された国家だったりします。つまりひと口にフランス人と言っても色々なのです。それに現在ではよく聞く話になりましたが、アングロサクソン系の人

＊5　そもそも設定価格帯が全く違うわけで、こういう比べ方は卑怯《ひきょう》である。「柿の種」は「柿の種」で、製造コストや柿の種本体とのバランス等を考慮して最適の品種を用いている。

でも「大人になっても金髪」というのは珍しく、たとえ赤ちゃんの時は「白」に近い金髪でも、大人になるにつれて色が濃くなり、最終的にはブラウンくらいに落ち着く人が大部分なのです。「大人になっても金髪」という人は最も割合が多い北欧でも半分程度で、フランスを含む南欧では二割くらいのようです（もちろん、どこからが「金髪」なのかという定義も曖昧《あいまい》です）。ハリウッドスターなんかが金髪ばかりなので誤解しがちですが、あれは染めているのです。そう考えると「金髪碧眼の美フランス人パティシエ」などというものは日本人から見た「出っ歯でお辞儀《じぎ》をしながら手裏剣《しゅりけん》を投げる企業戦士」くらい「Pff」となる可能性があり、やめておいてよかったのかな、と思います。

と、このように「金髪碧眼の美フランス人」には様々な問題があったため、主人公の相棒は金髪碧眼のエロフランソワから不器用な弟の智になったのでした。もっとも私も弟がいるわけではなく、二つ上の兄が一人いるだけです。私より優秀な兄でして、勉強や運動だけでなく魔法の才能もずっと敵《かな》わないままです。なので大変でした。白状してしまうと似鳥家はご存じ「火」「水」「月」「影」「太陽」「草木」の日本六大魔法印《ルーン》のうち「月の魔法印」を代々継承しておりまして、もちろん一子相伝《いっしそうでん》なので継承者は私か兄の一人だけ。しかも未継承のきょうだいがいると印の力が散ってしまうため、私は二十歳になった年に兄と魔法のみを用いて殺しあわなければなりませんでした。あれは大変でした。兄の方は魔力勝負では弟に負けるわけがないということを自覚していたためか「弟を殺さずに魔力だけを削《そ》いだ状態にする方法」を真剣に検討していた上、もしそれがうまくいかなくても私をなるたけ苦痛なく殺すことを優先していたようで、東京ディズニーリゾートの地下に人知れず存在する闘技場で行われた決闘では得意の「裂月の印」も「燦月の印」も私の「反月の印」であっさり防《ふせ》がれる有様で、「滅月の印」で天井を破壊しビッグサンダー・マウンテンを半分崩落させたのに私はかすり傷、と随分《ずいぶん》ちぐはぐな攻撃の仕方でした。私は兄のそういう性格を知っていたためあえて無防備に正面から突撃し、予想通り一瞬、躊躇《ちゅうちょ》した兄に「毒月の印」を打ち込もうとしましたが普通に読まれており、ついに動きを封じられて杖《つえ》を突きつけられました。兄は覚悟を決めたようでしたが、私が「おにいちゃん、生まれ変わったらまた遊ぼうね」と微笑《ほほえ》んだところ手が緩《ゆる》み、その一瞬の隙《すき》に私の「殺月の印」が決まって逆転したのでした。私は兄を殺さねばならない運命を呪《のろ》って「一人っ子だったらこんな思いをしなくてよかったのに」と呟《つぶや》きましたが、兄は首を振り「俺は、お前に会えてよかったよ」と言ってくれ、微笑みながら死んでいきました。ええもちろん嘘です。どこの兄弟ですかこれは。あとがきは何を書いてもいいと聞いているので途中から嘘を書いています。どこから嘘なのかはだいたいお分かりかと思いますが、まあ兄の最期の台詞《せりふ》は嘘です。

きょうだいというのは難しいもので、兄が大好きで結婚なんかしたら泣く、という人もいれば妹が大嫌いでなるべく早く縁《えん》を切りたい、という人もいます。一人っ子の人は一緒に遊べるきょうだいが欲しいと思ったりしますが、きょうだいがいる人は物も部屋も自分だけのために用意してもらえる一人っ子を羨《うらや》ましいと思ったりします。要するにみんなてんでばらばらに隣の芝生《しばふ》を青く見て勝手に羨ましがっているだけのようです。それならみんなで好きに妄想《もうそう》だけしているのが一番いいのかもしれません。優秀で超美形で料理上手で好物をなんでも作ってくれるけどちょっと怖《こわ》がりで実は甘えん坊で頭をよしよしされるとエヘヘヘヘェととろけてしまう弟とか、優秀で超美形で料理上手で好物をなんでも作ってくれるけどちょっと過保護で出かけるたびに心配してついてきたがるため時々鬱陶《うっとう》しい姉とか、もと裏社会のボスで引退する前は「栄町の帝王」と呼ばれ畏《おそ》れられていたけど現在はすっかり穏やかになってそれでも時折カミソリのような眼光を見せる祖父とか、死んだ恋人がイヌの姿でそばにいてくれて人前では隠しているけど実は喋れるし好物は梅酒ソーダ割りという飼い犬とか、妄想は自由です。むしろもっと貪欲《どんよく》に様々な「成功者」の兄たち、たとえば医師、弁護士、Jリーガー、ベンチャー社長、ハリウッドスター、世界的ミュージシャン、横綱、ノーベル賞受賞者、石油王、クイズ王、大統領、ローマ法王、火星人といった個性豊かな美形の兄たちが全員シスコンで家にいるだけでかわるがわる自分を口説《くど》いてきて大渋滞、という妄想にしたっていいわけです。*6 その方が楽しいと思います。

横綱の兄との生活を想像していたら紙幅《しふく》がなくなりました。今回も無事にここまで来ることができました。担当の光文社Y氏、美形装画の内田美奈子《うちだみなこ》先生、上品なお菓子のカットを描いていただきましたイナコ先生、デザイン大岡喜直《おおおかよしなお》様、ありがとうございました。また今回も校正担当者様に大変お世話になりました。いつもありがとうございます。見本が楽しみです。製本・印刷業者様、よろしくお願いいたします。

しかしながら新装版というのは初めてです。はたして売れるのでしょうか。光文社営業部の皆様、配送業者の皆様、取次《とりつぎ》及び全国書店の皆様、いつもありがとうございます。今回もよろしくお願いいたします。

そして何より、本書を手に取ってくださいました読者の皆様に、篤《あつ》く、もとい熱くお礼申し上げます。まことにありがとうございました。来月には続編が出ます。どうかそちらでもお会いできますように。

令和二年三月

似鳥鶏

Twitter　https://twitter.com/nitadorikei

Blog　http://nitadorikei.blog90.fc2.com/

＊6　そういう設定の作品は実在する（『BROTHERS CONFLICT《ブラザーズコンフリクト》』叶瀬《かなせ》あつこ企画・原案／水野隆志《みずのたかし》シナリオ　他、KADOKAWA刊）。

KADOKAWA

□『きみのために青く光る』（角川文庫）
□『彼女の色に届くまで』（角川文庫）
□『目を見て話せない』

講談社

□『シャーロック・ホームズの不均衡』（講談社タイガ）
□『シャーロック・ホームズの十字架』（講談社タイガ）
□『叙述トリック短編集』

実業之日本社

□『名探偵誕生』

幻冬舎

□『育休刑事』

〈似鳥鶏・著作リスト〉

創元推理文庫

□『理由《わけ》あって冬に出る』
□『さよならの次にくる〈卒業式編〉』
□『さよならの次にくる〈新学期編〉』
□『まもなく電車が出現します』
□『いわゆる天使の文化祭』
□『昨日まで不思議の校舎』
□『家庭用事件』

文春文庫

□『午後からはワニ日和』
□『ダチョウは軽車両に該当します』
□『迷いアルパカ拾いました』
□『モモンガの件はおまかせを』
□『七丁目まで象が空色』

河出書房新社

□『戦力外捜査官　姫デカ・海月千波』（河出文庫）
□『神様の値段　戦力外捜査官』（河出文庫）
□『ゼロの日に叫ぶ　戦力外捜査官』（河出文庫）
□『世界が終わる街　戦力外捜査官』（河出文庫）
□『破壊者の翼　戦力外捜査官』
□『一〇一教室』
□『そこにいるのに』

光文社文庫

□『迫りくる自分』
□『レジまでの推理　本屋さんの名探偵』
□『100億人のヨリコさん』
□『難事件カフェ』（本書）

この作品は、二〇一三年九月に幻冬舎文庫より刊行された『パティシエの秘密推理　お召し上がりは容疑者から』を改稿・改題したものです。

光文社文庫

難事件《なんじけん》カフェ
著　者　似《にた》　鳥《どり》　鶏《けい》

2020年4月20日　初版1刷発行

発行者　鈴木広和
印　刷　堀内印刷
製　本　榎本製本

発行所　株式会社　光文社
〒112-8011　東京都文京区音羽1-16-6
電話（03）5395-8149　編集部
8116　書籍販売部
8125　業務部

ISBN978-4-334-79003-5　Printed in Japan

組版　萩原印刷